日本探偵小説を知る

一五〇年の愉楽

押野武志・谷口　基・
横濱雄二・諸岡卓真
編著

北海道大学出版会

まえがき

谷口　基

探偵小説――その響きの何と蠱惑的であることか。

探偵小説は、世界文学史における新しい小説スタイルの発見という、革命的な事件の産物であった。〈謎〉を論理的に解明していく物語の構造――それは、知性と思惟の試金石の役を担い、近代社会の合理性と都会の匿名性を象る娯楽文化の花形となった。わが国においては、移入当初は翻案という特殊な文学を派生し、さらに後年になると、既成文学の枠組みから逸脱した実験的作品群、あらゆる奇想のテクストが集う、前衛的な〈場〉となった。そこは、無限の、肥沃なるロマンの原野、異端の表現者たちの〈約束の地〉であった。

しかし、こうした鵺的性格をも示したため、探偵小説はいくたびも、その定義を討議の俎上に載せられることとなった。本格と変格、あるいは健全派と不健全派といった弁別法が用いられ、また、型式と本質の両面から、文学か非文学かが問われ続けた。しかし、多く犯罪心理や社会の暗黒面に取材し、読者に非日常的な刺激を約束した探偵小説は、本格、変格を問わず、一概にアンモラルで陰鬱な愉楽をもたらす、阿片のごとき読物とみなされていたことは否めない。とはいうものの、犯罪と猟奇のプロットだけが探偵小説の〈毒〉ではなかった。一例のみ、紹介させていただきたい。

一九三九年三月三一日、探偵小説の代名詞的作家であった江戸川乱歩の短篇集『鏡地獄』から、「芋虫」の全篇削除が警視庁検閲課より命じられた。「安寧秩序紊乱」および「風俗壊乱」のふたつの罪状を負わされての抹殺であった。内務省警保局『出版警察報』には、戦争によって無惨に肉体を損なわれた兵士とその妻との生活が「悲惨」に描写されたことが、全文削除の主たる理由であったことが記されている。

後年乱歩は、「芋虫」には反戦的な意図よりも「物のあはれ」を描くことにこそ、意識的であったと告白している(江戸川乱歩『探偵小説四十年』一九六一年、桃源社、一四〇頁)。「物のあはれ」とは、一般的には、愛別離苦などの人生の避けがたいさだめや、高度な芸術や美しい自然のいとなみなどに触発されて起こる感情をいい、個人の限定された経験の域にとどまらない普遍化された主客融合の情緒をいう。「芋虫」は現在もなお、強烈な反戦メッセージとして多くの読者に受け入れられているが、それは、この作品がわれわれの心奥から、名状しがたく普遍的な感動を引き出す力を持っているからにほかならない。奇想と扇情性を極めた乱歩の筆は、すべてを奪われたかに思われた人物の中に最後の尊厳を描きえた。この荘厳な人間描写にうたれぬ読者がいるだろうか。非常時下の官憲、ひいては国家が敵視したものこそが、この、探偵小説における文学的な〈毒〉であったのだ。体制も法規も国是もイデオロギーも軽々と飛び越えていく感性と欲望と想像力——それらを淵源として現出する奇想世界の様相は予測不能だ。びっくり箱のように、〈何が飛び出してくるかわからない〉、そんな文学の底知れぬ力を、時の権力者たちはおそれたのだ。

筆禍事件を契機として乱歩が創作の筆を折ると、世界大戦に向かう途上に創作家、出版社、読者が息を揃えた自粛の季節が到来し、ほどなく探偵文壇は、静かに崩壊した。やがて不死鳥のごとく、焦土に甦る日を夢見つつ。

日本独特の発展を遂げた探偵小説は、その原初的型式の枠内にとどまることなく、野放図にその世界観を拡充していった。そのために、文学における〈奇想〉の重要性を文学史上に刻印することができたのだ。現在のエンターテインメント文化の礎は、ここから築かれたといっても過言ではない。そして、従来の文学テリトリーから逸脱したテクストをも〈探偵小説〉として迎え入れたことで、文学概念の拡大に寄与したことも疑えぬ。また、〈つくりもの〉＝フィクションの構築に徹することで、反自然主義の文学者たちと同様に、明治以降の文壇にはびこったリアリズム偏重主義を相対化しうるロマンの視点を、歴史の上に育んだ可能性も忘れられてはならない。

敗戦後、探偵小説は徐々に、その名を推理小説へと改めていった。よく取り沙汰される「探偵」の用字制限は、無根拠な巷説にすぎない。拡がりすぎた探偵小説の概念を再編成すべく、探偵文壇の隠然たる意志の介在がそこにはあったのだ。進駐軍とともに日本に押し寄せたデモクラシーの波の中で、文壇のみならず、マスコミまでが挙って、本場アメリカでは〈門番から大統領まで〉が愛読する〈文化のバロメータ〉である探偵小説を称揚したが、そこで評価の対象とされたのは、純粋に謎解きを主眼とする本格探偵小説だけであった。さらに後年、ＳＦやホラーなどの独立したジャンルとなる戦前探偵小説の変格的テーマは、民主主義を謳歌する時代の中で削ぎ落とされていく。しかし浮気な読者たちは、奇想と実験精神を忘れ原初の型に戻った日本の探偵小説よりも、凄まじい勢いで増殖してきた海外の翻訳探偵小説群に眼を奪われた。洗練されたパズルで遊ぶだけならば、エキゾティックな舞台に身を置いた方が、ずっと非日常的な雰囲気が味わえるから。

そして、続く松本清張の登場と、社会派推理小説の台頭によって、本格、変格の隔てなく、戦前以来の探偵小説のいっさいが、「「お化け屋敷」の掛小屋」として排除される不遇の時代を経て、探偵小説は再度日本の文化シーンに甦生する。スタイリッシュな異端文学としてのリバイバルブームを起爆点とし、そこで復活した幻のテクスト群に耽溺した新世代による、新しい試みが始まった。――だが、いわゆる「新本格ミステリ」のムーブメントばかりではない。文学ジャンルのみならず、映画、舞台演劇、グラフィックアート、コミック、アニメーション、各種ゲーム、動画配信、携帯アプリなど、現代の文化シーンのあらゆるところに、探偵小説的世界観は引き継がれ、生き続けている。探偵小説は死なない。現実を凌駕する非日常の愉楽、ロマンと実験精神が横溢したフィクションの城塞。それは、天空を志向する中世ゴシックの壮麗な聖堂のごとく、われわれの胸裡に聳え立つ魂のふるさとなのだ。すべての非日常的ロマンは探偵小説に始まる。今こそ、探偵小説の真価を言祝げ――それが本書を貫く精神である。

以下、簡略に本書の構成について紹介させていただきたい。

第一部「歴史の視座」では、明治元年(一八六八)から現在に至るまでの時間を六期に分かち、六人の執筆者が、探偵小説の変化相を歴史の中で捉え直すべく試みた。第一の執筆者である小松史生子がいみじくも記したように、ここでの目的は先達が示した「通史」をなぞることではない。その栄光の記録を地図として文学・文化史の広大な遺跡を踏査し、探偵小説という存在が時代に棹さした痕跡たる鉱脈の仄めきを検証すること。目指すはこれである。

「〈一八六八～一九二〇年〉ロマンの源流――明治期探偵小説の萌芽と挑戦」は、黎明期の探偵小説が、新時代の「小説《ノベル》」とは一線を画した「物語《ローマンス》」として魅力を充溢させていった背景に、「女性読者」・「新聞」・「長編小説」と連続する必須条件を指摘し、「〈一九二〇～四五年〉黄金時代のディレンマ――探偵小説か、文学か」ではさらに、探偵小説が急進的に「文学」に接近し、やがて「文学」を相対化するまなざしを獲得するに至った流れをもって「探偵小説の黄金時代」を捉え直した。そして敗戦後の探偵小説ブームと社会派ミステリの台頭を密かに、しかし強固につなぐミッシングリンクとして『荒地』派の詩人たち、坂口安吾、天城一らの仕事を「〈一九四五～六五年〉〈戦後文学〉としてのミステリ」は概観する。続く「〈一九六五～八五年〉ミステリの〈拡散〉」では、復刻ブームに始まりメディアミックスによって爛熟した混沌たる二〇年間を、時代・ジャンル・メディアの三方向から「拡散」の時代として総括した。続く「新本格」時代の到来を、今日のエンターテインメント文化の一翼を担うミステリ・ジャンル定着の大前提として分析した「〈一九八五～二〇〇〇年〉「新本格」の登場とジャンルの変容」ではさらに、書籍販売方式の変化や出版戦略、創作家・評論家が集う組織体の意思までをも視野におさめ、新しい探偵小説史のスタイルが模索されている。そして二一世紀ミステリの課題と可能性を掲げた「〈二〇〇〇年～〉〈拡散〉と〈集中〉をこえて」は、二〇〇〇年代以降のテクストに頻出する、上書きされ、後景化されつつある「真実」のすがたに「本格ミステリひいては探偵小説という表象が立つ位置」のあやうさを指摘しつつも、「謎」を解明しゆく論理の道行きを生命とするその根源的意義に「共同体における、思考を伴わない「空気」」に抗する文学の力を宣言している。

第二部「探偵小説論の現在」では、五人の執筆者が、各自の取り組む研究対象について思いのたけを披露している。

「本格＋変格の「お化け屋敷」――山田風太郎『十三角関係』を読む」は、「清張以前」の産物として長く正当な評価にめぐまれなかった長篇ミステリ『十三角関係』を「本格＋変格」という、斬新なスタイルで試みられた実験的探偵小説として分析。

「読者＝犯人の系譜――中井英夫から深水黎一郎まで」は、本格ミステリの究極的テーマである「犯人＝読者」のトリックについて、マスターピースから最新の作品に至るまでを概観し、かつ、同トリックにおける「読者」の正体と役割の変遷を解読。結論として、「読者による創造的＝想像的読解」が、ミステリをその一義性の呪縛から解き放ち、無限の再読を促す生産性を主張しうる可能性を示唆した。

「ミステリのメディアミックス――『八つ墓村』をめぐって」は、一九六〇～七〇年代に限定して、横溝正史『八つ墓村』を原典とする映画、テレビドラマ、コミックを比較検討し、文学テクストに胚胎する未発の「流れあるいはベクトル」を引き出し、「あらたな層をつくりだす試み」としてのメディアミックス戦略を読み解いた。

「「日常の謎」をこじらせる――相沢沙呼『午前零時のサンドリヨン』論」は、本格ミステリのサブジャンルとして認知されて久しい「日常の謎」が、その主舞台を「学校」に定めたことで前景化した問題系――「日常の謎」＝「解かれる必要のない謎」という読み替えが物語世界にもたらす軋轢をつぶさに推理した。

そして掉尾を飾る「検索型からポストヒューマンへ――メディア環境から見た一〇年代本格ミステリのゆくえ」では、二〇一〇年代以後の、もっとも新しい本格ミステリの形態が俎上に載せられ、批評の方法が模索されている。ゼロ年代を席捲した「検索型ミステリ」に次いで、メディア・情報文化やＡＩ技術の飛躍的な発展にともない出現したテーマは、「ヒト」を凌駕する「モノ」が主体となる「ポストヒューマン」の領域へとミステリ・ジャンルを牽引した。この目眩く時代の中で、「名探偵」はどこへ行くのか……。

第三部は「ミステリと評論の間」と題して、浅木原忍、大森滋樹／葉音、谷口文威、柄刀一、松本寛大、諸岡卓真が座談の席に列なった。札幌を拠点として活動中の現役ミステリ作家とミステリ評論家が、「ミステリと評論の間」「ミステリと北海道」「昨今のミステリ出版事情」の三つのテーマで腹蔵なく意見を交換した。ミステリ・ジャンルの隆盛が称えられる一方で、光が当てられることの少ない批評・評論の存在意義が問われる今、こうした場が持たれることの重要性については断るまでもないだろう。最後のテーマについては、谷口文威から提供された貴重なデータ「昨今のミステリ出版事情」と併せて堪能していただきたい。

真の楽しみ少ないこの時代にあって、百五〇年の暗い愉悦を分けあったわたくしたちのことばに、一片の面白味を感じていただければ幸いである。

目次

第一部　歴史の視座

〈一八六八～一九二〇年〉

ロマンの源流

――明治期探偵小説の萌芽と挑戦

小松史生子

一　はじめに

明治期の探偵小説については、柳田泉『明治初期翻訳文学の研究』（一九六一年、春秋社）、中島河太郎『日本推理小説史』（一九六四年、桃源社）、伊藤秀雄『明治の探偵小説』（一九八六年、晶文社）といった著名な研究家がものした先行研究の大きな業績がある。また昨今ではこうした概観的な通史を補完する実証的な研究も進んできており、黒岩涙香のみならず、彼の後を引き継いだ丸亭素人や南陽外史、須藤南翠、快楽亭ブラックらの諸作、および涙香人気に対抗した硯友社作家や半井桃水らの試みへの個別言及も見られるようになってきた。さらに、大正期に入って探偵小説がジャンルとして確立する用意を施したとみなされる諸作品を、現代の読者に向けて復刻する動きも活発になってきている。菊池幽芳『秘中の秘』の一括復刻（論創ミステリ叢書63『菊池幽芳探偵小説選』二〇一三年、論創社）などが、その代表例である。加えて、探偵小説ならぬ探偵実話に対しても、明治期文芸への多角的なアプローチとして関心が高まってきている。

本稿は、こうした先行研究の蓄積に敬意を払い、明治期から一九二〇年までの本邦探偵小説の傾向について、通史的概略を紹介するものではなく、その展開に見出される幾つかの興味深い問題系を指摘し、江戸川乱歩や横溝正史らが登場する大正期への結節点を示すものである。

二　「ローマンスからノベルへ」か、「ローマンスとノベルと」か

明治期探偵小説の傾向を顕著に顕す定義として、やはりまずは黒岩涙香の左記の言葉を引用することから出発するのが妥当であろう。

我国にて往々探偵談を以て文学の趣味の上より観察す可き者の様に思ひ之れに「探偵小説」など云へる名前を付し甚だしきは探偵小説が文学界を荒すなど云ふ意味の批評をすら試むる者ある程なるが、探偵談は探偵談なり小説には非ず、仮令ひ作者が小説を作る如く己れの空想より絞り出したりとするも是れ一種の「ストーリー」なり「ノベル」と名付け難からん

故に小説と探偵談とは其の領分を別にして相害するものに非ず、米国などにて小説の駸々として進みゆく傍らに探偵談も亦別に一個の道路を占めて衝突もせず喧嘩もせずに進み行くを見て知る可し

（「探偵談に就て」『萬朝報』一八九三年五月一一日）

これは、徳富蘇峰が主宰する『国民之友』の一八九三年五月三日付発行誌面に載った「文学社会の現状」なる文章の中で、「今や我邦の文学は荒れたり、探偵小説鉄道小説は、我が社会に於ける精神的糧食として、糟糠だにも如かず」と痛罵されたのに対して、涙香が憤激して草した反駁論である。文中、「探偵談は探偵談なり小説には非ず」「是れ一種の「ストーリー」なり「ノベル」と名付け難からん」の箇所が特に有名で、探偵小説の明快な定義としてもっとも早い時期のものとみなされている。『国民之友』と『萬朝報』とで交わされた探偵小説をめぐる論の背景には、一八九〇年代当時の文学および文壇事情を考慮しなければならない。

夏目漱石が東京帝国大学教授の椅子を放棄して『朝日新聞』社員となり、専業作家の立場を選択したのは一九〇七年のことであり、これは巷を瞠目せしめた事件でもあった。帝国大学教授という高い社会的地位よりも、「三文文士」と俗称される作家業を選んだ漱石の行動によって、文学は男子一生を賭けるに値する仕事であるかもしれないと価値転換される一つの契機を迎えた。しかし、ここまで文学がその価値概念を高めるためには、漱石に至るまでの作家個々人それぞれの闘争の形

で営まれてきた幾多の努力があってこそである。その艱難辛苦の過程の一つに、坪内逍遥『小説神髄』（一八八五年）の登場があった。これは内容もさることながら、まずもって東京帝国大学出身のエリートが文学を真正面から論じたという点で注目を惹いたのであり、その点で夏目漱石の専業作家転身に先立つ行動であった。逍遥は本書において、「小説」の近代的な解釈と定義づけに苦心を払っている。

小説は仮作物語《つくりものがたり》の一種にして、所謂奇異譚の変体なり。奇異譚とは何ぞや。英国にてローマンスと名づくるものなり。ローマンスは趣向を荒唐無稽の事物に取りて、奇怪百出もて篇をなし、尋常世界に見《あら》われたる事物の道理に矛盾するを敢て鑑みざるものにぞある。小説すなわちノベルに至りては之れと異なり、世の人情と風俗をば写すを以て主軸となし、平常世間にあるべきやうなる事柄をもて材料として而して趣向を設くるものなり。

逍遥はレトリックの戦略を用いて、旧来から存在していた「小説」という語彙に novel の訳語としての意味を持たせ、ここに「ローマンス」対「ノベル」というジャンル構造を提示してみせた。この理論的構造から、近代文学において「小説《ノベル》」は「奇異譚《ローマンス》」とはっきり区別され、平常世界に生きる普通平凡な人々の内面をうかがわせる心理描写を極意とするという定義が成ったのである。もちろん今日の眼からすれば過酷なまでに行きすぎた定義であろうし、また逍遥自身の実作はこの定義を裏切っている面もあったりするわけだが、当時はこれほどに過酷な裁断をあえてしなければ、コンテンポラリーな内実を持つ近代文学を日本において成立させえなかったともいえ、これは正岡子規が近代短歌を確立させるためにあえて新古今和歌集をこき下ろした経緯と類を同じくするものであった。逍遥自身、探偵小説の面白さに不感症だったわけではなく、A・K・グリーンの小説を翻訳した『贋金つかひ』(『読売新聞』一八八七年一一月二九日～一二月二三日)緒言で「面白きこと限りなし。此面白きを人にも分けたし」と述べている事実を鑑みれば、この間の事情が察せられよう。

以上の事情を念頭に置いた上で、あらためて先の『国民之友』と『萬朝報』の舌戦を顧みれば、黒岩涙香が「探偵談は小説には非ず」と駁した真意が明快に摑めてくる。すなわち、『国民之友』としては、奇異譚《ローマンス》からせっかく小説《ノベル》へと変体し進歩した文学事情が、探偵小説の流行によってまたもや奇異譚へと還ってしまうのではないかという惧れを抱いたわけである。換言すれば、それだけ当時、探偵小説とは「奇異を語るもの」「荒唐無稽な内容」という解釈が普及していたということになろう。確かに、犯罪、就中、殺人などといった猟奇的な事件を中心に据えて物語る傾向の強い探偵小説は、荒唐無稽とまではいかないまでも、「奇異を語るもの」ではあるに違いない。ちなみに、現代ミステリの一角を占める〈コージー・ミステリ〉と呼ばれるような「日常の謎」をめぐる作風を好む傾向は、明治期の探偵小説観に見出すことは難しい。しかし、こうした見方でなされる探偵小説バッシングには、大きな問題が含まれていた。すなわち、奇異譚《ローマンス》から小説《ノベル》へという進化論的文学史観だ。長山靖生は坪内逍遥の文学理論にスペンサー哲学の影響を見ており、「文学もまた進化するのであり、古い文学は新しい文学によって淘汰されねばならないという信念が、逍遥を支えていた」（長山靖生『鷗外のオカルト、漱石の科学』一九九九年、新潮社、一九五頁）と推察している。探偵小説は、明治初期に海外文学の翻訳・翻案という形で日本文壇に紹介され、かつ内容は甚だ奇異譚に近いものであるから、実生活の人情に直結する描写しか認めないとする『小説神髄』の分類からすれば、目先の流行を追うのみで内実は「古い文学」に相当し、淘汰されねばならない対象ということになる。こうした見方や意見に、黒岩涙香は激しく反駁したのである。

涙香の「探偵談に就て」は、ともすれば「小説に非ず」の一文ばかりが取り上げられがちだが、より重要なのは「小説と探偵談とは其の領分を別にして相害するものに非ず」という部分なのであり、「小説の駸々として進みゆく傍らに探偵談も亦別に一個の道路を占めて衝突もせず喧嘩もせずに進み行く」という主張である。つまりは、優れたジャーナリストであった涙香は、平常世間に生活する平凡人の等身大な心理描写の読み物を好む読者もいれば、その一方で並みの暮らしでは体験できない波乱万丈で起伏に富んだドラマ仕立ての読み物を好む読者も存在するという、きわめて常識的な洞察でもって探偵小説バッシングに立ち向かったわけである。これは換言すれば、『小説神髄』の論調が作家本位であるのに対して、黒岩涙香および彼の一派は読者本位の立場から問題を見ているといえるかもしれない。この「逍遥における進化論的文学史観VS黒岩涙香における両輪的探偵小説史観」は、未来において江戸川乱歩と木々高太郎の間に交わされる「探偵小説純文学論争」の中で、形を変えて再現されることになる。

以上の言説背景を踏まえた上で、あらためて明治期～大正初期の探偵小説の傾向と特色を見ていくとき、奇異譚に付された「ローマンス」という語彙が、逍遥も涙香も確かには予想しなかった地点で芳醇なイメージを孕んで育ち、探偵小説ジャンルに豊饒な世界観を与えていく過程が鮮やかに浮かび上がってくる。

三　上の文学、下の文学——探偵小説と女性

黒岩涙香が翻案探偵小説のヒットメーカーとして広く世間にその名を知られる嚆矢となった作品は、一八八八年に『今日新聞』紙上にて連載した『法庭の美人』である。これの原作はイギリス作家ヒュー・コヌウェイによるDark Daysであり、直訳すれば『暗い日々』(涙香自身は『後暗《うしろぐら》き日』と訳した)となる。それを『法庭の美人』とタイトルを直したことについては、読者が新聞の読み物に何を期待しているかを直感する、ジャーナリストとしての涙香の秀でた才覚がうかがえよう。また、新聞連載時は挿絵がつかなかったが、連載終了した一八八九年に薫志堂から単行本として出版された際の表紙には、華麗な花に縁どられた円形の額縁に洋装のヒロインの肖像を描く装丁が施された。つまりは、タイトルともども、薄幸な美女が犯罪に巻き込まれるサスペンスという趣向を前面に押し出したのであった。探偵小説と女性表象の結びつきが、明治期の探偵小説においてすでに顕著に表れている一つの証左である。

そもそも小新聞の購買欲を喚起する「続き物」と呼ばれる読み物には、『仮名読新聞』に連載され後に単行本化された仮名垣魯文『高橋阿伝夜叉譚』(一八七九年)を代表例に、いわゆる犯罪実話系統の毒婦物が大衆の人気を手堅く集めていた経緯がある。犯罪を犯す、あるいは犯罪に巻き込まれる女性たちの妖艶な描写は、煽情的な読み物として決して高尚な文学と見られることはなかったし、前節で述べた『小説神髄』のいわゆる「古い文学」として淘汰されるべき対象であったろうが、たとえば『高橋阿伝夜叉譚』が群馬から横浜に至るスケールの大きい地理空間を移動する美女の経歴を物語るとき、読者は確かに奇異譚すなわちローマンスをまざまざと味わい、いかにそれが報道の実相から遠くとも、否、遠いがゆえの夢想を楽しんだことだろう。そこには、たとえ啓蒙文学理論が蔑視するところであろうとも、文学を楽しむ一つの態度の萌芽が見出せた。涙香の翻案続き物は、こうした過去の毒婦物が読者の意識に潜在的に植え付けた嗜好を視野の範疇に入れつつ、海外探偵小説を換骨奪胎したストーリーと組み合わせたところに手腕の妙があったのだ。

その一方、涙香の翻案物に登場する女性たちは、海外産のヒロインが出自であるゆえか、謎めいた行動をとりはしても意志がはっきりして知的判断力のある態度を示すことが多いように見受けられる。『片手美人』(連載時タイトルは『美人の手』)(『絵入自由新聞』一八八九年五月一七日〜七月二七日)の丸田伯爵夫人もそうだし、後世の大衆文学に多大な影響を与えることになる『正史実歴　鉄仮面』(一八九二年一二月二二日〜一八九三年六月二二日)で活躍する妗陀《ばんだ》もそうだ。この点に関して参照意見となりうる論として、中島河太郎『日本推理小説史』は、明治初期探偵小説の端緒を三遊亭円朝の高座速記本に見出し、翻案噺である『欧州小説　黄薔薇』(一八八七年)を紹介し、「後の涙香に大なり小なり影響を与えた」と推察している。この噺は副題を「毒婦姒李《ジュリヤ》伝」として明らかに毒婦物の体裁をとりながらも、肝心の毒婦としての位置にあるお吉という女性には江戸封建主義世界観がもたらすような陰湿で淫猥な描写はなく、むしろ都会的に洗練された知性を持ち合わせた進んだ女のようにも受け取られる描写が散見する。三遊亭円朝の翻案噺におけるこのお吉という女性の造型《パターン》と、涙香の翻案物に登場する女性たちの造型《パターン》は、通底するテーマをもって響き合っているように思われる。『欧州小説　黄薔薇』がもし中島河太郎の言うように後の涙香に影響を与えたとするなら、おそらくはこの女性表象の点に認められるのではなかろうか。

　ところで、涙香の翻案物の中でも傑作の一つに数えられる『幽霊塔』は、同時代の文学状況において眺めると、尾崎紅葉『金色夜叉』や徳富蘆花『不如帰』、菊池幽芳『己が罪』といった、家庭小説のベストセラー作品群とほぼ並んで発表されていたことがわかる。『金色夜叉』は『読売新聞』に一八九七年一月一日〜一九〇二年五月一一日まで、『不如帰』は『国民新聞』に一八九八年一一月二九日〜一八九九年五月二四日まで、『己が罪』は『大阪毎日新聞』に一八九九年八月一七日〜一九〇〇年五月二〇日まで、それぞれ連載され大評判をとった(※もっとも『不如帰』は一九〇〇年に単行本化されてから人気となったという説もある)。特に女性読者の心を掴み、熱狂的な女性ファンが多くついたことでも知られる。新聞小説の読者ターゲットに女性が加わってきたのだ。しかもこれら三人の作者は、いずれも翻案小説の優れた書き手でもあった。『萬朝報』経営者の涙香がこの事態に指をくわえて傍観しているはずがなかった。余所の新聞に読者を取られるわけにはいかない――その闘志で、いったん離れていた翻案探偵小説執筆に舞い戻って書き始めたのが、『幽霊塔』であった。『萬朝報』紙上で一八九九年八月九日～一九〇〇年三月九日にかけて連載されたこの小説は、イギリスのA・M・ウィリアムソン『灰色の女』(一八九八年)の翻案であり、原作にほぼ即した物語展開で、時計塔内の迷宮や整形手術による分身など妖気漂うゴシック小説の雰囲気が濃厚で、江戸川乱歩をはじめ後代の探偵小説作家やその周縁の創作家に多大な影響を与え、それは現代のアニメーション監督・宮崎駿にまで及んでいる。ヒロインの松谷秀子は、翻案された女性表象として、先に述べたような自立心のある知的判断力に優れた女性として登場してくる。それでいながら、彼女の貌は整形手術の後遺症でもあるのだが妙に整いすぎて仮面のように薄気味悪いものとして描写されもして、妖しく強烈なインパクトを読者に与えるヒロイン像である。

江戸川乱歩は一九〇七年八月に熱海へ親戚と温泉旅行に来た際、貸本屋から『幽霊塔』を借り出し、温泉も熱海の風光もそっちのけで耽読した思い出を回想している。後年、彼自身で涙香『幽霊塔』を翻案することにもなる印象的な出会いであるが、もともと乱歩が涙香作品に触れたきっかけは、幼少期に貸本や新聞小説を愛読して子供に読み聞かせていた母(平井きく)の影響であった。

私が探偵小説の面白味を初めて味わったのは小学三年生のときであったと思う。算えて見ると、日露戦争の直前、明治三十六年に当る。巌谷小波山人の世界お伽噺の大きな活字に夢中になっているころで、私はまだ新聞を読む力もなかったが、生来小説好きの母は新聞小説を欠かさず読んでいて、私は毎日その話を聞かせてもらうのが楽しみだった。

（江戸川乱歩『探偵小説四十年』一九六一年、桃源社）

女性読者による読書経験の導入という点は、見逃せない問題系であろう。右の乱歩の回想からは、はっきり当時において女性が新聞小説の熱心な読み手であり、翻案という形を通して探偵小説ジャンル周縁の作品に身近に、しかも熱心に親しんでいたことがわかるのだ。乱歩はこの母の読み聞かせの印象がことのほか強かったとおぼしく、自身が『講談倶楽部』紙上で『幽霊塔』を翻案する際、「年少の方々、御婦人方」をも読者ターゲットに据えていることを予告文ではっきり述べた上で、以下のように続けている。

御承知の如く、『幽霊塔』は本格の探偵小説ではありませんが、外国にかういふ種類の小説が初まつて以来の、夥しい作品の中で、通俗的な面白さでは、殆ど比類がない程ヅバ抜けた小説です。想像も及ばない奇怪な着想、魂もしびれるやうな恐怖、不思議に次ぐ不思議の筋の変化、私はこの小説を始めて読んだ時の、夜の目も寝られない興奮を今に忘れることができません。これ程面白い小説を、時代の古さや文章の難しさの為に、埋れさせて置くのは本当に惜しいことだと思ひます。

（『講談倶楽部』一九三七年五月号）

これは『小説神髄』がその進化論的文学史観で淘汰されるものと決めつけた奇異譚《ローマンス》の復活を告げる主張であり、そしてその奇異譚の受容は女性読者にも託されていたことを如実に示す文章でもある。家庭小説の悲運なヒロインに紅涙を絞った女性読者は、同じく探偵小説に登場する知的なヒロインの冒険に胸をときめかせ、その感動を伝達する能力を持っていたわけである。

柳田泉は『明治初期の文学思想』（一九六五年、春秋社）の中で、漢文学を代表とする〈上の文学〉と、戯作の類を主とする〈下の文学〉と、文学の価値が二分されていた前近代の状況を説明した。〈上の文学〉はやがて矢野龍渓『報知異聞　浮城物語』（『郵便報知新聞』一八九〇年一月一六日〜三月一九日）のような政治小説に受け継がれていくが、この小説がきっかけで文壇に大論争が起こる。政治小説のようなイデオロギーありきの作品を稗史と呼んで近代文学の範疇ではないと批判したのが内田魯庵や坪内逍遥だった。その一つの対案の結実が『小説神髄』が説くところの「世の人情と風俗をば写すを以て主軸」となす文学であったわけで、これはいわば〈下の文学〉の近代的改良を目指すものともいえよう。しかし、こうした二つの主張をめぐる論争において、いずれのサイドからも等閑に付された存在として女性読者層があったと推測できる。むしろ女性読者層にとって新聞連載小説『浮城物語』は、血気の若者たちが海上で活躍する痛快な物語展開を楽しめる娯楽作品として、素直に受容できる文学であった。『浮城物語』を掲載した『郵便報知新聞』は一八九四年に『報知新聞』と改名し、大衆化路線の策として日本初の婦人記者・松岡もと子（後の羽仁もと子）を入社させてもいる。大正期に向かってマス・コミュニケーション・メディアとして成長する新聞は、女性読者の存在を無視できないターゲット層として確実に意識していた。そして、こうした女性読者層によって、近代文学の鬼子ともみなされる探偵小説ジャンルの基盤は強固に支えられていた側面があったことは疑いえない。

以上のような探偵小説と女性をめぐる問題系について、伊藤秀雄が一つ興味深い資料を発掘して指摘している。涙香の翻案物の代表作『史外史伝　巌窟王』連載終了間際の一九〇一年六月一日付『萬朝報』に、中川楽水と名乗る読者からの投書が掲載されており、その文面に、『巌窟王』は男子的小説なので次回作は女性的の優美なる小説を挿入してほしいという要望があって、これを受けて涙香は『椿説　花あやめ』なる家庭小説を発表したところ読者に大不評。見当違いな一読者のくだらない意見を真に受けた涙香の分別を疑うという、激しい読者側の不満があったという（伊藤秀雄・榊原貴教編『黒岩涙香の研究と書誌——黒岩涙香著訳小説総覧』二〇〇一年、ナダ出版センター、一五五〜一五六頁）。この中川楽水という人物が男か女かはわからないし、あるいは連載に疲れた涙香のサクラかもしれない余地もあるが、小説をジェンダーで分類区別せんとする態度は、やはり当時の大方の涙香ファンの意見と同じく「くだらない」ものといわざるを得ない。おそらく、乱歩の母・平井きくも、このような「くだらない」意見に大いに眉をしかめて痛罵したのではなかろうか。とはいえ、この投書のようなくだらない意見は現代でも実はまかり通っていて、たとえば映画やドラマの視聴者を製作サイドが「女性視聴者は恋愛物でないと食いつかない」などと勝手に推し量って失敗する事態の繰り返しに如実に見て取ることができる。

四　長編探偵小説への憧憬——ローマンスの行方

前節で紹介した江戸川乱歩『探偵小説四十年』の引用文は、続けて以下のような事態を回想している。

そのころ、大阪毎日新聞に菊池幽芳訳の「秘中の秘」が連載され、これが非常にサスペンスのあるミステリ小説で、母の好みにも叶い、私は毎日その挿絵を見ながら、母の話を聞くのを、こよなき喜びとしていた。「秘中の秘」の原作が何であるか、まだ調べていないが、古い型の怪奇探偵小説として可なり面白いもので、初めてそういう味に接した私を、夢中にさせるには充分であった。

母の読み聞かせですっかりこの新聞連載小説に夢中になった少年乱歩は、何とかその面白さを伝達したく、小学校の学芸会でこの作品の講演をすることにまでなったという。『宝庫探検　秘中の秘』は、『大阪毎日新聞』に一九〇二年一一月三日〜一九〇三年三月二八日にわたって連載された長編小説である。謎を秘めた難破船、その船内で発見された狂人、宝の場所を示す暗号文書、妖しい美女、悪党一味といった通俗娯楽小説のモチーフが、典型的ではあるが効果的に物語られ、確かにスティーヴンソンの『宝島』とも似通う趣向だ。作者の菊池幽芳は当時『大阪毎日新聞』の記者で文芸欄を担当していた。独学で英語を修得し翻訳・翻案の才能があり、前述した『己が罪』に続いて同新聞紙上に連載した『乳姉妹』は翻案物で、前作を上回るヒット作となっている。家庭小説も翻案探偵小説もかなりのクオリティでこなせる作家として、そして女性読者層にも受け入れられる作風として、まさに東の黒岩涙香に対する西の新聞小説の達人といえるだろう。

本稿がこの『秘中の秘』を以て抽出したい問題系は、長編という構成である。『秘中の秘』を七四年ぶりに復刻した『菊池幽芳探偵小説選』の編者横井司は、その解説(三六〇頁)で、連載に先立つ予告記事を紹介しているが、その予告記事中に次のような表現があることに注意したい。

> 変化なく波乱なき小説に飽きたるものは来りて本編を読め／千篇一律の人情小説に飽きたるものは来りて本編を読め／極めて奇怪の小説極めて異様の物語を求めつつあるものは来りて本編を読め／常に好奇心を満足せしむるの小説なきを歎ずるものは来りて本編を読め／秘中の秘は実に斯《かく》の如き読者の渇望を慰すべき絶好の物語《ローマンス》なり、その初回より全く読者を魅し去りて、その終《おはり》まで読まざれば決して読者の意を安んぜしめざるべし
>
> (「新小説披露」『大阪毎日新聞』一九〇二年一〇月二八日、一〇月三〇日、一一月二日)

ここに「物語《ローマンス》」という言葉が強く訴えられている点は、やはり重要だろう。さらに続く一文、「初回より」から「その終まで」読者を魅了してやまない構成を持つとなれば、それは当然ながら長編小説が孕む効果の定義にほかならない。いわゆる奇異譚、異様の物語なるローマンスを渇仰する読者には、長編作品をこそ提供したいといっているわけである。端的にいえば、ローマンスを語るには長編こそがふさわしいという言明になる。

明治期の探偵小説流行は、新聞の続き物という体裁から始まり、新聞購買欲に直結するようにその効能が求められてきた経緯がある。新聞に連載される小説が読者に面白く読まれるか読まれないかで、その新聞の経営の命運ははっきり分かれた。そうしたメディア状況では、勢い、読者の期待を持続させうる長編小説、それも毎回起伏を持った構成で長々物語られる長編物が好まれたのである。元来、探偵小説はE・A・ポーがその形式を「謎の発端」「推理」「解決」の三段階に合理的に整理し、きりっと引き締まった短編であったことを顧みると少しく不思議な感を覚えもするが、この矛盾が実は今日にまで至る探偵小説論争の基調をなす素因の一つにもなっている。すなわち、論理一辺倒の展開で引き締まった適度な分量のテクストに醍醐味を求めるか、それとも謎を追うサスペンスフルな展開のテクストに豊饒な味わいを堪能するか、探偵小説を欲望する読者の期待はいずれにあるのかという永遠の論争だ。もちろん優等生の解答としては、双方を兼ね備えたテクストを支持するというものであろうが、それはあくまで理想論であって、現実的にはこの二面性はどちらかに比重が置かれていることが多い。理想と現実の狭間で、探偵小説作家は常に苦闘を強いられる面がある。周到な黒岩涙香などは、このあたりの機微を心得て、実話を素材にし論理に徹した推理展開を主軸にした短編『新案の小説　無惨』は、新聞連載にはせず、一八八九年九月に小説館刊行の小説叢第一冊に書き下ろしで発表した。もっとも、伊藤秀雄は明治期も半ば過ぎの一八九八年〜一九〇〇年頃にかけて、『国民新聞』に連載したものを単行本化した徳富蘆花『外交奇譚』（一八九八年一〇月、民友社）や『探偵異聞』（一九〇〇年一一月、民友社）の相次ぐ刊行、および南陽外史による探偵実話談『稀代の探偵』が『中央新聞』に一八九〇年一一月一四日〜一二月一五日まで連載された事象を挙げて、西洋の短編探偵小説の掲載ブームがあったのではと推測してはいる。ほかならぬ菊池幽芳にも、『大阪毎日新聞』紙上に一八九九年五月二八日〜八月一八日まで連載した、『探偵叢話』と題する全八話の西洋短編探偵小説があり、これがかなりのクオリティを持った翻訳テクストとなっていることは事実だ。しかし、こうした短編物の集中的な発表もまた両輪の一つといった流行と見るべきで、相変わらず長編物のローマンスを探偵小説に期待する読者の数は健在だったことだろう。こうした読者の嗜好と欲求には、おそらく翻訳・翻案や創作、そして実話といったテクストの厳密な区別は些細なものでしかなく、大きく「探偵談」という括りしかなかった。その一方で、その「探偵談」を提供する作家の心境には、徐々に探偵小説というジャンルの確立を新しい文学の可能性として迎えようという意欲が育っていく。

一九一二年、明治が終わり大正期に入ると、探偵小説をめぐる状況はメディアの面で大きく転回することになる。すなわち、新聞の続き物体裁から、雑誌媒体への発表である。新聞に替わって文芸雑誌というメディアが台頭してくるのだ。岡本綺堂『半七捕物帳』の第一話『お文の魂』が『文芸倶楽部』に載ったのは、一九一七年一月のこと。西洋探偵小説のネタを江戸封建時代に翻案して成功したこの捕物帳というジャンルは、現代に至るまで短編探偵小説の形式の見本となった。やがて、『中央公論』や『改造』といった雑誌が探偵小説特集を組み、文壇作家が陸続と短編で探偵小説を試みるようになると、明治期に求められたローマンスは猟奇《キュリオシティ》という言葉にその意を変えていくことになる。一九二〇年一月、後に探偵小説専門雑誌として幾多の大作家を輩出することになる『新青年』が博文館から創刊された、その同じ年の一〇月に黒岩涙香が没したのは、偶然とはいいながら時代の転換期を思わせる象徴的な符合といわざるを得ない。底深く潜んだかに見えた明治期探偵小説のローマンスが復活するのは、昭和期に入ってからのことである。

〈一九二〇～四五年〉

黄金時代のディレンマ
——探偵小説か、文学か

谷口　基

一　探偵小説は探偵小説以上のものとなりうるか

一九二〇（大正九）年は、独自の翻案によって日本初の探偵小説流行を惹起せしめた黒岩涙香の死（一〇月六日）と、のちに創作探偵小説のメッカとなり、江戸川乱歩ら黄金時代のエンタテイナーを輩出した雑誌『新青年』の創刊（奥付は「大正九年十二月十三日印刷納本」）と、さらに日本で最初に「プロバビリティの犯罪」を描いた谷崎潤一郎の小説「途上」の発表（『改造』一月号）が重なり合うという、きわめて象徴的な年であった。

ここで「象徴的」と表現した理由はふたつある。第一に、涙香の探偵小説撤退以後長きにわたった低迷期から脱し、専門作家の手になる創作が鎬を削る発展期への分岐点が同時期に示されたこと。第二に、かつて「Detective Story」が「探偵小説」として国内文学の一ジャンルに定着していく過程に際し涙香が提示した「探偵譚」の基本構造が、本格的に俎上に載せられ論じられていく端緒が拓かれていったのが、やはり同時期以降であったこと。この二点は、不即不離の関係にある。

涙香は探偵小説の基本構造を以下のように定めた。「初めに犯罪（クライム）を掲げ次に探偵（エンクワヤリ）を掲げ終りに解説（ソリウシヨン）或ハ白状（コンフェシヨン）を掲ぐ」（「探偵談と疑獄譚と感動小説には判然たる区別あり」『絵入自由新聞』一八八九年九月一九日）。パズル的遊戯性を前面に押し立て、極端なまでに簡略化されたこの公式は、その単純さゆえに無数のエピゴーネンを生み出す淵源となったが、型式の踏襲以上の新機軸を打ち出すことができた作家は同時代にあってほぼ皆無であった。翻案・翻訳から習作的な創作、犯罪実話へと探偵小説の幅は徐々に拡がってはいったが、それはジャンルの充実というよりは迷走に等しい軌跡であったのだ。ゆえに、流行の末期において明治の探偵小説は、以下のような批判を許すことになる。

「小説は現実的と理想的とに論なく、世態人情の真《トルース》を描破するものならざるべからずとせば、世に行はるゝ探偵小説の如きものゝ小説と自称するは僭なりと謂ひつべし」（島村抱月「探偵小説」『早稲田文学』一八九七年八月）。

カントやショーペンハウエルの顰にならい、「自我の利害を離れて快感を感ずる」境地を「審美的」と限定し、探偵小説がもっぱら「主我の分子」を潜在させた「索究的快楽を興味の本源とする」ため、「非審美的といはざるべからず」と判定した抱月の論理は一見飛躍しているかに思われるが、「犯罪」・「探偵」・「解説／自白」の連鎖に一篇の全生命を担わせることの功罪を、掌を指すごとく言い当てた点は注目に値する。

> 吾人が探偵小説を読みて感ずるは、読み行く事柄の全局、もしくは部分に悦楽あるが為ならずして、一歩々々最後の満足に近《ちかづ》くを知ればなり。(中略)疑ふものあらば、去りて実際に徴せよ。一部の探偵小説を取り、読むこと半にして残巻を翻し、結果の一齣を読了せよ、必ずや前に感じたる興味の多分は忽然として銷失し、更に後半を読み継がん心なきに至るべし。縦令経過の事柄其の物に多少の妙味ありとするも、到底秘密の解釈を除きては、探偵小説本来の面目を保つこと難かるべし。既に疑問の説明以外に、詩的快楽を与ふる探偵小説ありとするも、そはこゝに謂う純粋の探偵小説にあらず、そは只事件の性質配合等に於てのみ探偵小説的なるものなり、而して其の本質は已に探偵小説の範域を脱したるものなり。夫れ詩的快楽、即ち世態人情の趣味に伴ふ快楽と索究的快楽即ち秘密の解釈に伴ふ快楽とは、互角の勢力を持して並立すること難し、仮令客観なる小説其の物の上には、両者の元素相当して存すとするも、主観なる読者の心は必らずや何れかに偏せざるを得ざるものなり。而して探偵小説の精髄は此の策究的快楽を主とし、詩的快楽を従とす。されば一たび此の比例を転倒して詩的快楽を主なる地位に立つるに至れば、探偵小説は形骸を遺してその実を失ふものといふべし。

（同前、引用は『抱月全集』第二巻、一九二〇年、天佑社、二～三頁）

「索究的快楽」を主とし「詩的快楽」を従とする型式に「探偵小説本来の面目」があり、この主従の関係が破綻した探偵小説はもはや探偵小説とはいえない。……探偵小説の娯楽的価値が、その〈定型〉にあると喝破しつつ、〈破調〉による形質上の変革を容認しないという抱月の見解からは、明治期における探偵小説の地位がはっきりと看取できる。

坪内逍遙の宣言によって、〈明治の小説〉が近代人の「情欲《ぱつしよん》」を描くこと、すなわち人間心理をどこまでもリアルに、かつ深く掘り下げることに新たなテーマを設定し、旧時代からある稗史物語との差別化を図った〈日本近代文学史〉の起点は誰もが知る。そして「眞成の物語」、あるいは「尋常の譚(よのつねのものがたり)」と逍遙が『小説神髄』に特記した「那ベル」の裨益は、人の「文心」、「美妙の情緒」を楽しませることにあるとされ、それは、稗史＝「羅マン」の抱えたふたつの宿痾――勧懲の枠に縛られた「同轍同趣向」のプロットと、「奇怪百出もて編をなし尋常世界に見はれたる事物の道理に矛盾するを敢て顧みざる」世界観と――から導かれた興趣と比して、より高次の、近代的な娯楽性と判別されていた。かたや、〈謎〉に対する〈答え〉をひたすら追究していく過程を重視した探偵小説の〈定型〉は、徹底した実学主義と現実主義を勧奨した明治の時代精神に寄り添いつつ、しかし、多く殺人や盗難等の犯罪や疑獄事件など、社会の暗黒面に〈謎〉の発端を定め、さらには諜報、内偵、欺罔、攪乱を得意とした明治政府の密偵を髣髴させる〈探偵〉

の視座を中心に据えたことで、その娯楽性は、情操や教養の方面に効験あるとされた「那ベル」の娯楽性よりも下位に置かれる宿命にあった。「詩歌小説は最高の美、すなはち人間の美を写すを主眼とする者にして、探偵小説に附属せる美の如きもさすがに人間美の範囲には漏れず、只その最劣等に位するものなるのみ」（島村抱月「探偵小説」）というわけだ。ちなみに、探偵小説第二の流行期のさなかにあってさえ、「何ら社会の働きに有機的な連関を持ち得ず、積極的に社会の進歩に関与し得ない」点において、探偵小説が「芸術としてかりに成立し得ても、要するに低いものでしかない」（野上徹夫「探偵小説の芸術化」『探偵春秋』一九三七年一月）といった論調は認められるのである。

ゆえに、明治期におけるこの提言——探偵小説は探偵小説以上のものであってはならない——これは断じて、探偵小説原理主義者の弁ではないのだ。ここにあるのは、「世態人情の真《トルース》を描破」すべく志向された「小説」と、反社会的な素材を扱って読者の興味に訴える探偵小説とを、別種のジャンルとして截然と分かとうとする視点であり、後年おこった、いわゆる探偵小説非芸術（非文学）論のネガティブな先蹤＝〈陰画〉とも見なすべき意思のあらわれなのである。

常に犯罪と探偵に取材し、「同轍同趣向」をなぞり続けるという、日本探偵小説の原初的イメージは、既述したように一九二〇年代に入って大きく変化していく。しかし、それとともに、〈探偵小説が探偵小説であること〉をめぐる問題意識、すなわち、探偵小説の中の〈文学性〉をめぐるたたかいが、颶風のように黄金期の探偵小説壇を吹き荒れ、創作者と愛読者たちを巻き込み、激しく打ち叩いていくことになるのだ。

二　謎の復権は文学の領土から始まった

一九二〇年が探偵小説界の一大転機であった証左の劈頭にはまず、『新青年』創刊号巻末に掲げられた以下の文言を挙げなければならないだろう。「記者ばかりで面白い、宜い雑誌が出来るものではない。そこで、読者諸君の投稿をも大いに歓迎する。青年、学生小説並に探偵小説及び漫画の募集がそれである。振つて投稿あらんことを希望する」(「記者より読者へ!」)。

しかし、この募集に応じて、すぐさま練達した書き手が集結し、探偵小説新時代を築く礎石となる傑作群が陸続と生まれていったわけではない。戦前第二の探偵小説流行を牽引した江戸川乱歩が、同誌の創作欄で華々しい活躍を開始するまでには、まだ三年と三箇月を待たねばならない。だが、その登場の必然性を高めるための下地は同時期において、既成文壇の作家たちによって着々と整えられつつあったのだ。

既述したように一九二〇年一月、谷崎潤一郎は「途上」を発表しているが、これは一九一七年末頃を起点とする怪奇、幻想、犯罪、猟奇の色彩が濃厚な、その一連の作品群の上に立つものであり、また、ひとり谷崎のみならず、佐藤春夫、芥川龍之介ら大正文壇を代表する作家たちも同時期において「犯罪と怪奇への情熱」(江戸川乱歩「一般文壇と探偵小説」『宝石』一九四七年五月号)を示す諸作品を競って世に送り出していたことは特記しておかねばならない。

「途上」は従来の探偵小説の形式を逸脱した、一種の倒叙法で構成され、また同作品に先立ち谷崎は、「柳湯の事件」(『中外』一九一八年一〇月号)で古典的探偵小説の枠組みを利したパロディの手法で、新たな猟奇のモードである〈変態心理〉を扱ってみせた。佐藤春夫はE・A・ポーの「マンハイムの地所」、「ランダーの別荘」の影響下に「西班牙犬の家」(『星座』一九一七年一月)、「美しい町」(『改造』一九一九年八月〜一二月)を執筆し、芥川龍之介は二通の書簡によって怪事件の裏表を鮮やかに暗示した「二つの手紙」(『黒潮』一九一七年九月)や、自己を偽った殺人の動機が遂に殺人者自身を滅する過程を描いた「開化の殺人」(『中央公論』一九一八年七月)を試みた。いずれも、従来の「犯罪」・「探偵」・「解説/自白」の型式に依らず、しかし、犯罪・猟奇のロマンチシズムを基底に置く美的世界を構築し、かつ人間心理の深淵を描き、探偵小説の新しい方向性を示しえた佳品である。

これら既成作家たちの試行、すなわち、乱歩いうところの「一般文壇」から群生した実験的諸作品が一様に纏った怪奇、幻想、犯罪、猟奇の色彩には、「何事をも隠さない大胆な露骨な描写」(田山花袋「露骨なる描写」『太陽』一九〇四年二月。傍点は引用者による)をもって経済的・精神的困窮と日常への倦怠と近代人の内なる汚濁とを剔抉し明治文壇を席巻した自然主義文学の終焉を言祝ぐべく、彫琢された文体と緻密な構成から織りなされた幻影《フィクション》の大建築を打ち立てんとしたロマンチストたちの意地を透かし見ることが可能だ。無数の隠されたものども=〈謎〉を弄ぶ文芸復興の狼煙は、まず「文学」の領土から立ち上ったのである。

ほどなく、関東大震災後の急進的な復興計画によって「匿名化」(江口雄輔「都市と探偵小説」『新青年』研究会編『新青年読本』一九八八年、作品社)した都市では、シネマやカフェ、レビューやオペラなどの新しい娯楽に沸騰しつつも、稀薄になった人間関係の裡からは、他者を疑い、他者をうかがう探偵的視点が生じた。時あたかも、複数の文化・メディアが混在しつつ目眩く発展を見せたモダニズムの爛熟期、探偵小説はふたたび時代精神を体現したジャンルとして、かつてない強烈な光彩を放っていく。そして、探偵小説と「文学」との本格的なたたかいは、ここから始まるのである。

三　「文学」は探偵小説を二分した

『新青年』誌上における衝撃的な登場からわずか五、六年にして、江戸川乱歩はその代表的作品のほとんどを世に送り出し、自らの特異な作家性を読書界に浸透せしめた。

猟奇ロマンが横溢する非日常的空間の演出者――このイメージは、乱歩の文才が、犯罪事件等に附帯する謎を論理的な推理の道筋をもって鮮烈に解き明かすという本格探偵小説よりも、すべての対立項が交換・顚倒可能となる異常の世界や、猟奇者たちが抱いた奇怪な夢を読者の犯罪心理に寄り添うように具象化した変格探偵小説を創出する方面に天稟を示していた事実に由来する。元来が本格志向の乱歩自身には不本意な作品も多かったようであるが、「鏡地獄」(『大衆文芸』一九二六年一〇月号)、「芋虫」(『新青年』一九二九年一月)、「押絵と旅する男」(『新青年』同年六月)など、自他ともに認める「力作」の影響力は凄まじく、これら諸作に腐心された奇想のモチーフは、普遍的な〈悪夢のかたち〉となって文化表現史上にその足跡を印したといっても過言ではない。初期の名短篇諸作を飾った乱歩一流のロマンティシズムは、それぞれ蜘蛛手に分岐し、相互に絡みあい輻輳することによって、新たな長篇小説の骨格を組み上げることになった。暗示、偏執、錯誤、人形愛、変装、異形、変態性欲、殺人芸術、カニバリズム、もののあわれ、心の暗黒、仮面、浅草公園、隅田川、押し入れ、屋根裏、密室、鏡面、レンズ、ユートピア、からくり、迷路・迷宮、霊の招き……この豊穣な奇想の拡がりは、乱歩が好んで口にした「探偵趣味」という概念を濫觴とする。

江戸川乱歩「探偵趣味」(『早稲田学報』一九二六年九月)には以下のようにある。

「一方に於ては、怪奇、神秘、恐怖、狂気、冒険、犯罪、などのそれ自身の面白さを意味し、他方では、それらの不思議だとか秘密だとか危険だとかを、うまく切り開いて行く明快なる理智の面白さを意味する。そんな要素が集つて、探偵趣味といふものが形造られてゐる」。

そして「探偵趣味」は、世界に遍在する。——文化・芸術の分野のみならず、広く人間社会におけるいとなみの諸処に垣間見られる謎の数々、あるいは犯罪・犯罪心理的な片鱗、もしくは怪奇、神秘、幻想、猟奇、スリルなどの感興を誘う趣向をも「探偵趣味」は総称するからだ。要は、猟奇者の色眼鏡を通して見た万象世界のイメージである。ここを起点とするならば、探偵小説のテーマは無限であり、論理的推理による事件解決を主眼とする本格探偵小説は、その一隅を占めるものにすぎぬ。換言するならば、「探偵趣味」は、世界を把握するための方法論の一つであり、きわめて哲学的、文学的な概念であることは論をまたない。無辺無大にして哲学・文学に通じる宇宙——これこそが、乱歩が得意とした変格探偵小説の特質であるが、この傾向を早くから見抜き、警告を発していた人物がいた。本格探偵小説の驍将・甲賀三郎である。

乱歩や小酒井不木らの作品を称して「頽廃的」「変態的」と指弾（甲賀三郎・大下宇陀児ほか「探偵術座談会」『文藝春秋』一九二七年一二月）した甲賀が、犯罪・推理を必ずしも主調としていない奇譚群を「変格」と弁別したことは夙に知られているが、それを単なる感情論と断じる非は避けねばならない。彼の探偵小説論の集大成というべき「探偵小説講話」（『ぷろふいる』一九三五年一月〜一二月）には、すでに第一回（「まへ書」）において以下のような見解が示されてあるからだ。

本格探偵小説といふものは、要するに犯罪捜査小説であり、それに適当な謎とトリツクを配し、読者に推理を楽しませるものであり、一面からいへば、文学としては幼稚で窮屈で千篇一律的のものである。それに反して、変格物は要するに探偵趣味を多分に含んでゐればいゝので、取材自由、トリツクの有無は問題にならず、より文学的に表現することが出来る。

（『ぷろふいる』一九三五年一月、一一頁）

「探偵趣味」の多元性と、そこに萌す「変格」の可能性とを正確に把捉しているのみならず、探偵小説を大別する本格・変格の分水嶺が「文学」という巨巌にあることを看破している点、まさに慧眼と評すべきである。これは第二節に引用した「一般文壇と探偵小説」で乱歩が、大正期における探偵小説復活の蠢動がまず「一般文壇」に起こったこと、谷崎文学に代表されたその実例を「怪奇文学」と明記したこと――すなわち第二の流行期に簇生した「変格」の原風景に、明治以来の探偵小説の型式とは異なる「文学」的感性の介在を指摘した事実と表裏をなす。「探偵趣味」が多元的な概念であったのは、つまるところ、それがきわめて「文学」的な概念であったからである。

しかし前掲した引用文中で、甲賀があえて「推理」や「トリック」に対向する要素として「文学」という表現を用いている背景には、探偵小説(ここでは甲賀が志向した「本格探偵小説」)の革新性は元来、その〈型式〉そのものに存するという甲賀の持論が厳然としてある。彼の眼には、「変格」の蔓延に代表される探偵小説のテリトリー拡大は、探偵小説を既成の小説領土に繋ぎ留め、彼我の境界を朧化する行為にひとしく、いわばそれは探偵小説の「存在理由」を忘れた、先祖返りともいうべき愚挙と映じていたのである。「変格物」を「ショート・ストーリイ」と改称する提案など、九鬼紫郎が「実用向きではない」(九鬼紫郎『探偵小説百科』一九八六年、金園社)と批判した瑕瑾もあるが、「探偵小説講話」は、大正期から昭和期にかけて顕現した〈探偵小説の変態〉の実相を的確かつ批評的に分析しえた点において大きな功績を担っているのだ。そしてほどなく、甲賀三郎と木々高太郎の間に「探偵小説芸術論・非芸術論」をめぐる論戦の幕が切って落とされ、探偵小説と「文学」との交錯点に投じられた火種は激しく燃え上がるのである。

四　探偵小説は「文学」に接近し、「文学」を相対化した

木々高太郎は、甲賀三郎と同様、本格探偵小説の構造こそが探偵小説のオリジナリティであることを第一義としながらも、探偵小説の「藝術」化を目論んだ。彼は、徹底した「文学」との差別化の上に探偵小説の存在意義を掲げた甲賀の原理主義的姿勢と和すことなく、結果的に両者は袂を分かつことになったが、『ぷろふいる』を舞台にたたかわされた「探偵小説芸術論・非芸術論」論争は、〈探偵小説における文学〉という視角に光を当てた点において忘れ難いものがある。郷原宏の労作『日本推理小説論争史』（二〇一三年、双葉社）では、「完全なすれ違いに終わり、後味の悪さだけが残った」論争と、厳しい評価を受けているが、今いちど、そのアウトラインをたどりなおしてみたい。

論戦の口火は木々の側から切られた。『ぷろふいる』第四巻第一号掲載「探偵小説二年生」（一九三六年一月）において彼は、「探偵小説講話」における本格探偵小説の定義に「最も遠い対照位」にあるはずの小栗虫太郎が、筆者の甲賀自身によって「「本格探偵小説」から最も非難なきもの」と評価されている点について、「氏の「本格」なるものが少しくわからなくなる」と論難する。ここで問題視されているのは、小栗の作品における「芸術的、文学的なるもの」に対する甲賀の高評価であり、いうまでもなくそれは、探偵小説における「文学性」もしくは「芸術性」に向けた木々の意

識的なまなざしの顕在を教える。

対する甲賀の回答は、同誌第四巻第二号（一九三六年二月）掲載の「正誤・回答・横槍」中で以下のようになされた。「小栗君の小説は無論本格探偵小説ではない。実の所、私には小栗君の小説はよく分らぬ。然し、よく分らなくても面白い。確かに面白く感ずるいゝ意味での面白いものは存在価値があると思ふ。私は本格探偵小説論見たいなものは書いたけれども、それ以外の小説を面白くないといつた覚えはない。（中略）私が飽くまでも拘泥するのは名称だけである。（中略）探偵小説の範囲を限定して、藝術たり得ないといふ所論と、探偵小説の範囲を無限に拡げて、藝術小説まで包含して、藝術たり得るといふ所論とは永久に食ひ違ふに相違ない事である。」

頃合いよし、とばかりに木々は続く同誌第四巻第三号に「愈々甲賀三郎氏に論戦」（一九三六年三月）を寄稿。「探偵小説は、本格的に、純正に、探偵小説としての精髄に至れば至るほど、益々藝術となり、益々藝術小説となる」という持論に立脚し、探偵小説の「特別の形式（條件）」（「謎」＋「論理的思索」＋「謎の解決」）を具備する「文学」、「小説」、および「藝術」の誕生を実現可能のものとして強調した。また、甲賀が「探偵小説講話」に明記した「探偵小説＝探偵的要素＋小説的要素」の図式における「小説的要素」を引用し、これを文体や描写などの「叙述の技巧」に帰すものではない、「文学であり芸術である可き内容」と解釈し、「探偵小説の藝術としての本質」であると結論づけた。さらに、「真の叙述、真の技巧は内容あつて始めて生ずる」という信念に基づき、クロフツやヴァン・ダインが創出した構造を理想型とする甲賀論を退けた木々は、続いて、探偵小説化が可能な文学作品の好例として、ドストエフスキーの『罪と罰』、『カラマーゾフの兄弟』等の書名を引き、「内容が、真に探偵小説と言ふ形式を通つて出て来ることの出来る立派なものであつたら恐らく或る場合にはその形式まで新しく創造するであらう」と記し、小栗の試みも、探偵小説の新しい型式を志向したものであると、あわせて評価した。

続く『ぷろふいる』第四巻第四号（一九三六年四月）では、前号において木々の慫慂を受けた小栗虫太郎が「三重分身者の弁」をもって応じている。ここで小栗は、木々の意図に対して「純粋文学との、異様な混婚を意図しているのではないか」という疑念を吐露。同時に、「白蟻」の創作意図が「探偵小説と云ふ精虫が、果たして純文学の卵子を射抜くことが出来るや否や――」という実験精神に胚胎したことを自白していて注目される。「白蟻」が探偵小説であるか否かの論議は避け、自らを「歌を忘れたカナリア」と韜晦する小栗はさらに、「最高のものへの憧れ」が探偵小説執筆の原動力であることをいい、そのことばにふさわしい作家として、海野十三を「未墾の荒蕪地を指して、雄々しくも出発しやうとする戦士」と讃える。海野にいわばバトンを振った小栗の飄逸な口吻にはしかし、前号において、変格探偵小説を「文学」や「芸術」に昇華される以前の、発展途上的所産と一網打尽にした木々に向けて発した、歴然たる抗議の意思が重ねられている。小栗の呼びかけに応じて、続く同誌第四巻第五号に海野十三は「探偵小説を萎縮させるな」を寄せ、性急な定義確定への「反動的低級化」として、探偵小説のいっそうの自由化と大衆化を大いに煽った。また、論末にて海野は水谷準を次回の問題提起者に指名し、水谷は「探偵小説の貧乏性」（第四巻第六号）をもって応えるが、新聞・雑誌の連載方式と探偵小説の相性の悪さを指摘した同論は、メディアの観点から探偵小説の特性を分析した点において貴重であるが、その内容が論戦のテーマからやや遠ざかった印象は否めない。

こうした流れのさなか、『ぷろふいる』第四巻第五号（一九三六年五月）では、同誌に評論「鬼の言葉」を連載中の乱歩が、その第七回に「探偵小説の「垣」について」という文章を寄せている。文中で乱歩は、かつて井汲清二が用いた「探偵小説の狭き門」という概念を支持し、以下のように記す。「探偵小説が文学上の一ジャンルとして存在を主張し得る所以は、その特異の性質にこそよるのであつて、さういふ特異性を取り除き、一般文学と同じやうなものにしようとするのは、探偵小説そのものを亡ぼすことでしかないのは、分りきつた話である」と。乱歩もまた、探偵小説の古典的な型式に固執したのだ。ゆえに甲賀と同様、このスタイルに依らない副産物を「探偵小説」以外の呼称――すなわち「怪奇小説」等と呼ぶことに逡巡はないという。ただし、この「怪奇小説」が日本独特の変態を探偵小説にもたらした歴史的事実を軽んじることなく、こう評価しているところは、いかにも乱歩らしい。「多くの作家が純粋探偵小説の垣を乗り越え、探偵小説の親類筋の特異文学に廣く手を伸ばして行つたことは、探偵小説そのものの意義を混乱せしめた罪よりは、探偵文壇を盛んならしめ、引い《ママ》ては純粋探偵小説の進歩を助けた功の方が多かつたかも知れない」。

だが、木々の論は先鋭化の一途をたどる。同誌第四巻第七号（一九三六年七月）掲載のインタビュー「情熱の表象（木々高太郎氏の巻）」で彼は、従来の探偵小説を「第二流の型」という自説を披露する。「これからは第一流の型を目指して書いてゆかなければならないと私は思つてゐます。では第一流の型とは何かといふと、それは探偵小説から眺めても満点、純文学から眺めても満点といふ可き作品です」。

現在行われつつある探偵小説の一切を包含して「第二流」と言い切ったこの過激な理想論者に向けて、甲賀三郎は同誌第四巻第八号（一九三六年八月）「「條件」附木々高太郎に与ふ」において憤然たる筆致で、「探偵小説の限界」と「藝術といふ意義」をそれぞれ定義せよ、と要求。木々からの回答は第四巻第九号（一九三六年九月）掲載「批評の標準　甲賀三郎氏への第二矢」と題して掲載された。

ここで木々は、批評に際して「標準となる理想」が示されねばならぬことを主張。「批評の標準は批評家の理想に置くべきで、従来示された作品に置くべきではない」といい、既成探偵小説を具体的に列挙することで理想型の提示を求める甲賀の姿勢を厳しく批判した。さらに、大脳生理学者・林髞の筆名が木々高太郎であることを百も承知の上で「「條件」附木々高太郎に与ふ」に「林氏から木々君に一つ訓誡を加へて貰ひたい」と皮肉を飛ばした甲賀に向けて、「林氏」から教示された「科学的の譬喩」として「二点の既知のものより、未知の一点を知る方法にインターポレーションとエキスターポレーションとの二つの方法があると言ふ。インターポレーションは、二点の間に、求めんとする点を得る場合であり、エキスターポレーションは二点の外に、求むる点を得る方法であると言ふ」と紹介。前者は探偵小説を徐々に卑小なものとする可能性をもって退けられ、後者は「第三の点」が求められたならば、「第四のエキスターポレーション」「第五のエキスターポレーション」と続々新規の探偵小説が発見されていく可能性を孕むがゆえに、採用すべきと主張した。数学の内挿・外挿を例としたこのレトリックも含めて、木々からの回答は甲賀にいたく不快の印象を与えたようだ。そもそも、郷原宏が指摘したように、木々の文章は「医学者にしては雑駁で、論理的な厳密さに欠ける」。甲賀はこれ以上の討議をかさねる不毛を訴え、論戦からの離脱を図る。

当時の甲賀が、木々の態度によって感情を損ねた痕跡は、『ぷろふいる』第四巻第一一号（一九三六年一一月）の「作家訪問記　その6」「本格の王様を覗く　甲賀三郎氏の巻」における発言にも明瞭に認めることができる。「探偵小説の論戦といふものには、もうすつかり興味がない（中略）芸術か娯楽小説かの問題も、別に新しい提案でなくて、それ所か大正時代にも散々に書かれ、云はれた所の古臭い論題だ。それは相方の立場が違ふからで、もとより解決がつきやう筈がありません」。彼の腹立ちはこれだけではおさまらず、同誌第五巻第一号（一九三七年一月）掲載の「勿羨魚」では、大学教授の片手間に書いた探偵小説で、たかだか二年ほどのキャリアしかない、勉強不足のアマチュア作家と木々を非難し、同誌翌号のコラム「噴水塔」（署名・朝霧探太郎）で、その態度をたしなめられている。こうして「探偵小説芸術論・非芸術論」論争は、当事者のみならず、周辺の関係者にまで気まずさを蔓延させせつつ、終幕を迎えた。

木々の「芸術探偵小説論」は、小説としての型式においては甲賀や乱歩と同様、〈合理的な謎解き〉を骨格とすることを遵守しつつ、ジャンル総体を「芸術」として底上げするための本質論を探偵文壇に突きつけたものであった。いわば、〈本格探偵小説の芸術的、文学的な彫琢〉がその主軸となっていたといえるだろう。探偵小説のみならず、既成文学の中にも手本となる理想はない、と強弁しつつ木々が示した例がドストエフスキーの諸作品であったが、探偵小説的骨格（『カラマーゾフの兄弟』であれば、当主フョードル・カラマーゾフ殺害の謎が解明に向かう可能性）をもった重厚な文芸作品を、骨格のみならず、その本質までを探偵小説に接近せしめたとき（すなわち、フョードルを殺傷した真犯人が指名されるまでの合理的な謎解きと、その後、あらためてこの事件と、テクスト上に錯綜した登場人物たちの行動と心理の綾との相関関係が明確化され、最終的には一篇の総体を貫く芸術的なテーマと、探偵小説的要素との整合性が高められるような改訂が仮に行われたとするならば）、彼の理想は実現するかに仄めかされている。ただし、そうした明言はいっさいない。行われうるはずのない世界的文学作品の改訂よりも、実作をもって自らの理論を証明することにこそ、木々は力を注いだからである。論戦中の一九三六年一月から五月にかけて『新青年』誌上に連載した長篇「人生の阿呆」にその大役が担わされていることは疑えないが、同年七月に版画荘から刊行された同書の「自序」において、木々自身がこれを「祖母文学」と称している点は看過できない。

　ある実業家一家をめぐり、「広い連鎖」のごとく展開した複数の殺人事件が「放射状に結ばれ」ていく一点に、孫である二七歳の青年へと祖母が注いだ無私、無批判の愛が謳われ、さらに、身を抛って事件の真相へと青年の「人生」を導いた一女性の死が付され、この一篇が纏う謎と、謎の解明が帰すべき文学上のテーマは、読者が人間的感情の美と荘厳を想うことでおのずと明らかになっていく……。無論これをもって、探偵小説における「芸術（文学）」的彫琢の完成型とすることはできない。権田萬治が指摘するように、ここには「透明で清新で秩序ある世界」がうつくしく設えられているが、「人間の非合理な側面」や「不気味な世界」、「神秘的な世界」（「探偵小説と詩的情熱」『宝石』一九六二年四月）に向けた脅威のまなざし、畏怖の念などが稀薄であるからだ。木々が初期短篇「眠り人形」（『新青年』一九三五年二月）にのみ漏らした猟奇の滴、その後つくりあげた巍々たる芸術小説の山系にはほとんど反映しえなかった「文学」の暗黒面は、同時代いずこに存在していたのか。甲賀・木々の論戦に刺激を受けて自らも筆を執った野上徹夫は、いみじくも、芸術／非芸術論争を「現在の日本の探偵小説を高めると同時に広めるための議論でなければならぬ」（既出「探偵小説の芸術化」）と訴えている。然り。探偵小説を「広める」ために求められた「芸術」、「文学」の宇宙は、せせこましい領土として恣意的に限定されることがあってはならない。

海野十三は、探偵小説の定義を狭くとらず、逆にその「領域を拡げ、奥行きを深めた」結果生まれ出るはずの「何か」を探偵小説に期待し、さらに、物語中の「推理」を追体験することに苦痛をおぼえがちな日本人的心情にマッチした「通俗」と「面白いもの」を心がけてきた（「探偵小説の風下に立つ」『ぷろふいる』第五巻第三号、一九三七年三月）。また夢野久作は、「探偵小説の真の使命は、その変格に在る」（「探偵小説の真使命」『文芸通信』一九三五年八月）と断言し、謎が解明されぬまま、謎そのものに同化していくという、前代未聞の言語空間を「探偵小説」として創出した。海野、夢野もまた、

〈未開拓の文学を発見していく〉ことを探偵小説の深化と心得ていたのだ。だが、その未知の地平には、木々が見出しえなかった文学のデーモンが跋扈し、黒暗淵《やみわだ》のごとき芸術の魔界が拡がっていたのである。

大正末期から昭和期にかけて現出した第二の流行期において、探偵小説は急進的に「文学」に接近し、また同時に、「文学」を相対化するまなざしを激しく志向した。この季節を探偵小説の黄金時代と賞賛するゆえんである。

〈戦後文学〉としてのミステリ

〈一九四五～六五年〉

押野武志

一　はじめに――〈戦後文学〉とは何か

戦後文学とは何か。時期区分の意味でいえば、戦後をどこの時期までとみなすかにもよるが、戦後まもなく発表された文学、あるいは、戦後まもなくデビューした新人作家の文学ということになる。文学的なテーマから見れば、従軍の有無や世代による受け止め方は異なるものの、自らの戦争体験の意味や戦後の状況を批評的に追求した文学の総称として呼ばれることもある。

ただ、戦後文学といった場合、もっぱら前提とされているのは、純文学や詩というジャンルである。戦後まもなく発表されたミステリを、戦後文学というカテゴリーで括ることはまれである。現実から遊離しているといわれているジャンルであるが、戦後の本格ミステリ・ブームは、時代状況を無視することはできない。戦後のミステリ・ブームにおいては、それぞれのミステリ観は異なる部分もあるが、横溝正史のようなミステリ作家、坂口安吾のような無頼派作家、林房雄のような転向作家、そして多くの戦後派作家たちがミステリを書いた。さらには田村隆一や鮎川信夫といった『荒地』派の詩人たちが、ミステリに関心を示し、戦後多くの海外ミステリの翻訳を行い、戦後のミステリ普及に大きな足跡を残した。平野謙、埴谷雄高、大岡昇平、「マチネ・ポエティク」の周辺の作家たち、梅崎春生、椎名麟三、大西巨人らが何らかの形でミステリというジャンルに手を染めた。

詩や小説といったジャンルを問わず、文学者の戦争体験がミステリの成立といかなる関係にあるかを明らかにできるはずである。

このように、戦後のミステリは、純文学／大衆文学、あるいは、本格／変格といった単純な二分法ではとらえきれない重層的なジャンルであり、従来の文学史を見直す新しい視点を手に入れることができるのではないだろうか。つまり、戦後のミステリを〈戦後文学〉として位置づけ、その成立から今日に至る本格ミステリの展開を史的に解明することで、従来の純文学中心の文学史の再構築を目指すことが可能になるかもしれない。

本稿では、そうした戦後文学史の再検討のための問題提起とその一端を明らかにしてみたい。(1)

二　戦後の本格ミステリ・ブームの背景

探偵小説成立の社会的背景の要因を分析したものとして、ハワード・ヘイクラフト『娯楽としての殺人』（一九六一年、桃源社）が有名である。全体主義国家であったイタリア、ドイツにおける探偵小説の抑圧を指摘しながら、探偵小説の誕生には民主主義の成立が不可欠であることを主張した。

欧米では第一次世界大戦後の一九二〇年から三〇年代にかけて本格ミステリの黄金期を迎える。日本では第二次世界大戦後に流行する。この現象について、笠井潔「大量死と探偵小説」（『模倣における逸脱』一九九六年、彩流社）は、密室トリック等を通して特権的な死を描く探偵小説というジャンルの形成には、戦争による大量死・匿名死の経験が深く関わっていると主張する。

しかし、笠井以前に、戦争経験者たちは、そのことをすでに指摘していた。鮎川信夫「推理小説論」は、「そこでは、ただ一滴の血といえども、けっして無意味には流されていないのである。殺人が高価なこと、推理小説に過ぎるものはない。と言っても、戦争や内乱で無意味な大流血が行なわれることを知っている人たちには、単なる逆説とはおもわれないだろう。戦争期には、推理小説が不振であるという事実が、何よりもこれをはっきり裏書きしている。」（『世界推理小説全集』月報第三三、三五巻、一九五七年、東京創元社／『鮎川信夫著作集』第五巻、一九七四年、思潮社）と述べているように、笠井の主張を先取りしている。

田村隆一も、「戦争による〝人殺し〟ですが、あれは探偵小説にはなりません。アウシュビッツとか原爆による大量殺戮には、個人の犯罪動機が希薄でしょ。組織による虐殺ですから、犯行者の罪悪感がない。単に戦略遂行の事務能力だけしか問題にならない。個人が個人を殺すのでなければ〝事件〟の魅力がないのです。」(『田村隆一ミステリーの料理事典』一九八四年、三省堂)と述べる。さらに、意外性や飛躍性、部分と全体の有機的な結びつきにおいて、ミステリの構造と自らの詩作が共通していることにも言及している。

自らも推理小説を書いた大岡昇平も「推理小説ノート」において、「戦争の大量殺人は、犯罪への関心を失わせた。前線で毎日何百人の人間が殺されているのに、都会の一隅で一人の市民がいかに殺されたかに興味を持つ者はなかった。」(『文学界』一九六〇年一〇月/『大岡昇平全集』第一四巻、一九九六年、筑摩書房)と述懐している。ただし、大岡は、ミステリは知的ゲームであり、戦後文学という認識はなかった。同様のミステリ観を共有していたのが、坂口安吾である。

三　安吾と暗号

「堕落論」(一九四六年)や「白痴」(一九四六年)など、敗戦後、無頼派の作家として時代の寵児となった坂口安吾の作品は、紛れもなく戦後文学である。それでは、安吾のミステリは、どのように位置づけられるだろうか。二〇〇六年の生誕百年などを機に、安吾が再評価される機運が高まってはいるが、ミステリは知的ゲームであるという安吾自身のミステリ観も災いして、安吾のミステリ作品に関しては、研究の端緒についたばかりである。

安吾は、戦前・戦中に日本で本格ミステリが書かれなかった理由として、物的証拠を重視せず、自白だけで起訴できる国家権力のあり方を挙げている。そして、ハワード・ヘイクラフトと同様に、民主主義に基づく新憲法の発布が、ミステリが論理的で知的なゲームとして成立するための現実的な条件と考えていた。そのようなミステリ観のもとに書かれたのが、『不連続殺人事件』(『日本小説』一九四七年九月〜四八年八月)であった。

殺人の舞台となる歌川家は、現実の常識や規範が通用しない、一つの閉鎖空間＝ゲーム空間である。しかし、戦後的な空間と無縁であるかといえば、全くそうではなく、むしろ戦後の空間を前提としている。笠井潔「無意味と意味と無意味——坂口安吾論」は、この小説における、戦前的なものと戦後的なものを、意味づけし、犯人たちの犯罪は、戦後にもなお曖昧に生き延びようとする戦前性(公職追放中の歌川多門と愛人との妾的な性関係、半封建的な家父長制度や占領軍による農地解放にも耐えて延命している山林地主としての歌川家)を否認すべく計画されたとする。そして、笠井は、疎開せず空襲を唯一経験した犯人たちの設定の重要性を指摘している。主要な人物の中で、戦争下に歌川家に疎開していなかったことが明らかな犯人の二人、ピカ一とあやかは、安吾も遭遇した大空襲を経験した公算が高い。またピカ一という犯人のネーミングの中に、第二次世界大戦における大量死を象徴する、原爆投下の記憶が刻まれている。犯罪計画のために夫婦関係を解消したり、新しい婚姻関係を結んだりする犯人たちの計画と行動には伝統的な性規範からは逸脱する、戦後性を帯びているという。

しかし、歌川家の四人の死に無関係な二人の死を混ぜ合わせることで、「無意味な死」を「意味ある死」に回収できるはずであったのが、計画外の内海と千草の二つの真に「無意味な死」に直面し、「意味ある死」に回収することに失敗し、犯行が露呈する。その「意味ある死＝無意味な死」の等式が崩壊するさまを描いたこの小説を笠井は高く評価する（『探偵小説論Ⅰ』、一九九八年、東京創元社）。

笠井が指摘する、こうした『不連続殺人事件』が帯びる示唆的な戦後性に対して、「アンゴウ」（『別冊サロン』一九四七年五月）は、直接的に戦争の記憶を甦らせる。本作は、短編ということもあってこれまでほとんど論じられてこなかったが、(2)「堕落論」や「白痴」とは異なる安吾の戦争体験の痕跡が刻まれた作品ではないだろうか。

戦後、復員した矢島は、古本屋で戦死した親友の「神尾蔵書」と印のある本を発見する。その本に挿んであった、女手と思われる用箋の数字の暗号を、「いつもの処にいます七月五日午後三時」と解読し、差出人を妻のタカ子（戦災で二人の子供を失い、自らも失明する）と判断する。そして、出征中の二人の不倫を疑い出すのである。たとえば、いつも左側に寝ていた妻が、右側に眠るときもあった。そして神尾は左利きなのである。矢島は、疎開先の神尾夫人に面会し、タカ子が死んでいたら、求婚したかもしれないという情欲的な妄想を抱く。

神尾の女学校二年の長女は、矢島の娘が生きていたら同年代であった。神尾夫人の家に矢島の同名の本を発見し、二人の仲は決定的と思い込む。

次の瞬間、自分の本と神尾の同名の本を取り違えたのは自分であるという記憶がよみがえる。不倫の物語から親子の物語へと急展開する。例の本は矢島が神尾宅から間違えて持ち帰ったものだったのである。

戦禍で焼けたものと思われたその本がなぜあったのか、古本屋を訪れ、書物の来歴を調べる。焼け跡から盗まれたものらしい(妻の失明が伏線となっている)。二人の子供(兄妹)を見殺しにしてしまったという妻のつらい回想がなされるのだが、それでも妻を疑う。

その後、矢島の旧蔵書の所有者から連絡があり、ほかの書物からも一八枚の紙片が発見される。それらの暗号文は、戦災で亡くなった二人の子供たちの秘密の遊びの手紙だったのだ。

その暗号をタカ子のものと思い違えていたことは、今となっては滑稽であるが、戦争の劫火をくゞり、他の一切が燃え失せたときに、暗号のみが遂に父の目にふれたというこの事実には、やっぱりそこに一つの激しい執念がはたらいているとしか矢島には思うことができなかった。子供たちが、一言の別辞を父に語ろうと祈っているその一念が、暗号の紙にこもっている、そう考えることが不合理であろうか。

矢島は然し満足であった。子供の遺骨をつきとめることができたよりも、はるかに深くみたされていた。

私たちは、いま、天国に遊んでいます。暗号は、現にそう父に話しかけ、そして父をあべこべに慰めるために訪れてきたのだ、と彼は信じたからであった。

（『坂口安吾全集』第六巻、一九九八年、筑摩書房）

「私たちは、いま、天国に遊んでいます。暗号は、現にそう父に話しかけ、そして父をあべこべに慰めるために訪れてきたのだ」と矢島は再解読する。

この短編には、夫の妄想であるにせよ、出征中の妻の不倫といった戦時中は決して語ることのできなかったテーマが潜在している。そのような戦時中のさまざまなタブーを戦後文学は書くことになるのだが、この短編のユニークさはそのような物語内容（戦時中に書けなかった物語を書くということ）にはない。戦争体験を語るのではなく、むしろ、夫の探偵的行為によって語らされてしまうということ、そしてその語る行為自体がふたたび妻を苦しめてしまうという証言や回想に関わる暴力性が凝縮されている。一九九〇年代以降に浮上する問題――トラウマや証言に関わるオーラル・ヒストリーの問題や声なき主体の声の問題――を先取りしている。

矢島の探偵的行為は、戦後の文学者の戦争責任追及と二重写しになる。矢島の推理のプロセスとその失敗は、第三者的な安全な場所からなされた戦争責任論を批判するものと読み直すこともできるだろう。矢島の推理（の失敗）によって、戦争の記憶から忘却されていた子供たちの死を再発見する。死者の記憶を語るためには、このような迂回に似た推理的な語りの手法が有効だったのである。

四　天城一の実践

ミステリの持つ政治的な機能にきわめて敏感だったのは、天城一である。天城は、「不思議の国の犯罪」(『宝石』一九四七年二・三月合併号)でデビューする。大学の数学教師という本業のかたわら発表してきた短編は、各種アンソロジーに幾度となく再録されてきたが、寡作だったこともあり、『天城一の密室犯罪学教程』(二〇〇四年、日本評論社)が初めての著書単独刊行となる。

評論部分である「密室犯罪学教程【理論編】」に付せられた「献詞」には、江戸川乱歩に対する敬意と同時に痛烈な批判が語られている。天城による乱歩批判の核は、「トリックということばは日本語で、しかも先生の御造語でした。英米の探偵小説社会ではトリックなどという英語はないことを、先生はよく御承知のはずでした。ことばがないほどですから、トリックが探偵小説のアルファでありオメガであるなどと主張する人の存在は不可能でした。」という、乱歩のトリック偏重主義にある。そして、天城は実際に密室トリックを使った作品を書き、それを自ら分析してみせることによって、「密室など乱歩がいうほど困難なトリックでないことを実証」する。天城によれば、乱歩の本領は、戦前の反体制的な耽美的通俗探偵小説にあったという。つまり「探偵小説は読者に参加の夢を与えると称しながら、実際は読者を操作するにすぎませんでした。」というのだ。天城は探偵小説成立の歴史的な条件を、一九世紀の市民社会（ブルジョア社会）から第一次世界大戦後の大衆社会への移行に求めている。探偵小説は、一九世紀の小説というパブリック性・コードブックとは異なる新たなリアリズムの要請によって生まれたというのだ。それが読者の操作＝大衆の操作という問題系である。一九三〇年代は欧米では探偵小説黄金時代であったがファシズムの時代でもあった。具体的に天城は、一九三三年に発表されたエラリー・クイーン『Ｙの悲劇』が、ナチスの第三帝国の樹立の年であったことに注意を喚起し、『Ｙの悲劇』の少年の犯人が探偵によって懲罰的に殺害されるというストーリーに触れ、「犯罪者の先天的素質を持つ少年は抹殺されねばならぬというのであれば、アウシュヴィッツは正当化されるでしょう。」と、探偵小説とファシズムとの相関関係を指摘している。

そのような探偵小説観を持つ天城の短編「高天原《たかまがはら》の犯罪」（『別冊旬刊ニュース』一九四八年五月／『天城一の密室犯罪学教程』所収）を見てみよう。

一宇教と呼ばれる教祖（ミコト）の密室殺人事件を扱った「高天原《たかまがはら》の犯罪」は、チェスタトン「見えない人（男）」（『ブラウン神父の童心』一九一一年）のヴァリエーションでありながら、同時に戦後日本の歴史認識批判でもある。

二階の紫神殿でミコトが絞殺される。一階には二人の歩哨がいて、第一巫女の千種姫が二階に上がるのを目撃され、神殺しの犯人として逮捕される。

探偵の摩耶正の推理はこうである。ミコトが手洗いに降りて戻ってくるときに、犯人（第二巫女の千鳥姫)がその後に続く。歩哨は現人神に平伏して頭を上げない。千種姫が御教示を受けに来たとき、ミコトのまねをする。ミコトの言葉(御神示)を巫女は書きとめ、「紙様」を盆に載せ、フクサをかけて、千種姫が降りてくる。神の御名代として、歩哨は平伏する。それに乗じて、犯人も二階から降りるというものであった。財産を抛って狂信家になった夫を救うために、ミコトに破門を宣言させ、迷いから覚醒させようとしたものの、夫の狂信は治らず、最終手段に出てしまったというのが犯人の動機である。

摩耶の推理に納得しない友人の島崎警部補に対して、摩耶は次のように語る。

わかってないのさ。君は、わかっていないのか、忘れようとしているのさ。大戦争をボッ始めた張本人の一味だとゆうことを、物見事にゴマ化そうとしているんだよ。南京とマニラの虐殺の責任をチョロまかそうとしているんだよ。三年前には『神国』に住んでいたくせに千万年も前から『民主国』に住んでいたような顔をしようとゆうのさ。戦争と虐殺の一切の責任を、うまいこと巣鴨の連中に転嫁して、この俺の手だけは清潔だといいたいのさ。(中略)この『密室犯罪』を可能にした背後の『法則』が、我々には三年前にごくなじみの深い『法則』で、今廃れてしまった『法則』だからね。

(『天城一の密室犯罪学教程』二〇〇四年、日本評論社)

トリック自体はばかばかしいものである。そこに天城のトリック偏重主義への皮肉が含まれていると同時に、戦中のファシズムの記憶を鮮やかに浮かび上がらせることに成功している。このばかばかしいトリックを通して、つい数年前まで直視することが禁じられ、現人神としての天皇に熱狂した日本人の姿を戯画的に描くのである。

「盗まれた手紙」(『密室』一三号、一九五四年五月／『天城一の密室犯罪学教程』所収)は、タイトルからも明らかな通り、エドガー・アラン・ポーの「盗まれた手紙」(一八四五年)を下敷きにして書かれている。つまり、ポーの作品では手紙そのもの、天城の作品ではそれを撮影したフィルムという違いはあるが、隠されているモノが、徹底的な捜査にもかかわらず見つからない謎を中心とした物語である。天城は、多くの密室ものも書いているのだが、制限された視点からの思い込みによって生産される謎(＝イデオロギーの問題)を解くことに主眼が置かれている。

「ポツダム犯罪」(『密室』一四号、一九五四年九月／『天城一の密室犯罪学教程』所収)は、四つの殺人用具(縄・金属棒・短刀・弓矢)が常備された部屋で行われた密室殺人事件である。凶器の弓矢は、ポツダム宣言受諾に伴って民間所有を許される唯一の公式飛道具であった。被害者の丸橋医学博士は、戦時中は大政翼賛会の宣伝副部長を務め、戦後、易断所を開設し、日本の地下組織の指導者として君臨していた。児玉誉士夫をモデルにしたと思われる人物なのである。島崎警部補と摩耶が内偵の密命を受け、事件を解決する。丸橋夫人による無理心中が真相で、夫殺害動機は、夫の戦争責任を全うするためのものであった。

このように現実を批判的に描き出すジャンルとしてミステリを捉え直したという意味で、天城のミステリは戦後文学として位置づけられる。

五　ジャンルの再編――安吾から清張へ

坂口安吾が没するのは、一九五五年である。安吾と入れ替わるように登場するのが松本清張である。清張は、「探偵小説芸術論」を唱えた木々高太郎の門下生であり、「或る「小倉日記」伝」(一九五二年)は、木々と同じく最初は直木賞で候補になったのだが、結局、第二八回芥川賞を受賞する。つまり、清張が登場した時点は、純文学と大衆文学の線引きが一回引き直されている時期にあたり、後述する「純文学変質論争」も起こっている。

清張は、戦後の日本社会についても、ミステリを通して描こうとした。「探偵小説を「お化屋敷」の掛小屋からリアリズムの外に出したかった」(「日本の推理小説」／原題「推理小説独言」『文学』一九六一年四月／『黒い手帖』一九七四年、中央公論社)清張は、名探偵を排除し素人探偵を登場させ、犯人の犯行の動機やその社会的背景を描くことを主眼にして、ミステリを量産した。

芥川賞を受賞したものの、「或る「小倉日記」伝」の選考委員の評価は芳しいものではなかったが、その中で、「この文章は実は殺人犯人をも追跡しうる自在な力」(「感想(第二十八回芥川賞選後評)」／『坂口安吾全集』第一三巻、一九九九年、筑摩書房)があると清張の探偵小説家としての資質をいち早く見出したのは誰よりも安吾であった。

同じく、清張を高く評価した平野謙「推理小説時評」は、「占領という全く特殊な時期を経験した現代日本では、これまで思いもよらなかった奇々怪々な事件が実際に発生したため、それを背景とすると、私どもの推理小説的欲望がよりアクチュアルに緊張するのは事実だろう。」(『東京新聞』夕刊、一九六一年四月／『平野謙全集』第一二巻、一九七五年、新潮社)と、清張ブームの背景には、当時の読者の占領期の怪事件への関心もあったことを指摘している。

確かに、清張は、占領期の奇怪な事件(下山事件・三鷹事件・松川事件・帝銀事件……)を背景とするミステリ『小説帝銀事件』(一九五九年)やノンフィクション『日本の黒い霧』(一九六〇年)を書いた。さらに、水上勉や黒岩重吾らが登場し、社会派ミステリ・ブームが起こる。一九五六年の経済白書が「もはや戦後ではない」と宣言して以降も、松本清張のように、社会派ミステリは、占領期の諸問題を批判的に問い直すことになる。清張の占領期への関心は、清張文学の戦後性の一つの表れとして捉えることができるだろう。

そのような占領期に実際に起こった事件に取材した作品に限らず、『ゼロの焦点』(一九五九年、光文社)においても、そうした関心はうかがえる。新婚まもない禎子が、失踪した夫の秘密を解き明かしていくうちに、連続殺人事件に巻き込まれていく。犯人は、今は地元の名士である、佐知子夫人であった。パンパンであった過去を隠蔽するために連続殺人を犯す。

これは、敗戦によって日本の女性が受けた被害が、十三年たった今日、少しもその傷痕が消えず、ふと、ある衝撃をうけて、ふたたび、その古い疵から、いまわしい血が新しく噴きだしたとは言えないだろうか。

（松本清張『ゼロの焦点』二〇〇五年、新潮社）

ここには、戦後は終わっていないという清張の認識が、禎子を通して直接的に表明されている。清張は、『荒地』派の詩人たちと同様に召集され、衛生兵として朝鮮に赴き、敗戦もそこで迎える。短編「赤いくじ」（一九五四年）は、ミステリではないものの、その頃の出来事を背景にしている。アメリカ軍の進駐を前に、軍上層部が日本人会の婦人たちをくじで選別して、慰安婦として差し出し、姑息にも生き延びようとする悲喜劇を描いたものだ。

六　純文学変質論争の周辺

平野謙「『群像』一五周年によせて」（『朝日新聞』一九六一年九月一三日）は、清張の社会派ミステリを純文学と大衆文学の「中間小説」として位置づけ、文学史の系譜においては、「いまにして思えば、昭和十年に横光利一が『純粋小説論』を書いて、大衆文学と純文学とをかねそなえるものを純粋小説と規定したとき、それは戦後の中間小説的繁栄を予兆するものだった、ともいえる。」と述べる。

さらに、「近代文学なり現代小説なりが文芸雑誌や総合雑誌を中心として発達してきたという文学史上の定説も、大正から昭和初年にかけて定位した歴史的概念にすぎないのじゃないか、というのが私のひそかな疑問である。」と、純文学という概念の歴史性を指摘した。このような平野の清張らの登場による純文学概念の再検討の提唱に対して、さまざまな意見・反論が提出される。これが「純文学変質論争」と呼ばれるものである。

伊藤整「『純』文学は存在し得るか」（『群像』一九六一年一一月）は、「最も大きな変化は、推理小説の際立つた流行である。そんなこと「純」文学に関係ないではないかと思ふ人があるかも知れない。しかし、松本清張、水上勉といふやうな花形作家が出て、前者が、プロレタリア文学が昭和初年以来企てて果たさなかつた資本主義社会の暗黒の描出に成功し、後者が私の読んだところでは「雁の寺」の作風によつて、私小説的なムード小説と推理小説の結びつきに成功すると、純文学は単独で存在し得るといふ根拠が薄弱に見えて来るのも必然のことなのである。」という。「私の言ひたいことは次の点である。今の純文学は中間小説それ自体の繁栄によつて脅かされてゐるのではない。純文学の理想が持つてゐた二つの極を、前記二人を代表とする推理小説の作風によつて、あつさりと引き継がれてしまつたことに当惑してゐるらしいのである。」と伊藤もまた社会派ミステリを高く評価し、清張は、昭和初期のプロレタリア文学の理想を実現したのであり、水上は、私小説とミステリの融合に成功したのだと彼らの作品を文学史的に位置づけた。

伊藤の評価に対して、大岡昇平「松本清張批判」（『群像』一九六一年一二月）は、清張をはじめとして社会派ミステリは、現代の政治悪を十分に描き出していないと批判した。清張の場合、「朝鮮戦争前夜の日本に頻発した謎の事件を、アメリカ諜略機関の陰謀として捉えたものであり、栄えるものに対する反抗という気分は、初期の作品から一貫している」といい、このような客観的なデータに基づかない清張の推論を「ロマンチック」と非難した。

清張「大岡昇平氏のロマンチックな裁断」(『群像』一九六二年一月)は、上述の大岡の批判に対して、「既成の道徳への反抗、秩序への反抗、権力への反抗、いろいろなかたちはあるにせよ、文学の生命は反逆であると私は思う」と反論している。

清張のミステリ観は、大岡が批判したような、ナイーブな占領軍による陰謀史観に偏重しているのは確かだとしても、反抗の文学としてミステリを位置づけ、従来の私小説的な純文学概念に対して、社会性を獲得しようとしたのである。平野は、そこに人民文庫派やプロレタリア文学がなしえなかった、〈純文学〉の可能性を見出そうとしたのだといえよう。

七　おわりに——戦後文学からアンチ・ミステリへ

戦後の本格ミステリは、江戸川乱歩の影響もあり、トリックやゲーム性が重要視され、文学性を問われることはなかった。だが、松本清張の社会派ミステリの登場によって、純文学変質論争を引き起こしながら、現実の諸問題を告発するリアリズム文学としての地位を得る。松本清張の占領軍に対する批判的な眼差しは、戦後日本の捉え直しという意味では、戦後文学といっていいだろう。また、清張登場以前においても、本格ミステリの政治的な機能（＝国家のイデオロギー装置）を自覚した、天城一の実践も貴重な試みであった。

六〇年代に入ると、清張らの社会派ミステリと従来の純文学をめぐる文学史的な再編の動きが起こる。社会派ミステリの台頭は、大岡らの反発を引き起こしながらも、文学概念の変容を迫ったのであった。その間、本格ミステリは沈黙を強いられる。その証拠に、一九六四年、横溝正史の『仮面舞踏会』が中絶し、休筆を余儀なくされる。

一九五五年から始まった江戸川乱歩賞は、第三回以降は長編小説を公募し、本格ミステリ作家への登竜門となった。しかし、一九六一年、乱歩は第七回の乱歩賞選評（受賞作・陳舜臣『枯草の根』）において、自分自身の本格擁護の説が災いして、応募作に本格ミステリが多く、その他の傾向のミステリが見られないのが残念で、応募作にもっと多様性がほしいと述べている。確かに、関口苑生『江戸川乱歩賞と日本のミステリー』（二〇〇〇年、マガジンハウス）が指摘しているように、それ以降の乱歩賞受賞作を見ると、本格ミステリは意外と少なく、乱歩賞を受賞した作家のその後の活動を見ても、ミステリ作家と呼べる受賞者はあまりいない。

一九六二年の第八回江戸川乱歩賞に前半の第二章までしかない未完成状態で応募し次席になったのが、中井英夫（塔晶夫）のアンチ・ミステリ『虚無への供物』で、一九六四年に完成版が刊行される。

中井の『虚無への供物』の登場によって、ミステリというジャンルは、一つのサイクルを完了させる。一九六五年には、『新青年』の初代編集長であった森下雨村、異才のミステリ作家・大坪砂男、ミステリ界をリードしてきた江戸川乱歩、そして、乱歩にも影響を与えた谷崎潤一郎が相次いで没する。翌年、乱歩に代わって乱歩賞の選考委員になったのが松本清張である。それ以降の受賞作を見ると、スパイ小説、冒険小説、歴史ミステリなどジャンルの多様化がさらに進む。

『虚無への供物』刊行前後は、本格ミステリ史における大きな断絶を見ることができるだろう。推理小説でありながら推理小説であることを拒否する、反推理小説(アンチ・ミステリ)『虚無への供物』は、ミステリというジャンルのコードの形式化・徹底化を通してコード破壊を試み、戦後本格と社会派ミステリのどちらも批判し、乗り越えようとした作品である。

『虚無への供物』は、ミステリへの死亡宣告であったが、日本のミステリ史は、ここから再生すべく、七〇年代に入ると新たな展開を見せることになる。

(1) ミステリと戦後詩との関連でいえば、『荒地』派の詩人たちの活動が注目に値する。戦後の本格ミステリ流行の背景には、江戸川乱歩による普及活動も大きいが、『荒地』派の詩人たちが、占領軍によって大量にもたらされた海外のミステリを次々に翻訳したことも挙げられる。『荒地』派の詩人たちの中でも、田村隆一と鮎川信夫の翻訳の量は突出している。さらに、二人の詩的試みは、死の表象において、ミステリとある種の親和性があった。本格ミステリが密室トリック等を駆使しながら、特権的な死を描くのと同じように、『荒地』派の詩人たちも、「単独者」(鮎川信夫)としての個別的な他者の死をいかに記述するかという問題に直面した。

田村隆一は、さらに、自らの詩的試みを殺人のメタファーを用いて、日本的な語法、抒情を殺そうとしたといえる。拙稿「坂口安吾ミステリの射程——『荒地』派詩人たちとの交錯」（『日本探偵小説を読む——偏光と挑発のミステリ史』二〇一三年、北海道大学出版会）および、拙稿「ミステリと戦後詩」（『武蔵野文学館紀要』第六号、二〇一六年三月）参照。なお、上述の拙稿と本稿の論旨の一部が重複している。

（2）　武田信明「「アンゴウ」解読のためのエスキース——坂口安吾「アンゴウ」論」（『坂口安吾論集Ⅰ』二〇〇二年、ゆまに書房）は、本作をミステリとして論じた唯一の作品論である。「手」のイメジャリーやアンゴウ→暗号・安吾、和子（Kazuko）→家族（Kazoku）、秋夫（Akio）→神尾蔵書（Kamio）といったアナグラムを見出している。

〈一九六五〜八五年〉

ミステリの〈拡散〉

横濱雄二

一　はじめに

本稿の任務は、一九六五年から八五年まで、言い換えれば昭和四〇年代から五〇年代までのミステリの動向をおおまかに示すことである。一九六五年以前は社会派推理小説、一九八五年以降は新本格ミステリの時代と捉えることができるが、両者に狭まれた二〇年間を特徴づける独特の作品群があるようには見えない。とはいえ、それは必ずしもミステリが沈滞していたことを意味しない。むしろ、この二〇年間において、ミステリはさまざまに拡散し、より広く人々の眼に触れるようになったのではないだろうか。

拡散の一つには、映画やテレビドラマとして、ミステリ作品の映像化が広くなされるようになったことがある。ミステリ映画は常に作られ続けてきていたが、角川映画の参入によってさらに弾みがついた。テレビでも同様に、従来から捕物帳など時代劇を含めミステリを題材とするドラマが作られていたが、七〇年代後半から放送局がこぞって二時間ドラマ枠を新設し、ミステリドラマが多数製作放送されるようになった。拡散の二つ目には、ミステリでデビューしつつ、その他のエンターテインメント文学へ作風を広げていった作家が多く出たことがある。第三に興味深いのは、戦前の探偵小説がさまざまな形で復刻され、普及していったことである。このように、一九六五〜八五年にかけては、時代的、ジャンル的、メディア的にミステリの拡散が見られた。本稿では、この三点について取り上げたい。

二　時代の拡散

一九六〇年代後半から、絶版あるいは単行本未収録のミステリを復刊する動きが広まった。新保博久『ミステリ編集道』(二〇一五年、本の雑誌社)には、一九六八年から七五年までの復刊本や全集の出版をめぐる状況が年表形式で整理されている。これを見ると、たとえば一九六九年には立風書房から『新青年傑作選』全五巻が翌年まで出され、七〇年には講談社が『横溝正史全集』、朝日新聞社で『木々高太郎全集』、七一年にはまた講談社で『横溝正史定本人形佐七捕物帳全集』、同じく『大衆文学大系』全三〇巻、文藝春秋社では『松本清張全集』第一期(一九七四年まで)、七二年には講談社で『現代推理小説体系』全一八巻などと、個人全集を含め大部のものが次々と編まれた。

これらミステリの復刻の動きに先鞭をつけたのは、桃源社のいわゆる「大ロマンの復活」シリーズであろう。これについては、東雅夫編『幻想文学講義』(二〇一二年、国書刊行会)および『ミステリ編集道』所載の桃源社八木昇に対するインタビューならびに先の年表が詳しい。桃源社は一九六五年以前から『書き下ろし推理小説全集』(一九五九～六〇年)、『江戸川乱歩全集』(一九六一～六三年)などを編んでいた。新保のインタビューによると、「大ロマンの復活」は単なる謳い文句だったものがシリーズ名のようになったものだという。その最初は国枝史郎『神州纐纈城』(一九六八年)で、小栗虫太郎『人外魔境』(同年)、国枝史郎『完本蔦葛木曽桟』(一九六九年)が続く。その後も橘外男、海野十三、久生十蘭などの作品が復刻され、一九七一年の小栗虫太郎『成層圏魔城』が出る。その後は間を置いて、一九七五年に渡辺啓助『地獄横丁』がある。

もちろん、この動きは先に述べたように他の出版社でもさまざまにあるが、特に目を引くのは、一九七一年『八つ墓村』に始まる角川文庫の横溝正史シリーズである。第二次横溝ブームは単独に成立したものではなく、それ以前からの復刻の流れに乗ったものである。また、後で述べるように、映画やテレビドラマでミステリが多く題材にされる中で、横溝正史作品が注目を集めたということもいえる。そして後述のように、映像化の原作としては、横溝ばかりでなく、乱歩や清張なども同様に人気を博していたのである。

一方で、雑誌の動きも見逃せない。一九六四年には雑誌『宝石』の版権が光文社に移り、ミステリ専門誌から総合誌へと衣替えしていた。翌年には日本推理作家協会の機関誌として『推理小説研究』が、一九六七年には中島河太郎責任編集『推理界』(浪速書房)が発刊された。一九七〇年になって、推理文学会の会誌という形をとって雑誌『推理文学』が新人物往来社から刊行されたが、これは二年で出版社の手を離れ、その後は推理文学会が刊行を続けた。

また、一九七四年には雑誌『奇想天外』(盛光社等)が、翌七五年には『幻影城』(絃映社、のち幻影城)がそれぞれ創刊された。『奇想天外』はその後SF専門誌となり、断続的に一九九〇年まで続いたが、『幻影城』は七九年に休刊となった。『奇想天外』編集主幹の曽根忠穂はインタビューの中で、『幻影城』とは方向性が異なることと、謎解きが自らの興味の中心であることを明かしている(山口雅也他編著『奇想天外復刻版アンソロジー』二〇一七年、南雲堂)。一方、『幻影城』の「創刊のことば」は、以下のように宣言する。

> 再評価され、全集が刊行された作家はまだラッキーである。しかし、探偵文壇にデビューした当時、新鋭作家と期待されながら、何らかの理由で作品を幾つか残して消えた作家も多い。これら作家の作品は、雑誌のバック・ナンバーをさがして読むほか手はない。だが、雑誌のバック・ナンバーはどこへ行ってもないのが現状だ。
>
> これら多くのうずもれた作品の中から、忘れられた名作を発掘《ママ》して、読者に提供すると共に、作家再評価の場として、評論家や研究家の戦後の新しい視点に立った最新の研究成果を、紹介

することを目的に、「幻影城」を創刊した。
なお、作品発掘《ママ》のほかに、出来うれば新しい推理小説の方向を、指し示すような作品をもあわせて紹介したい所存である。識者の御支援を切に願うものである。

ここにあるように、『幻影城』では、まずもって過去の名作を発掘することが念頭に置かれた上で、批評研究の掲載、新作の紹介の三本柱が示された。この通り、初期の掲載作品は過去の復刻が多かった。目次を眺めるだけでも、小酒井不木、海野十三、押川春浪、大下宇陀児らが並んだ。また、二〇号では連続企画「探偵小説五五年〈新青年〉創刊から〈幻影城〉創刊までを考える」がスタートした。近年の論考において横井司は、これら復刻にあわせ同時代の批評言説と戦後の批評言説の双方が掲載されていることに雑誌『幻影城』の特質を見出している（「「幻影城」の文脈――研究・評論の視点から」本多正一編『幻影城の時代　完全版』二〇〇八年、講談社）。このような雑誌の性格を端的に示すのが、一冊に一作家をあて、作品にあわせ批評や事典などが掲載された別冊（全一六巻）の存在であろう。横溝正史（四冊）、日影丈吉、松本清張、土屋隆夫、江戸川乱歩、仁木悦子、高木彬光、鮎川哲也、樹下太郎という現代の作家を取り上げる一方で、黒岩涙香、蒼井雄、岡田鯱彦、小酒井不木という、物故あるいは現役でない作家が編まれている。このように、単に復刊をなすことにとどまらず、過去の作品を取り上げ、現在の文脈にあらためて配置する態度が、雑誌『幻影城』の特質だったといえる。

ところで、一九六六年は第三の文学全集ブームだった。藤井淑禎によると、これは一九六三年のブームに引き続いたもので、一五歳から二三歳の若い男女を対象とし、またそれ以前と異なり、名作映画の公開ラッシュと同時期であったことに特色があるという（『高度成長期に愛された本たち』二〇〇九年、岩波書店）。文学作品の映像化については後述するが、いま述べておきたいのは、六〇年代後半から七〇年代終わりまでのミステリの復刻ブームは、決して単独の事象ではなく、これら文学全集のブームの一端でもあった、ということである。もちろん、教養としての読書をねらいとする名作文学の全集と、入手の難しい過去の大衆文学の復刊では、その性質は異なるだろう。

一方で、ミステリの歴史を現在から振り返ったとき、七〇年代前半までは社会派推理小説や風俗小説の時代で、七〇年代後半は第二次横溝正史ブームの時代であると図式的に見られがちであるが、そうではなく、むしろ六〇年代から復刻ブームがあって、その流れに乗って横溝正史の復権がなされることになったことも、確認しておくべきだろう。横井司や野村典彦は幻影城出身作家の作風や横溝正史ブームに、ディスカバージャパンブームに代表される土俗的なものへの志向を重ね合わせている（横井「幻影城作家論」本多前掲書、野村「ディスカバージャパンと横溝正史ブーム」一柳廣孝編著『オカルトの帝国』二〇〇六年、青弓社）。日本国有鉄道のディスカバージャパンキャンペーンは、大阪万博終了後の旅客需要掘り起こしを目的として一九七〇年に始まったが、この日本的なもの、土俗的なものへの回帰と、社会派以前の探偵小説への回帰は、高度経済成長の終わりとともに一瞬で登場したものではなく、その下地はすでに六〇年代後半から見られたのだった。

三　ジャンルの拡散

前節で復刻を中心に述べたが、ひるがえって新作はどのようなものだったのだろうか。この頃登場した作家を中心に、何人か取り上げたい。

一九六六年に松本清張は『新本格推理小説全集』(一九六六〜六七年、読売新聞社)を監修した。この序文で清張は、社会派推理小説や風俗小説の流行によって失われた本来のミステリに立ち返るべきであり、なおかつ社会派以降の進展を鑑みた新たな本格が求められていると説いているが、具体的にいかなる性格の小説が「新本格」であるかについては提示していない。

作品の内容は、必ずしも序文の通りではなかった。石橋喬司は「読みごたえのある力作がそろったことは確かだが、「これが新本格だ」といえる決定打はなく、各作家とも新境地を開くには至らなかったようである。」(「推理小説・SF界1967」『文芸年鑑』一九六八年版、日本文芸家協会)と評している。中島河太郎は「監修者松本清張の意図が多くの共感を得たが、作品は必ずしもその名称に適合したものとはいえなかった。そのレッテルはともかくとして、いくつかの秀作があり成功を収めた」(「推理小説とSFの六八年」『文芸年鑑』一九六九年版、日本文芸家協会)と総括している。両者ともに、執筆陣とその作品が優れていたが、それは新しいミステリを指し示すには至らず、当時の状況の中での佳作にとどまると判断したのであろう。

この全集のラインナップは書き下ろし全一〇巻で、鮎川哲也『積木の塔』、陳舜臣『影は崩れた』、佐野洋『赤い熱い海』、佐賀潜『総理大臣秘書』、三好徹『閃光の遺産』、結城昌治『公園には誰もいない』、多岐川恭『宿命と雷雨』、高木彬光『黒白の囮』、島田一男『捜査線ナンバー・ゼロ』、戸川昌子『蜃気楼の帯』が収められた。いずれも、当時の人気作家である。鮎川、佐野、高木は本格ものを得意としていた。一九六六年に「青玉獅子香炉」で直木賞を受賞した陳舜臣は、大阪外大助手、貿易商という経歴から、『阿片戦争』三部作(一九六七年、講談社)以降、中国史に取材した作品を多く発表した。多岐川はこの頃すでに直木賞作家としてミステリにとどまらない執筆活動をしていた。新聞記者出身の島田も、テレビドラマ『事件記者』(一九五八〜六六年、NHK)を担当するなど、広く活躍していた。佐賀は法曹界出身で企業小説を、三好はスパイ小説を、結城はハードボイルドをそれぞれ得意としていた。戸川は『大いなる幻影』(一九六二年、講談社)でのデビュー以来矢継ぎ早に作品を発表し、また作家デビュー以前からシャンソン歌手であったが、映画やテレビにも出演するなど、文芸の枠にとどまらない活動をしていた。

六〇年代に蒼き狼論争、純文学論争で論陣を張った大岡昇平は、一九六一年から翌年にかけて朝日新聞で未成年犯罪とその裁判を描く『若草物語』を連載した。同作は時間が経って一九七七年に『事件』(新潮社)と改題改訂のうえ出版され、翌年の日本推理作家協会賞を受賞した。また大岡はミステリ作家・評論家ばかりでなく、平野謙や荒正人などのミステリ批評を集めた『ミステリーの仕掛け』(一九八六年、社会思想社)を編んでもいる。

西村寿行は六〇年代にオール讀物新人賞佳作を得ていたが、一九七三年『瀬戸内殺人海流』（サンケイ新聞出版局）でミステリに進出、『安楽死』（一九七三年、サンケイ新聞出版局）を含め、社会派推理小説を書いた。その後『君よ、憤怒の河を渉れ』（一九七五年、徳間書店）、『化石の荒野』（一九七六年、角川書店）を発表して、冒険ものを得意とするようになった。証券業界を扱ったデビュー作『小説兜町《しま》』（一九六六年、三一書房）以来一貫して企業小説に取り組んだ清水一行は、新幹線騒音問題を取り上げた『動脈列島』（一九七四年、光文社）によって日本推理作家協会賞を受賞した。ハードボイルドでは一九六五年以前に前述の結城、島田に加え、高城高、大藪春彦、河野典生らが活躍していたが、生島治郎『追いつめる』（一九六七年、光文社）が直木賞を受賞したほか、スパイ小説の三好徹、檜山良昭も出た。七〇年代以降にデビューした、矢作俊彦、新宿鮫シリーズの大沢在昌、北方謙三に加え、夢枕獏、菊地秀行など、伝奇的作風の作家もここに数えられる。

西村京太郎は一九六五年にサリドマイド問題を取り上げた『天使の傷痕』（講談社）で江戸川乱歩賞を受賞した。初期は本格ものの『殺しの双曲線』（一九七一年、実業之日本社）やパロディ小説『名探偵なんか怖くない』（同年、講談社）などを書いていたが、『消えたタンカー』（一九七六年、光文社）に始まる十津川警部シリーズものの『寝台特急《ブルートレイン》殺人事件』（一九七八年、光文社）でトラベルミステリを開拓した。一九八〇年、同シリーズの『終着駅《ターミナル》殺人事件』（光文社）で日本推理作家協会賞を受けている。

夏樹静子と森村誠一はともに一九七三年、日本推理作家協会賞を得ている。夏樹静子は六〇年代に活躍したのち文芸から遠ざかっていたが、『天使が消えていく』（一九七〇年、講談社）でふたたび注目を集め、『蒸発』(一九七二年、光文社)で受賞した。映画、テレビドラマなど映像化される作品も数多く、晩年まで旺盛な作家活動を続けた。森村誠一は一九六九年『高層の死角』(講談社)で江戸川乱歩賞、一九七三年『腐蝕の構造』(一九七二年、毎日新聞社)で協会賞を受賞した。『超高層ホテル殺人事件』(一九七一年、光文社)は一九七六年に映画化(貞永方久監督、松竹)された。『人間の証明』(一九七六年、角川書店)に始まる棟居刑事シリーズなど、こちらも頻繁に映像化されている。

赤川次郎は一九七六年「幽霊列車」でオール讀物推理小説新人賞を得てデビューした。一九七八年『三毛猫ホームズの推理』(光文社)に始まる三毛猫ホームズシリーズ、「三姉妹探偵団」シリーズ(一九八二年〜現在)など多くのミステリ作品を精力的に発表し続けており、また多くの作品がテレビドラマ化、映画化されている。一九八四年の出版概観の中で、ベストテンの半分が赤川次郎作品で占められた(取次ベース)状況が「赤川次郎現象」と呼ばれるなど、大きなブームとなった(林邦夫「出版'84」『出版年鑑』一九八五年版、日本文芸家協会)。

ところで前節で述べたように、雑誌『幻影城』は新人発掘も行っていた。その第一回(一九七六年)で佳作となったのは泡坂妻夫と田中文雄だった。「DL2号機事件」でデビューした泡坂は、一九七八年に『乱れからくり』で日本推理作家協会賞を受けている。また、デビュー作を含む亜愛一郎シリーズは一九八四年まで書き継がれた。田中文雄は一九七四年『SFマガジン』(早川書房)に「夏の旅人」を発表、七六年「さすらい」が幻影城新人賞佳作となった。八〇年代は『竜神戦士ハンニバル』(一九八一年、早川書房)に始まるヒロイックファンタジー「大魔界」シリーズやホラーなどに腕を振るった。

第三回では田中芳樹（李家豊）と連城三紀彦が入選した。田中はその後SF作家となったが、九〇年代後半になって伝奇アクション「薬師寺涼子の怪奇事件簿」シリーズ（講談社、光文社）を著した。連城三紀彦は『戻り川心中』（一九八〇年、講談社）で日本推理作家協会賞・泉鏡花文学賞を受賞、『恋文』（一九八四年、新潮社）で直木賞を受賞して以降、活躍の場を一般文芸に移した。また、新人賞ではないが、竹本健治は『幻影城』に一九七七年から『匣の中の失楽』（一九七八年、幻影城）を連載してデビュー、七九年同作で日本推理作家協会賞を受賞した。その後は『囲碁殺人事件』（一九八〇年、CBS・ソニー出版）など囲碁棋士牧場智久をシリーズ探偵として本格ものを発表している。

評論部門で佳作となった栗本薫は『ぼくらの時代』（一九七八年、講談社）で江戸川乱歩賞を受賞した。その後雑誌『幻影城』に『紘の聖域』（一九八〇年、講談社）を連載していたが同誌休刊とともに途絶、結末まで書き下ろしで出版された。本作に始まる伊集院大介シリーズは、栗本の死まで断続的に書き継がれた。また一九七九年からはヒロイックファンタジーの「グイン・サーガ」シリーズ（早川書房）、一九八一〜九一年には伝奇SF「魔界水滸伝」シリーズ（角川書店）を著した。

『幻影城』からは離れるが、笠井潔は一九七九年に探偵矢吹駆の活躍する『バイバイ、エンジェル』（角川書店）でデビューし、同じシリーズとして『サマー・アポカリプス』（一九八一年、角川書店）『薔薇の女』（一九八三年、角川書店）を著す一方、一九八二年から八八年にかけて伝奇アクションの「ヴァンパイヤー戦争」シリーズ（角川書店）を展開した。

栗本・笠井両者はともにミステリ作家でありながらも伝奇アクションをはじめ多彩な作風を見せ、また、旺盛な評論活動でも知られる。前者は『文学の輪郭』(一九七八年、講談社)で群像新人賞を受け、その後『ベストセラーの構造』(一九八三年、講談社)、九〇年代には『コミュニケーション不全症候群』(一九九一年、筑摩書房)を世に問うた。後者はSF評論『機械仕掛けの夢』(一九八二年、講談社)もあるが、文芸評論にとどまることなく、『テロルの現象学』(一九八二年、作品社)、『〈戯れ〉という制度』(一九八五年、作品社)などの政治批評を著した。その後九〇年代後半から『探偵小説論』(全三巻、一九九八、一九九九、二〇〇八年、東京創元社)をはじめ、ミステリ批評を次々に上梓している。

また、一九八一年には島田荘司が探偵御手洗潔の活躍する『占星術殺人事件』(講談社)でデビューし、翌年同シリーズの『斜め屋敷の犯罪』(講談社)を発表した。これらは「読者への挑戦状」を備えた密室殺人を扱っており、古典的な本格ものを現代に蘇らせた。

ところで、雑誌『推理文学』創刊号(一九七〇年一月)の座談会「推理小説の未来像」の冒頭、中島河太郎は社会派推理小説から風俗小説へとミステリ全体が傾斜する一方で乱歩等の復刻が受け入れられている状況について、「社会派ミステリーや風俗小説だけでは満足しきれない読者たちに、今の作家が夢やロマンを満たすことを少しないがしろにしていたのではないでしょうか」と問題を提起している。また、同年の『文芸年鑑』にも次のように記している。

数年前松本清張が「新本格」の推理小説を提唱したが、格別の進展は見られなかった。従来の本格物が単なる論理遊戯に趨ったことに対し、社会的視野を拡げ、人間性に立脚した上での本格物をと考えたのであろうが、その反響は意外に乏しく、風俗小説、性愛小説への傾斜が一段と顕著になった。謎解き小説の類型化への反撥もあろうが、なによりもトリックの創意が困難になったことが、中間小説化への易行道へ拍車をかけたのであろう。

推理小説がその特色を喪失し、現実に密着しすぎた作風が大勢を占めると、読者に飽かれるようになったのはやむを得ない。反体制的な奔放な怪奇ロマンへの郷愁が強くなったが、あいにく時勢を洞察した新作家群は現われず、物故作家、旧人作家に新たな照明を当てることになった。

（「推理小説とSFの六九年」『文芸年鑑』一九七〇年版、日本文芸家協会）

中島の現状の把握は、本稿で瞥見したミステリの拡散の過程をミステリ界内部の動向から説明するものと捉えることができる。たとえば郷原宏は「昭和四十年代に入ると、社会派の行きすぎに対する反省から本格復興の気運が高まり、社会派の影響下に出発した作家たちによって、さまざまな方法論的冒険が試みられた。スパイ小説、ハードボイルド、警察小説、企業サスペンスなどはすべてこの時期に開拓され、あるいはリニューアルされている。」と述べている（『物語日本推理小説史』二〇一〇年、講談社）。さらにいえば、ミステリの拡散は、高度経済成長の終焉など社会の変動期にあって、従来と異なるさまざまな試みと淘汰がなされた過程である、と見ることもできよう。

六〇年代後半から八〇年代前半にかけて、ミステリ界内部では現状に飽き足らない読者に新たなテーマやジャンルを供給する試みが、復刻の流行とジャンルの拡散という形で現れた。六〇年代後半から七〇年代前半までは、方法論的冒険とともにさまざまな復刻がなされ、やがてそれらは、表層的には横溝正史ブームへと収斂してゆく。このように見ると、ミステリにおける時代の拡散とジャンルの拡散は、ともに社会派の爛熟と停滞への対処として捉えることができるのではないだろうか。一方、横溝正史ブームを特徴づけるのは、角川映画による映像化でもあった。次節では、文芸以外のメディアへのミステリの拡散を取り上げよう。

四　メディアの拡散

一九六五年以前にも、ミステリはもちろん小説以外のメディアでも展開されていた。加納一朗によれば、日本初の推理映画は一九〇九年公開の「焼野のきぎす」であったという（『推理・SF映画史』一九八四年、朝日ソノラマ）。ここまでさかのぼらずとも、劇映画自身がさまざまな先行作品を原作として活用しつつ作られてきた歴史があるため、ミステリ映画の歴史は劇映画の歴史と重なるものであり、これはテレビドラマでも変わらない。そのため、本節では漫画についてはミステリ色の強い作家を中心にいくつかを取り上げ、映画およびテレビドラマについては、著名作家の原作があるものをおおまかに挙げることとしたい。

漫　画

六〇年代後半には、いくつかの動きが見られる。たとえば白土三平の忍者漫画『カムイ伝』が雑誌『ガロ』(青林堂)に連載(一九六四〜七一年)されるとともに、他誌にも同作の外伝が発表された。モンキー・パンチは『漫画アクション』(双葉社)で『ルパン三世』を連載した(一九六七〜六九年)。名前の通りアルセーヌ・ルパンの孫を自称する怪盗の活躍を描くこの漫画は、その後テレビアニメで好評を博し、その放送にあわせ漫画の続編が描かれた(『ルパン三世新冒険』および『新ルパン三世』)。『少年キング』(少年画報社)では、一九六九〜七九年に望月三起也のバイクアクション『ワイルド7』が連載された。一九六八年の影丸穣也による『八つ墓村』(講談社、横溝正史原作)も見逃せない。その後、第二次横溝ブームの際には、つのだじろうが『八つ墓村』『犬神家の一族』『悪魔の手毬唄』(一九七六年)を描いたが、これらはストーリーの改変を含むものだった。

一九六八年に『ビッグコミック』(小学館)が創刊、さいとうたかを『ゴルゴ13』が掲載される。ときどきの国際情勢などを折り込んだシナリオで殺し屋デューク本郷の仕事を描くこのシリーズは、現在まで続く長寿作品となった。また、同年、石ノ森(石森)章太郎は一九六六年から少年誌に掲載していた『佐武と市捕物控』を同誌に移した。石ノ森はその後『サイボーグ００９』(一九七九〜八〇年)、『草壁署迷宮課おみやさん』(一九八一〜八三年)などを連載した。石ノ森のミステリ作品はほかにも多く、『鉄面探偵ゲン』(一九七四〜七五年)、映画『多羅尾伴内』の続編(一九七七〜七八年)などが挙げられる。

手塚治虫はその活躍の初期にいくつか探偵を主人公とする作品があるが、七〇年代に入って『週刊少年チャンピオン』（秋田書店）に『ブラック・ジャック』を連載（一九七三〜八三年）した。法外な報酬で依頼人の傷病を癒やす天才的な技量を持つ無免許医を主人公とする同作には、謎解きに類するエピソードも見られる。同誌にはその後舞台俳優にして怪盗の主人公が活躍する『七色いんこ』が連載（一九八一〜八二年）された。

少女漫画では、和田慎二がミステリを多く手がけた。特に『スケバン刑事』（一九七五〜八二年、白泉社）が、高校生にして刑事という主人公を生み出し、長期連載となった。ほかには『愛と死の砂時計』（一九七四年、集英社）など私立探偵神恭一郎のシリーズ、ふだんは家政婦として勤めている超能力者の少女が自然を守るべく立ち上がる『超少女明日香』（一九七五年〜、白泉社等）もあり、後者は作者の死まで続いた。ほかに注目すべき作品としては、萩尾望都『11人いる！』（一九七六年、小学館）が、放棄された宇宙船で外部と連絡できない状況という、SF（スペースオペラ）とミステリ（閉ざされた山荘）の融合を実現している。本作は本来より一人多い乗員が誰かという謎をつくることで殺人を回避していることも注目に値する。魔夜峰央もまた、ミステリ的な展開を含む作品を描いている。とりわけ、代表作『パタリロ！』（一九七八年〜現在、白泉社）は、ギャグ漫画がベースでありながらも、主要登場人物にイギリス、アメリカの情報部将校を配しており、謎解きやスパイアクションを主眼としたエピソードもある。同様に怪盗ものとスパイアクションを融合させたコメディー作品に青池保子『エロイカより愛をこめて』（一九七六年〜現在、秋田書店）がある。

八〇年代になると、『週刊少年ジャンプ』（集英社）で北条司が三姉妹の怪盗の活躍する『キャッツ❤アイ』（一九八一～八四年）を描き、続いてハードボイルド『シティーハンター』（一九八五～九一年）が人気作となった。『週刊ヤングマガジン』（講談社）では、弘兼憲史が私立探偵ものの『ハロー張りネズミ』（一九八三～九六年）を連載し、九〇年代にアニメ化、さらに二〇一七年にドラマ化された。細野不二彦は少年探偵団に着想を得つつも年代を現代へと移した『東京探偵団』（一九八五～八七年）を『少年ビッグコミック』（小学館）に同誌終刊まで連載した。

少女漫画では、『花とゆめ』（白泉社）の野間美由紀『パズルゲーム☆はいすくーる』（一九八三～二〇〇一年）シリーズなどが、謎解きミステリマンガとして目を引いた。同シリーズはタイトルと掲載誌を改めつつ現在まで続いている。川原泉は『ゲートボール殺人事件』（一九八五年）併録の「Intlerance あるいは暮林助教授の逆説《パラドックス》」でシリアスな作風のミステリ作品を描いた。

高橋葉介は一九八三年から『夢幻紳士』シリーズを、八〇年代は主として『リュウ』『少年キャプテン』（いずれも徳間書店）に連載し、さらに各誌に作品を発表している。探偵夢幻魔実也の活躍するこのシリーズは、怪奇からスラップスティックまでさまざまな要素が混在しているが、昭和初期の日本を主要舞台として探偵が活躍するという基本的な枠組みは、その当時の探偵小説や映画を彷彿とさせる。たがみよしひさは九〇年代に『月刊コミックNORA』（学習研究社）にミステリ漫画『NERVOUS BRAKEDOWN』（一九八九～九七年）を描くが、デビュー初期からミステリ風味のものも多い。特に高校のサークルで謎解きを行う『依頼人《スポンサー》から一言』（一九八四年、朝日ソノラマ）は、本格ものと怪奇ものの双方を題材としていた。新書館の漫画誌『ウィングス』では、獸木野生(伸たまき)の『パーム』シリーズ(一九八三年〜現在)が出た。これは、元医師の探偵とシンジケートのボスの落し種という出自の助手の生涯を中心に、その周辺のさまざまな人間模様が長大なスパンで描かれる作品群であり、コン・ゲームのエピソードや暗殺者をめぐる謎解きと死闘など、ハードボイルド的な要素に事欠かない。

　最後に、漫画原作の映像化作品について、いくつかの例を挙げよう。石ノ森章太郎『佐武と市捕物控』はテレビアニメ(一九六八〜六九年、毎日放送)と実写の連続ドラマ(一九七一〜七二年、TBS)の双方がある。『草壁署迷宮課おみやさん』は『迷宮課刑事おみやさん』(一九八五年、テレビ朝日)の名で連続ドラマ化された。モンキー・パンチ『ルパン三世』は三回テレビアニメ化された(一九七一〜七二年、一九七七〜八〇年、一九八四〜八五年、いずれも日本テレビ)ほか、一九八五年までに劇場用アニメ三作品(1)(一九七八年、一九八一年、一九八五年、いずれも東宝)、実写映画一作品(一九七四年、東宝)が作られた。その後も現在まで映像化作品は発表され続けている。なお、最初のテレビアニメ化に関わった宮崎駿は、のちにオリジナル脚本で『名探偵ホームズ』(一九八四〜八五年、テレビ朝日)を作った。和田慎二『スケバン刑事』は一九八五年から一年ごとに主演を斉藤由貴、南野陽子、浅香唯と交代しながら連続ドラマ化された(一九八五〜八七年、フジテレビ)。

　おおまかに見て、六〇年代後半から八〇年代前半の漫画においては、ミステリを強く題材とする作品が簇生するまでには至っていないものの、『ビッグコミック』など青年誌の登場や少女漫画における二四年組に見られるように、ストーリーの複雑なものも描かれるようになったと見ることができよう。また、漫画を原作とする映像化(アニメ化、ドラマ化)は、この時期ますます広まった。これらを考え合わせると、漫画は一九八五年以前からすでにミステリの一つの極を形成しつつあり、九〇年代以降の『金田一少年の事件簿』『名探偵コナン』などのヒットの下地となった、といえるだろう。また同時に、漫画を原作とする映像化というメディアミックスの形態が、この時期にすでに行われていたことも指摘しておきたい。

映　画

ミステリ映画については、その点数が膨大であるため、もちろんオリジナル作品も多いのだが、本項では、まず著名なミステリ作家と監督から数名を選び、その作品を取り上げたい。また、後半では、ミステリ映画を多く製作した角川映画について言及する。

松竹で活躍した映画監督野村芳太郎は、一九五八年に松本清張原作で『張込み』、六一年に『ゼロの焦点』を映画化していた。一九六八年に結城昌治原作の『白昼堂々』を手がけ、七〇年には清張の『影の車』を監督、これ以降もミステリ映画を数多く世に送った。また、野村は松本清張の霧プロダクション(一九七八〜八四年)に加わり、自ら監督やプロデューサーを務めた。野村による清張作品の映画化には、監督作品として『砂の器』(一九七四年)、『鬼畜』(一九七八年)、『わるいやつら』(一九八〇年、霧プロ第一回作品)、『疑惑』(一九八二年)、『迷走地図』(一九八三年)が、プロデューサーを務めたものには、『天城越え』(三村晴彦監督、一九八三年)および『彩り河』(同監督、一九八四年)がある。清張以外の野村の監督作品には、横溝正史原作の『八つ墓村』(一九七七年)、大岡昇平原作の『事件』(一九七八年)、遠藤周作『闇の呼ぶ声』をもとにした『真夜中の招待状』(一九八一年)などの国内作家ばかりではなく、エラリー・クイーン『厄災の町』に基づく『配達されない三通の手紙』(一九七九年)、アガサ・クリスティ原作の『危険な女たち』(一九八五年)という海外作家の翻案がある。

いま述べたもの以外で、一九六五年以降の清張作品の映画化を挙げよう。一九六五年には『花実のない森』(富本壮吉監督、大映)、『霧の旗』(山田洋次監督、松竹)、『けものみち』(須川栄三監督、東宝)の三作がある。一九六九年に『たづたづし』を原作とする『愛のきずな』(坪島孝監督、東宝・渡辺プロ)、七一年には『内海の輪』(齋藤耕一監督、松竹)、七二年に『種族同盟』が原作の『黒の奔流』(渡辺祐介監督、松竹)がある。一九七五年には『告訴せず』(堀川弘道監督、東宝・芸苑社)と『球形の荒野』(貞永方久監督、松竹)が公開された。一九七七年には西河克己監督、山口百恵と三浦友和主演で『霧の旗』(東宝・ホリ企画)が撮られた。先に述べた一九八四年の『彩り河』で途絶えるものの、それまで清張作品は常に映画化され続けてきたといえる。

オリジナル脚本の『黒い十人の女』(一九六一年、大映)を撮った東宝の市川崑は、一九七六年『犬神家の一族』(角川春樹事務所)を皮切りに、『悪魔の手毬唄』(一九七七年)、『獄門島』(同年)、『女王蜂』(一九七八年)、『病院坂の首縊りの家』(一九七九年)と、立て続けに横溝正史作品の映画化を行い、第二次横溝ブームを担った。七〇年代の横溝作品の映画化の端緒は高林陽一監督『本陣殺人事件』(一九七五年、ATG）で、時代設定を現代に置き換えている。高林は一九八一年に『蔵の中』（角川）を撮った。ほかには斎藤光正監督『悪魔が来りて笛を吹く』（一九七九年、東映）、篠田正浩監督『悪霊島』（一九八一年、東映）、大林宣彦監督によるパロディ作品『金田一耕助の冒険』（原作「瞳の中の女」、一九七九年、角川）がある。

また、この時期には、江戸川乱歩作品の映画化作品もいくつかある。一九六八年には深作欣二が『黒蜥蜴』（松竹）を、翌六九年には増村保造が『盲獣』（大映）を撮った。同じく一九六九年には『パノラマ島奇譚』や『孤島の鬼』などを組み合わせた異色作『江戸川乱歩全集　恐怖奇形人間』（石井輝男監督、東映）もある。一九七六年の『江戸川乱歩猟奇館　屋根裏の散歩者』（田中登監督、日活）は、表題作に『人間椅子』の内容を加えたものだった。加藤泰は一九七七年『江戸川乱歩の陰獣』（松竹）を撮った。後に述べるように、テレビでは多くの作品がドラマ化され、とりわけ少年探偵団ものが子供向けの連続ドラマになったこととは対照的に、映画における乱歩は、怪奇や猟奇を取り出した大人向けの作品が多かった。

一九七五年に映画界に参入した角川春樹（角川春樹事務所）は、積極的にミステリ小説の映画化を行った。たとえば森村誠一原作、佐藤純彌監督の『人間の証明』（一九七七年）、『野性の証明』（一九七八年）があるが、前者の謳い文句「読んでから見るか、見てから読むか」に示されているように、テレビや自社媒体での大規模な宣伝は、いわゆる角川映画のメディアミックス展開を的確に表している。村川透監督は高木彬光原作『白昼の死角』（一九七九年）、大藪春彦原作『蘇える金狼』（一九七九年)、『野獣死すべし』(一九八〇年)を撮った。なお、佐藤は一九七五年、オリジナル脚本のパニック映画『新幹線大爆破』(東映)を世に送っていた。

角川映画では、特に赤川次郎の作品が多く映画化された。ミステリとしては、『セーラー服と機関銃』(相米慎二監督、一九八一年)、『探偵物語』(根岸吉太郎監督、一九八三年)、『晴れ、ときどき殺人』(井筒和幸監督、一九八四年)、『いつか誰かが殺される』(崔洋一監督、一九八四年)、『結婚案内ミステリー』(松永好訓監督、一九八五年)が作られた。崔は北方謙三原作『友よ、静かに瞑れ』(一九八五年)も撮った。澤井信一郎監督の『Wの悲劇』(一九八四年)は、夏樹静子の原作を劇中劇として再構成した作品である。ほかに斎藤澪の横溝正史賞受賞作を映画化した『この子の七つのお祝いに』(増村保造監督、一九八二年)、山村正夫原作『湯殿山麓呪い村』(池田敏春監督、一九八四年)といったホラー風のもの、山田風太郎の忍者もの『伊賀忍法帖』(斉藤光正監督、一九八二年)もある。

ほかにもいくつか挙げておこう。水上勉原作の『飢餓海峡』を、内田吐夢監督は大作に仕立てた(一九六五年、東映)。六〇年代を通して『俺に触ると危ないぜ』(長谷部安春監督、一九六六年、日活)、『殺人狂時代』(岡本喜八監督、一九六七年、東映)など都筑道夫原作のアクション映画がいくつか作られた。曽根中生監督は坂口安吾『不連続殺人事件』を手がけた(一九七七年、ATG)。オリジナル脚本では高倉健主演の『駅／STATION』(降旗康男監督、倉本聰脚本、一九八一年、東宝)がある。また、武田鉄矢主演・脚本・原作の『刑事物語』(渡辺祐介監督、一九八二〜八七年、東宝)はシリーズ化された。

このように、ミステリ映画はこの時期、数多く作られ続けており、いま瞥見した限りでも社会派から猟奇趣味までその内実は多彩である。さらに角川が参入し、原作小説と映画を同時に宣伝するメディアミックス戦略で大きく耳目を集めた。日本映画界は一九七一年に東宝の人員整理、日活の路線変更、大映の倒産を迎え、その産業としての斜陽が明らかとなっていたが、ことミステリについては、現在に残るさまざまな作品が生まれた時代であった。

テレビドラマ

テレビドラマは映画にもまして作品数が多く、その把握は容易ではない。そのため、いくつか特徴的な番組について触れた上で、江戸川乱歩、横溝正史、松本清張原作のテレビドラマについて概観を試みる。その上で、一九七七年以降展開された二時間ドラマにおけるミステリの映像化について、ほかの作家にも言及しつつ取り上げてみたい。

まず、捕物帳に代表される時代劇を見ておこう。一九六六年に始まる野村胡堂原作の『銭形平次』(〜一九八四年、フジテレビ)は実に八八八回という長寿番組だった。TBS「ナショナル劇場」は『水戸黄門』(一九六九年〜)以降、『大岡越前』(一九七〇年〜)、『江戸を斬る』(一九七三年〜)のいずれかが占め、二〇世紀末まで時代劇専門の枠となった。テレビ朝日は一九七〇年以降『遠山の金さん』を、何度かシリーズ名を変えつつ、ほぼ連続して放送した。池波正太郎の『鬼平犯科帳』は、一九六九年から断続的にシリーズが製作放送されている(〜一九八二年、NET、八九年以降はフジテレビ)。[2] 同じ池波原作の『仕掛人・藤枝梅安』をもとにした『必殺仕掛人』(朝日放送)に始まる「必殺」シリーズも、その名称を変えつつ一九七二年から八七年まで引き続き放送された。映画の項で挙げた市川崑は、同じく一九七二年に笹沢佐保原作の『木枯らし紋次郎』(フジテレビ)を手がけた。また、横溝正史『人形佐七捕物帳』は一九六五年(NHK)、七一年(NET)、七七年(テレビ朝日)の三度にわたって製作放送され、最後の七七年の放送枠は松平健主演の「暴れん坊将軍」シリーズ(~二〇〇二年)に受け継がれた。

刑事ものでは、一九五八年から放送の『事件記者』(島田一男作、NHK)が六六年に、同じく六一年開始の『七人の刑事』(KRテレビ)[3]が六九年に終了した(ただし後者には七八年の新シリーズがある)。一九六一年開始の『特別機動捜査隊』(~一九七七年、NET)は、後続の『特捜最前線』(一九七七~八七年、テレビ朝日)とともに長寿番組となった。「非情のライセンス」シリーズ(一九七三~八〇年、NET・テレビ朝日)は生島治郎の「兇悪」シリーズに基づく人気作だった。石原裕次郎主演の『太陽にほえろ!』(一九七二~八六年、日本テレビ)は刑事ものを代表する作品として知られる。石原プロダクションは一九七六~七九年に『大都会』シリーズ(日本テレビ)を手がけ、その後製作した『西部警察』(一九七九~八四年、テレビ朝日)は代表作となった。

また、本稿の任務から外れるが、NHKは一九七二~七九年に『刑事コロンボ』を吹き替え放映した。これはアメリカで制作されたテレビ向け映画(テレフィーチャー)である。倒叙ミステリという形式、容疑者の意識を巧みに誘導するコロンボの話術や独特の風貌が強烈な印象を与えた。鳥居拡はこの作品の魅力について、誰が犯人か(フーダニット)ではなく「主人公のコロンボが事件をどう解くかのシーソー・ゲームが導入を除くすべてなのである」(『テレビドラマ・映画の世界』一九九三年、早稲田大学出版部)と評している。これは重要な指摘で、倒叙によって犯人当てや動機当てを離れ、刑事と犯人との知力を尽くした善悪の相克に焦点を絞ることができる。

いわゆる二時間ドラマの嚆矢となったのは、一九七七年開始の「土曜ワイド劇場」(テレビ朝日)である。スピルバーグの『激突!』がテレフィーチャーとして製作されたことを受け、今後は日本でも同様のテレビ向け映画が流行するという見通しのもとで、当初は九〇分の放送枠が設定され、一九七九年四月から二時間に拡充された。その後、日本テレビは一九八〇年に「木曜ゴールデンドラマ」、八一年に「火曜サスペンス劇場」を開始、TBSも八二年「ザ・サスペンス」で参入、同年にはテレビ朝日が「月曜ワイド劇場」を設けた。一九八四年にはフジテレビが「金曜女のドラマスペシャル」を開始、キー四局が二時間ドラマを並立した。TBS「ザ・サスペンス」は一九八四年に終了、八五年からは「水曜ドラマスペシャル」となった。また、同年フジテレビは「木曜ドラマストリート」を設けたが、これは翌年終了した。

では、テレビドラマでは具体的にどのような作家が取り上げられたのだろうか。二時間ドラマと連続ドラマを中心に、いくつかの作家を取り上げよう。

まず、江戸川乱歩原作のテレビドラマのうち、連続ドラマに目を向けよう。一九七〇年の「江戸川乱歩シリーズ　明智小五郎」(12ch)[4]がある。この後一九七二年にNHKは『明智探偵事務所』を、七五年日本テレビは『少年探偵団』(一九七五～七六年)を、七七年フジテレビは『怪人二十面相』をそれぞれ連続ドラマ化している。一九八三年から八四年にかけては、関西テレビが『怪人二十面相と少年探偵団』とその続編を放送した。

二時間ドラマにおける江戸川乱歩作品は「土曜ワイド劇場」に集中している。初年度の一九七七年に『吸血鬼』が『氷柱の美女』のタイトルでドラマ化されたのを皮切りに、七八年四作、七九年五作、八〇年から八二年は各三作、八三年から八五年各二作の、合計二五作品が放送された。これを見ると、「土曜ワイド劇場」の初期に集中して取り上げられていることがわかる。なお、この後は年一、二作のペースでテレビ朝日のほか、ＴＢＳやフジテレビでも放送されるようになった。

横溝正史作品の連続ドラマ化では、先述の『人形佐七捕物帳』のほか、古谷一行主演の『横溝正史シリーズ』『同II』(一九七七年、七八年、毎日放送)が見逃せない。同じく古谷主演でＴＢＳは「ザ・サスペンス」の枠で『金田一耕助の傑作推理』として二時間ドラマのシリーズとした。同枠終了後も、映画番組「月曜ロードショー」に『横溝正史スペシャル』を設けて同シリーズを展開した。第一作は一九八三年の『本陣殺人事件』で、八五年までに四作品が放送され、その後も九七年まで続いた。ほかには、「土曜ワイド劇場」で一九八三年に『鬼火』がドラマ化されている。したがって、一九八五年までの期間では合計五作品だった。

松本清張作品のドラマ化は一九五八年から見られるが、連続ドラマとしては「黒い断層」シリーズ(一九六〇～六一年、ＫＲテレビ・ＴＢＳ)および「黒の組曲」(一九六二～六三年、ＮＨＫ)があった。一九六五年には「松本清張シリーズ」(～一九六六年、関西テレビ)が放送された。それ以降も『風の視線』

(一九七〇年、フジテレビ)、『水の炎』(一九七一年、中部日本放送)、『波の塔』(一九七三年、NHK)など連続ドラマは数多く製作放送されたほか、単発ドラマも多かった。TBSは「日曜劇場」で、NHKは「土曜ドラマ」の枠で、それぞれ清張作品をたびたびドラマ化した。八〇年代には『黒革の手帖』(一九八二年、テレビ朝日)、『顔』(一九八二年、TBS)、『夜光の階段』(一九八三年、TBS)のほか、時代劇『文吾捕物帳』(一九八一年、テレビ朝日)があった。また、一九八〇年、八一年には松本清張の霧プロダクションによる『傑作推理劇場』(テレビ朝日)が放送された。これはエラリー・クイーン編『日本傑作推理一二選』のドラマ化であり、清張のほか、森村誠一、夏樹静子らの作品が選ばれている。

二時間ドラマの清張作品は膨大である。「土曜ワイド劇場」では『ガラスの城』(一九七七年)を皮切りに一九八五年までに二八作品が製作された。この間、一九八三年に『熱い空気』が放送された。これは市原悦子演じる家政婦を主人公としたもので、以降清張原作を離れ、オリジナル脚本でシリーズ化された(「家政婦は見た!」)。ほかに「火曜サスペンス劇場」で一四作品、「ザ・サスペンス」五作品、「木曜ゴールデンドラマ」と「金曜女のドラマスペシャル」はそれぞれ二作品であり、これらを合計すると五一作品となる(単発ドラマは数えていない)。とりわけ一九八三年は「土曜ワイド劇場」六作品、「火曜サスペンス劇場」五作品など数多くの清張ドラマが放送された。

先に名前が出た夏樹静子のドラマ化作品はきわめて多い。連続ドラマでは、一九七三年『天使が消えていく』(日本テレビ)、七五年『ガラスの絆』(同)、七六年『目撃・ある愛のはじまり』(日本テレビ)、七七年『光る崖』(TBS)、『霧氷』(フジテレビ)、七九年『遙かな坂』(テレビ朝日)がある。八〇年代に入ると、テレビ朝日で『紅い陽炎』(一九八三年)『訃報は午後二時に届く』(一九八四年)、フジテレビ(関西テレビ制作)で「夏樹静子サスペンス」「同II」(一九八六年、一九八七年)が作られた。単発のドラマも散見されるが、二時間ドラマはかなりの数が放送された。「土曜ワイド劇場」では、『二人の夫をもつ女』(一九七七年)を皮切りに一九八五年までに二〇作品が放送され、そのうち八作が「女弁護士朝吹里矢子」シリーズ(一九七八年〜)だった。日本テレビは「火曜サスペンス劇場」で『暗い循環』(一九八二年)以下一四作品、「木曜ゴールデンドラマ」で『砂の殺意』(一九八一年)以下五作品があり、前者で一九八五年に「女検事霞夕子」シリーズが始まった。「ザ・サスペンス」では一九八三〜八四年に『黒白の旅路』以下五作品が、「金曜女のドラマスペシャル」では一九八四、八五年で四作品が作られた。これらを合計すると、二時間ドラマのみで四七作品となる。

赤川次郎作品では、映画化の翌年に『セーラー服と機関銃』(一九八二年、フジテレビ)、『探偵物語』(一九八四年、TBS)がそれぞれ連続ドラマになった。映画の薬師丸ひろ子に代えて、前者は原田知世が、後者は渡辺典子が主演した。「土曜ワイド劇場」が一九七八年からで一六作品あり、八〇年から同枠内で『三毛猫ホームズ』シリーズが始まった。「月曜ワイド劇場」の二作品もあわせ、テレビ朝日系列は一八作品放送された。日本テレビ系列では「火曜サスペンス劇場」と含めて三作品、フジテレビは「木曜ファミリーワイド」というファミリー向けの二時間ドラマ枠で一九八三年『マザコン刑事の事件簿』があり、八五年には「木曜ドラマストリート」で『殺人よ　こんにちは』や『殺人はそよ風のように』など九作品に加え、別枠で『吸血鬼はお年ごろ』など二作品が放送された。ここまでで三三作品だが、ほかにも単発ドラマがいくつかあるため、一九八五年までのテレビドラマは四〇に達した。

森村誠一については、一九七七年にNHKで『高層の死角』が、毎日放送で「森村誠一シリーズ」「同II」(一九七七〜七八年)がそれぞれ放送された。また、単発ドラマもいくつかある。二時間ドラマでは、「土曜ワイド劇場」が一九七七年の『新幹線殺人事件』を皮切りに一一作品、「ザ・サスペンス」が八二年『偽造の太陽』以下六作品、「火曜サスペンス劇場」は一九八四〜八五年で五作品、ほかに八五年に「木曜ゴールデンドラマ」で『稚い殺意』、「金曜女のドラマスペシャル」で『鬼子母神の末裔』が放送されており、合計二四作品作られた。

西村京太郎は映画作品も一九六五年と七九年にあるものの、やはり二時間ドラマでの映像化が圧倒的に多い。まず「土曜ワイド劇場」では、一九七九年に『優しい脅迫者』(放送タイトル「図ぶとい奴・危険な賭け」)と『ブルートレイン寝台特急殺人事件』が放送された。その後一九八五年までで一一作品ある。日本テレビ「火曜サスペンス劇場」では一九八一年『消えたタンカー』を含め三作品、TBS「ザ・サスペンス」では八二年『特急さくら殺人事件』など、列車名を冠した作品ばかり五作品が放送された。一九七七年から八五年までの間で、合計一九作品が世に送られた。もちろん、その後も二時間ドラマのみならず連続ドラマでも次々と映像化されている。

山村美紗の映像化は一九七九年に始まり、八五年まで一作を除き二時間ドラマである。「土曜ワイド劇場」で七作品、「ザ・サスペンス」「月曜ワイド劇場」各二作品、「木曜ゴールデンドラマ」

「火曜サスペンス劇場」各一作品の合計一三作品であった。

ここに挙げた以外にも、多くの作家、作品が二時間ドラマの原作として採られている。たとえば高木彬光の探偵神津恭介もの、和久俊三原作の「赤かぶ検事」シリーズ、内田康夫の浅見光彦ものなどがある。

ごく簡単に眺めるだけでも、テレビドラマにおけるミステリの占める位置の大きさが見て取れる。本節の初めにまとめた時代劇の長寿番組は、ほとんどが勧善懲悪の筋立てによるものであるが、これは犯罪を暴き断罪するという刑事ものと類似した展開が含まれている。したがって、時代劇を含め、ここで挙げたようなテレビドラマが人気を博したことは、映像視聴の体験の中で、ミステリが存在感を放っていたことを示している。もちろん、単純に想定するだけでも、謎解きを自ら楽しむ読者・視聴者と、勧善懲悪や活劇に快哉を叫ぶ読者・視聴者という対極的な二類型がありうるだろうが、いずれにしても、書籍や雑誌の購読や映画視聴と異なり、夜に自宅でテレビのスイッチをひねるだけで、無料でミステリを享受できる環境がもたらされたのである。

このように、一九六五〜八五年のミステリは、特にメディアの拡散によって、爆発的な量的拡大を果たしたと見ることができる。青年漫画誌の創刊にともない、従来にない複雑なストーリーを備えた作品や、成人を対象に社会の裏面や深い人間心理を描く作品が多く登場することとなった。また、小説としての新作はもちろん過去の作品についても、映画やドラマとして脚光を浴びることとなった。角川映画は小説とのメディアミックス戦略で大きく注目を集め、七〇年代後半以降、ミステリを次々に劇場へ送り込んだ。この動きと軌を一にするように、テレビ局は二時間ドラマ枠をこぞって新設し、従来からの時代劇や刑事ものの連続ドラマも含め、ほぼ毎日なんらかのミステリ作品がテレビで放送されるようになった。ミステリは大衆化され、その量的な重心はミステリを愛好する読者から、ブロックバスター映画を楽しむ視聴者へ、さらには毎日の終わりにドラマを楽しむ視聴者へと移動したといえる。

五　おわりに

本稿では、一九六五〜八五年のミステリについて、いくつかの局面を取り上げた。筆者の力量から述べるべきことを述べ切れていないが、この小論に挙げた作品を見るだけでも、該当の二〇年間がミステリの普及期であったことを感じることができるだろう。特に、ミステリ作家が広くファンタジーやSFと融合しつつ、さまざまな大衆文学を供給していたことは注目に値する。また同時に、数多くの映画、テレビドラマが作られ、大量に受容されていた。そして漫画においても、ミステリを取り上げる作家、作品が散見されるようになった。

ところで、法月綸太郎は「五五年体制＝清張的なもの」を暗黙の前提とし「新本格」と「冒険小説・ハードボイルド」とが「相互補完的なバランスを保っていた」が、九〇年代になってその体制が終わったと見ている（『名探偵はなぜ時代を逃れられないのか』二〇〇七年、講談社）。その上で、以下のように述べている。

だが現実に「清張的なもの」の息の根を止めたのは、角川書店だったというべきかもしれない。七〇年代の「横溝正史ブーム」、八〇年代の「赤川次郎ブーム」はその前哨戦だった。清張が没した翌年、角川はホラー文庫の創刊とともに、「日本ホラー小説大賞」の作品公募を開始。やがて『パラサイト・イヴ』と『リング』がベストセラーになり、国内ミステリーが依拠してきたジャンルの地勢図も、新たな再編期(＝グローバル化)を迎えることになる。こうして九〇年代ミステリーの地殻変動は、「清張的なもの」へのルサンチマンを忘却することによって急速に進行した。

グローバル化の文言はともかく、法月は五〇年代後半以降に成立した社会派推理小説がミステリの中心を占め、七〇年代から八〇年代の二つのブームがその位置を揺るがしたと捉えている。しかし、先に見たように、六〇年代には社会派の進展の脇で探偵小説の復刻ブームがあり、七〇年代の横溝正史ブームと角川映画の展開の脇で二時間ドラマの放送が始まり、八〇年代の赤川次郎ブームの脇で、ミステリはテレビ番組として確固たる地位を得たのである。あらゆるジャンルのミステリが、番組という枠組みの中で一面化され、二時間一回のドラマとして使われ続ける。法月は小説作品の流れを見て横溝正史・赤川次郎ブームをミステリジャンル再編の「前哨戦」と捉えたが、戦場は小説に限られたものではあるまい。一方では漫画が新しい創作の場として整備されつつあった。また他方で、映画やテレビによるミステリの大量消費こそが、法月のいう「前哨戦」の一戦線をなしていたのではないか。そして、それはまた、小説以外のメディアがミステリの重要な担い手となったという意味で、押野武志のいう情報化社会の到来による「文学のフラット化」の前哨戦でもあったのではないだろうか。

（1）　テレビアニメのブローアップによる劇場用作品があるが、ここには含めなかった。
（2）　一九七七年度からテレビ朝日。
（3）　一九六一年度途中からＴＢＳ。
（4）　一九八一年度以降テレビ東京。

参考文献・ウェブサイト

※本文に挙げたものを除く
上野玲編『全部解決!!　2時間サスペンス』（二〇〇〇年、メディアファクトリー）
江藤茂博『映画・テレビドラマ原作文芸データブック』（二〇〇五年、勉誠出版）
桂千穂・掛札昌裕『本当に面白い怪奇&ミステリー　1945⇒2015』（二〇一五年、メディアックス）
北島明弘『世界ミステリー映画大全』（二〇〇七年、愛育社）
小山正・日下三蔵監修『越境する本格ミステリ』（二〇〇三年、扶桑社）
佐藤忠男編『日本の映画人』（二〇〇七年、日外アソシエーツ）

高橋浩『視聴率15％を保証します！　あのヒット番組を生んだ「発想法」と「仕事術」』（二〇一四年、小学館、電子書籍版）
スティングレイ・日外アソシエーツ共編『日本映画原作事典』（二〇〇七年、日外アソシエーツ）
中島河太郎編『現代推理小説体系別巻２　推理小説評論　推理小説通史　推理小説事典　推理小説年表』（一九八〇年、講談社）
日外アソシエーツ編『新訂　作家・小説家人名事典』（二〇〇二年、日外アソシエーツ）
長谷正人・太田省一編『テレビだョ！　全員集合』（二〇〇七年、青弓社）
林悦子『松本清張　映像の世界』（二〇〇一年、ワイズ出版）
古崎康成・日外アソシエーツ共編『テレビドラマ原作事典』（二〇一〇年、日外アソシエーツ）
山村正夫『推理文壇戦後史』全四巻（一九七三〜八九年、双葉社）
読売新聞芸能部編『テレビ番組の四〇年』（一九九四年、ＮＨＫ出版）
『ＴＶガイド　テレビドラマ全史１９５３〜１９９４』（一九九四年、東京ニュース通信社）
『日本ＴＶアニメーション大全』（二〇一四年、世界文化社）
・ウェブサイト
ウィキペディア項目「火曜サスペンス劇場」「土曜ワイド劇場」「ルパン三世」
「テレビドラマデータベース」http://www.tvdrama-db.com（古崎康成運営）
「日本映画情報システム」https://www.japanese-cinema-db.jp（文化庁運営）
「キネノート」http://www.kinenote.com（キネマ旬報社運営）
このほか、国立国会図書館など、各図書館のオンライン検索を利用した。

〈一九八五〜二〇〇〇年〉

「新本格」の登場とジャンルの変容

諸岡卓真

一　はじめに

一九八五年から二〇〇〇年までの日本の本格ミステリを史的に把握しようとした場合、最も大きなトピックはやはり「新本格」の登場である。一九八七年九月の綾辻行人『十角館の殺人』(講談社)刊行に始まるこの動きは、紆余曲折を経て、二〇〇〇年の本格ミステリ作家クラブ設立へと至る。本稿ではこの流れを軸にして、一五年間の動きを概観することにしたい。

最初にこの時期のミステリ(=エンターテインメント)全般についての出版状況を確認しておこう。この一五年間、一貫してベストセラー作家であったのは西村京太郎、赤川次郎、内田康夫である。西村と内田はトラベルミステリで人気を集め、赤川はユーモアミステリで大人のみならず中高生からの支持も集めていた。『出版年鑑』(出版ニュース社)一九八六年版〜二〇〇一年版の「全国ベストセラーズ」欄を確認すると、彼らの名前はほぼ毎年確認することができる。発行部数に注目すると、この三人が「御三家」として圧倒的な存在感を放っていたといえる。一方、「新本格」あるいは本格ミステリ作品が「全国ベストセラーズ」に顔を出すことは多くはないが、天樹征丸による『金田一少年の事件簿』の小説シリーズ(講談社)や京極夏彦の〈百鬼夜行〉シリーズ(講談社)の名前が見られる(1)。

なお、現在ではベストセラー作家の代表格である東野圭吾は、一九八五年に『放課後』(講談社)で江戸川乱歩賞を受賞してデビューし、その後もコンスタントにレベルの高い作品を発表し続けていたが、二〇〇〇年までの「ベストセラーズ」欄には登場していない。ただし、二〇〇〇年版の「文芸書」欄には、ミステリー部門の注目作として、『白夜行』(一九九九年、集英社)が挙げられているので、一九九〇年代末から注目を集め、二〇〇〇年代にブレイクしたということになるだろう。

当時のミステリを取り巻く状況について特筆すべき点として、一九八八年にランキング本『このミステリーがすごい!』(JICC出版局(現・宝島社))の刊行が開始されたことも挙げられる。この本はメインタイトルに「ミステリー」という言葉を用いているものの、副題に「ミステリー&エンターテインメントベスト10」とあるように、ランキング自体はエンターテインメント小説全般を対象にしている。このランキングが登場したことにより、一九七七年から始まっていた「文春ミステリーベストテン」(『週刊文春』誌上)と併せて、年末に複数のミステリ(＝エンターテインメント)ランキングが発表される体制となった。

これらのランキングは、書籍出版点数の増加(2)を背景に読者の注目を集め、毎年のミステリガイドとして機能することになった。出版社や取次、小売店(書店)もランキングを意識した販売計画を策定するようになり、また、「ミステリ」ジャンルの拡大(＝曖昧化)をもたらすなど、日本ミステリの出版状況全般に大きな影響を与えていくこととなる。

二　第一ステージ——「新本格」ムーブメント

ここからは話題を本格ミステリのみに絞ろう。

笠井潔は「新本格」を日本探偵小説「第三の波」と位置づけ、二〇〇二年までを二つのステージに区分している(笠井潔『ミネルヴァの梟は黄昏に飛びたつか？——探偵小説の再定義』二〇〇一年、早川書房、一七五頁)。本論が対象とする年代は、この区分のうち、第一ステージ(一九八七〜一九九三年)と第二ステージ(一九九四〜二〇〇二年)に大まかに対応する。

また、蔓葉信博は笠井の区分を踏まえた上で、第一ステージを「新本格」第一世代の作家たちによる「本格」復興運動(ムーブメント)として捉え、第二ステージを第一ステージの影響を受けた新たな書き手や読者の参入による流行(ブーム)として捉える視点を提起している(蔓葉信博「「新本格」ガイドライン、あるいは現代ミステリの方程式」限界研編『二一世紀探偵小説——ポスト新本格と論理の崩壊』二〇一二年、南雲堂、二三二頁)。蔓葉自身が述べている通り、このような区分はあくまでも便宜的なものではあるが、二〇〇〇年頃までの「新本格」を概観するにあたっては有用な区分である。よって本論でもこの区分に従って論を進めていきたい。

ところで、二〇一七年は『十角館の殺人』の刊行から三〇年目にあたり、それを記念してさまざまな企画が発表された。中でもファンを喜ばせたのは、アンソロジー『7人の名探偵　新本格30周年記念アンソロジー』(講談社)であった。この本には「新本格」初期にデビューした作家たちによる書き下ろし短編が七編収録されている。このアンソロジーに参加したのは、綾辻、歌野晶午、法月綸太郎、有栖川有栖、我孫子武丸、山口雅也、麻耶雄嵩である。後述するように、「新本格」という言葉は講談社の宣伝文句に由来しており、そこにどのような作家が含まれるのかは厳密には決まっていない(この点については、我孫子武丸「「新本格」――その赤裸々な実態と真実に迫る!?」(『小説すばる』一九九五年五月号)、蔓葉「「新本格」ガイドライン、あるいは現代ミステリの方程式」を参照のこと)。しかし、三〇年を経てこのようなアンソロジーが刊行されたということは、二〇一七年現在において、少なくともここに参加した七名は「新本格」の中核的な作家として認識されていることを意味するだろう。よって以下では、この七名を中心軸にしながら、「新本格」の動きを素描してみたい。もちろん、このような限定をかけることは、細部を見落とす危険があるが、「新本格」を概観する上では、軸となる作家を定めた方が有用だと判断したためである。

この七名のデビュー作は講談社または東京創元社から出版されている。このことが示すように、

「新本格」の成立にあたっては二社の仕掛けによるところが大きかった。

三　講談社の動き

まずは講談社の動きを確認しよう。『十角館』刊行から五ヶ月後の一九八八年二月には、綾辻の〈館〉シリーズ第二作『水車館の殺人』(講談社)が発表されている。綾辻らの作品に対して、「新本格」という言葉が用いられたのはこの作品の帯が初めてである。ただし、この時点ではまだ歌野ら後続の作家はデビューしておらず、「新本格」は特定のグループを意味する言葉にはなっていなかった。

「新本格」が曖昧ながらもその輪郭を際立たせ始めるのは、歌野『長い家の殺人』(一九八八年九月)、法月『密閉教室』(一九八八年一〇月)、我孫子『8の殺人』(一九八九年三月)が刊行され、共通する傾向を持った作家、作品が出そろい始めてからである。綾辻、歌野、法月、我孫子の四人には、講談社ノベルスから「本格」ものでデビューした二十代の作家という共通点があるが、さらに、そこに至るまでの経緯にも特徴的な点があった。八〇年代後半の時点では、小説家になるには何かしらの文学賞に応募して受賞するという経路がもっともメジャーであったが、綾辻らはこの経路をたどっていない。すでにジャンル内で高い評価を受けていた先輩作家・島田荘司の推薦を受けてデビューしたのである。

島田の推薦を受けてデビューした作家たちは、端的にいえば英米黄金期の作品に代表される本格的な謎解き小説の書き手であるという点が共通していた。そもそも、『十角館』がアガサ・クリスティ『そして誰もいなくなった』（一九三九年）を下敷きにした孤島ものであり、〈社会派〉的なリアリズムとは一線を画していた。そのため、このような作風はすんなりとミステリジャンルに受け入れられたわけではなかった。まだ文壇的な評価が定まらない若手作家が、それまでとは全く評価軸の違う作品を立て続けに発表した形であり、当然のことながら毀誉褒貶にさらされることとなった。

四　「本格ミステリー宣言」

島田は「新本格」への批判の声に応える形で、若手作家を積極的に登用した理由を述べている（島田荘司「本格ミステリー宣言」『本格ミステリー宣言』一九八九年、講談社）。島田によれば綾辻らを推薦した理由は二つあるという。

一点目は、島田自身のミステリ観に由来するものだ。この点についての島田の議論の土台は、「推理小説である以上、本格を志向する発想が、必ず根底になくてはならない」という考えにある。島田によれば、〈社会派〉の台頭以降、「多くの推理作家」は「本格の発想」を忘れかけており、それが本格のみならず推理小説全体の危機を招いているという。このような現状認識に立った上で、島田はトリックのアイディアを持った若い才能を推理文壇に迎え入れることが、「間違いなく日本の推理文化のためなのである」と論じる(一一二〜一一四頁)。以上は島田の「推理小説とはかくあるべき」という一種の理想論を示したものであるといえるだろう。

一方、二点目の理由は客観的な現状分析に基づくものである。島田は日本の出版業界における委託販売制度(返本制度)に注目し、このシステムに由来する新刊本の急激な増加について指摘する。委託販売制度とは、簡単にいえば、書店で売れなかった本については一定の期間内であれば出版社に送り返すことができ、かつ、代金も発生しないという仕組みである。この仕組みは、書店の棚や平台に並べられる本を短期間で流動させる結果となる。とりわけ、出版点数が増えてくるとその傾向は強まり、出版社は矢継ぎ早に新刊本を供給し続けなければ、他社の新刊本に押されて書店の棚や平台を確保できなくなってしまう。島田はこのような制度について問題があることも認めた上で、「新人が出版のチャンスを摑みやすい」(一一七頁)という利点があることを指摘している。

このような島田の分析は、当時の出版状況と照らし合わせるときわめて的確である。実際に、一九八五〜八六年にかけて、新刊点数は三万一二二一点から三万七〇一六点へと急激に伸びている(『出版年鑑』一九八七年版)。つまり、島田は出版インフラを冷静に分析し、逆手にとる形で綾辻らのデビューを後押ししたのである。従来「本格ミステリー宣言」については、一点目の理由が注目されることが多かったが、実のところ二点目についても内容、分量は一点目と匹敵するかそれ以上のものがある。よって、こちらの点についてはさらに検討を進める必要があるだろう。

五　東京創元社の動き

講談社から続々と若手作家が登場していた頃、東京創元社からも有望な新人がデビューしていた。きっかけは〈鮎川哲也と十三の謎〉という出版企画である。この企画は一九五五年に開始された講談社の〈書下し長篇探偵小説全集〉に着想を得ている。講談社の企画は、十三冊の書き下ろし作品を刊行し、かつ、その十三巻目に収録する作品を公募するというものであった。その十三番目の椅子を射止めたのが鮎川哲也『黒いトランク』(一九五六年)であり、〈十三の謎〉はいわばその再現ともいうべきものであった。

ただし、〈書下し～〉との大きな違いは、新人作家の作品を多数収録したことであった。〈書下し～〉は公募原稿以外は江戸川乱歩や横溝正史ら、すでに評価を得ていた作家の作品を収録していたが、〈十三の謎〉には、折原一『倒錯の死角』(一九八八年一〇月)、有栖川有栖『月光ゲーム　Yの悲劇'88』(一九八九年一月)、宮部みゆき『パーフェクト・ブルー』(一九八九年二月)、北村薫『空飛ぶ馬』(一九八九年三月)、山口雅也『生ける屍の死』(一九八九年一〇月。なお、山口は一九八七年二月にゲームブック『13人目の名探偵』ＪＩＣＣ出版局も刊行している)、今村彩『卍の殺人』(公募作品、一九八九年一一月)など、新人作家の作品が多く採られた。〈十三の謎〉の企画を担当していた東京創元社の戸川安宣の述懐によると、当時、東京創元社は日本の「探偵文壇とのお付き合いがまったくなかった」ために、

「結果的に一三巻のほとんどが新人」というシリーズになったとのことである(戸川安宣・空犬太郎『ぼくのミステリ・クロニクル』二〇一六年、国書刊行会、二一二頁)。

〈十三の謎〉からは、『7人の名探偵』に作品を寄せた有栖川有栖、山口雅也のほか、北村薫がデビューしている。北村の『空飛ぶ馬』は、たとえば「喫茶店で飲み物に大量の砂糖を入れるのはなぜか」(「砂糖合戦」)といった日常のふとした出来事を謎として捉え直したところにその画期性があった。本格ミステリといえば殺人や犯罪がつきものだと思われていたが、『空飛ぶ馬』は実はそれらが必須の要素ではなく、あくまで謎とその解決が描かれていれば、本格ミステリとして成立するのだということを身をもって示した。北村の作風は好評をもって受け入れられ、加納朋子らフォロワーが続々と登場するに至って、「日常の謎」という日本独特のサブジャンルとして認識されるようになる(時代を先取りしていえば、この動きは、二〇〇〇年前後には学園もの(米澤穂信『氷菓』二〇〇一年など)やお仕事もの(大崎梢『配達あかずきん』二〇〇六年など)と合流し、二〇一〇年代に出版各社が力を入れることとなる「ライト文芸」の下地にもなっていった)。

六　評論の活性化

これまでに述べたように、一九八〇年代後半には、講談社と東京創元社から、それぞれの企画に基づいて、本格ミステリを書く作家が多数デビューした。その結果として、当時からすでに曖昧に使われていた「本格」あるいは「新本格」についてのさまざまな議論が持ち上がることになり、評論が活性化した。

「新本格」第一ステージの本格ミステリ評論を牽引したのは、島田荘司と笠井潔である。島田は「本格ミステリー宣言」とそれを引き継ぐ長文の「本格ミステリー論」も収録した『本格ミステリー宣言』(一九八九年)を刊行した。一方、『物語のウロボロス』(一九八八年、筑摩書房)などで江戸川乱歩や中井英夫らを論じていた笠井は、『創元推理』一九九二年秋号から「探偵小説論」の連載を開始し、世界大戦の経験と探偵小説との関連性を論じた、いわゆる「大戦間探偵小説論」を展開し(のち『探偵小説論Ⅰ　氾濫の形式』『探偵小説論Ⅱ　虚空の螺旋』一九九八年、東京創元社)、さらに、『EQ』誌上では本格ミステリの構造分析を詳細に行った「探偵小説の構造」も連載するなど(一九九三年一月〜一九九五年七月、のち『探偵小説論序説』二〇〇二年、光文社)、精力的に評論を発表し続けた。

島田、笠井らのほか、綾辻ら新人作家も交えた対談、討論の様子なども多く活字化され(島田荘司『本格ミステリー宣言』にも綾辻らとの対談が収録されている。また、綾辻行人・島田荘司『本格ミステリー館にて』(一九九二年、森田塾出版)なども刊行された)、本格ミステリの枠組みや機構をめぐってさまざまな観点から意見が発表された。もちろん、統一見解に至ることはなく(ジャンル論ではそれは非常に困難である)、それぞれの本格ミステリ観を表明する形となったが、このような議論が継続して巻き起こっているというその事実自体が、本格ミステリジャンル全体のプレゼンスを高めることにつながったと思われる。

七 「新本格」の定着

島田、笠井らの議論が活性化している間にも、本格ミステリの新人作家は続々とデビューし続けていた。東京創元社は〈十三の謎〉の公募企画を発展させ、一九九〇年に「鮎川哲也賞」を設立する。この賞は、本格ミステリプロパーの賞としては国内唯一のものである。第一回の受賞作は芦辺拓『殺人喜劇の13人』(一九九〇年)であり、以降、加納朋子『ななつのこ』(第三回受賞作、一九九二年)、近藤史恵『凍える島』(第四回受賞作、一九九三年)らを続々とデビューさせることになる。この賞は、最終選考に残った作品も刊行されることが多いという特徴もあり、一九九三年までの最終候補作では、西澤保彦『聯殺』(『聯愁殺』と改題、二〇〇二年、原書房)、篠田真由美『琥珀の城《ベルンシュタインブルク》の殺人』(一九九二年、東京創元社)、貫井徳郎『慟哭』(一九九三年、東京創元社)がのちに刊行された。

一方、講談社からは一九九一年に麻耶雄嵩がデビューしている。麻耶は綾辻、法月、我孫子らと同じ京都大学推理小説研究会の出身であり、島田の推薦も受けていたが、その初期二作品、『翼ある闇 メルカトル鮎最後の事件』(一九九一年五月)、『夏と冬の奏鳴曲』(一九九三年八月)は、本格ミステリの極北ともいうべき過激な作品であった。また、一九九二年には二階堂黎人が『地獄の奇術師』でデビューを果たす。二階堂は先に触れた鮎川哲也賞の第一回佳作受賞者でもあったが、その際に投稿された『吸血の家』も同年一〇月に刊行、さらに一九九三年八月には『聖アウスラ修道院の惨劇』と、立て続けにハイレベルな本格ミステリ作品を発表して注目を集めた。

これらの動きと並行して綾辻ら初期デビュー組の作品も続々と刊行され、読者が書店で目にする本格ミステリの数は増えていった。さらに、先に述べた評論や、綾辻『時計館の殺人』（一九九一年九月）が第四五回日本推理作家協会賞を受賞するというトピックなども相まって、エンターテインメント小説の中に「新本格」が見逃せない領域として定位していったのである。

八　文庫化の動きと刊行点数の増加

先述したように、笠井潔は一九九三年までを「新本格」第一ステージとし、一九九四年から第二ステージが始まるとした。笠井がそのように判断したのは、綾辻、法月ら一九八九年までにデビューした「新本格」作家の多くにシリーズ作品の休止が目立つようになり、一方で京極夏彦や森博嗣ら新たな人気作家が登場したことに注目したからであった（『ミネルヴァの梟は黄昏に飛びたつか？』一七五頁）。確かに、笠井が指摘するように、この時期に綾辻らの新作発表のペースは落ちていく。しかし、蔓葉信博が指摘するように、一九九一年後半から「新本格」作品の文庫化が開始されており（「「新本格」ガイドライン、あるいは現代ミステリの方程式」限界研編『21世紀探偵小説』二四三頁）、対象を新作に限定せず、ノベルスや文庫での刊行までも含めると、一九九二年から「新本格」の作品数は増加している（表1）。このことは、実際の書店において、綾辻ら「新本格」作家の作品が読者の目

表1　『7人の名探偵』参加作家年別刊行点数

年	冊数
1987	1
1988	5
1989	12
1990	8
1991	9
1992	15
1993	15
1994	10
1995	19
1996	18

※綾辻行人，歌野晶午，法月綸太郎，我孫子武丸，山口雅也，有栖川有栖，麻耶雄嵩の小説単著のみ調査

に触れる機会が、一九九二年前後を境に多くなったことを意味する。

このような機会の演出には、出版社側の意向がかなりの程度反映していると思われる。というのも、『7人の名探偵』参加者の一九八七年以降一〇年間の出版状況をリスト化してみると（表2）、文庫化の際には複数の作家の作品が同じタイミングで出版されていることが看取できるからである。とりわけ、一九九二年から一九九三年にかけての講談社文庫はその傾向が顕著である。まず、一九九二年三月には綾辻『水車館の殺人』、歌野『長い家の殺人』、法月綸太郎『雪密室』、我孫子武丸『8の殺人』の四冊を一度に文庫化し（なお、同じ月には、有栖川有栖『46番目の密室』のノベルス版も刊行している）、また同年九月には綾辻『迷路館の殺人』、歌野『白い家の殺人』、法月『誰彼』、我孫子『0の殺人』を文庫化している（同月には我孫子『殺戮にいたる病』の四六判も刊行）。さらに、一九九三年五月には、綾辻『人形館の殺人』、歌野『動く家の殺人』、法月『頼子のために』、我孫子『メビウスの殺人』、有栖川『マジッ

表2　『7人の名探偵』参加作家関連書籍リスト（1987～1996年）
※綾辻行人、歌野晶午、法月綸太郎、我孫子武丸、山口雅也、有栖川有栖、麻耶雄嵩の小説単著のみ調査

出版年	出版月	著者名	題名	判型	出版社
1987	9	綾辻行人	十角館の殺人	新書	講談社
1988	2	綾辻行人	水車館の殺人	新書	講談社
1988	9	綾辻行人	迷路館の殺人	新書	講談社
1988	9	歌野晶午	長い家の殺人	新書	講談社
1988	10	法月綸太郎	密閉教室	新書	講談社
1988	10	綾辻行人	緋色の囁き	新書	祥伝社
1989	1	有栖川有栖	月光ゲーム	B6	東京創元社
1989	2	歌野晶午	白い家の殺人	新書	講談社
1989	3	我孫子武丸	8の殺人	新書	講談社
1989	4	綾辻行人	人形館の殺人	新書	講談社
1989	4	法月綸太郎	雪密室	新書	講談社
1989	5	綾辻行人	殺人方程式	新書	光文社
1989	7	有栖川有栖	孤島パズル	B6	東京創元社
1989	8	我孫子武丸	0の殺人	新書	講談社
1989	8	歌野晶午	動く家の殺人	新書	講談社
1989	9	綾辻行人	暗闇の囁き	新書	祥伝社
1989	10	法月綸太郎	誰彼	新書	講談社
1989	10	山口雅也	生ける屍の死	B6	東京創元社
1990	1	綾辻行人	殺人鬼	B6	双葉社
1990	2	我孫子武丸	メビウスの殺人	新書	講談社
1990	4	有栖川有栖	マジックミラー	新書	講談社
1990	6	法月綸太郎	頼子のために	新書	講談社
1990	8	我孫子武丸	人形はこたつで推理する	新書	角川書店
1990	8	歌野晶午	ガラス張りの誘拐	新書	角川書店
1990	9	綾辻行人	霧越邸殺人事件	B6	新潮社
1990	12	我孫子武丸	探偵映画	新書	講談社
1991	4	法月綸太郎	一の悲劇	新書	祥伝社
1991	4	我孫子武丸	人形は遠足で推理する	新書	角川書店
1991	5	麻耶雄嵩	翼ある闇	B6	講談社
1991	5	歌野晶午	死体を買う男	新書	光文社
1991	9	我孫子武丸	人形は眠れない	新書	角川書店
1991	9	綾辻行人	十角館の殺人	文庫	講談社
1991	9	綾辻行人	時計館の殺人	新書	講談社
1991	9	法月綸太郎	密閉教室	文庫	講談社
1991	12	山口雅也	キッド・ピストルズの冒涜	B6	東京創元社
1992	1	歌野晶午	さらわれたい女	新書	角川書店
1992	2	有栖川有栖	双頭の悪魔	B6	東京創元社

1992	3	我孫子武丸	8の殺人	文庫	講談社
1992	3	綾辻行人	水車館の殺人	文庫	講談社
1992	3	有栖川有栖	46番目の密室	新書	講談社
1992	3	歌野晶午	長い家の殺人	文庫	講談社
1992	3	法月綸太郎	雪密室	文庫	講談社
1992	4	綾辻行人	黒猫館の殺人	新書	講談社
1992	4	法月綸太郎	ふたたび赤い悪夢	新書	講談社
1992	9	我孫子武丸	殺戮にいたる病	B6	講談社
1992	9	我孫子武丸	0の殺人	文庫	講談社
1992	9	綾辻行人	迷路館の殺人	文庫	講談社
1992	9	歌野晶午	白い家の殺人	文庫	講談社
1992	9	法月綸太郎	誰彼	文庫	講談社
1992	11	法月綸太郎	法月綸太郎の冒険	新書	講談社
1993	1	綾辻行人	黄昏の囁き	新書	祥伝社
1993	1	山口雅也	13人目の探偵士	B6	東京創元社
1993	5	我孫子武丸	メビウスの殺人	文庫	講談社
1993	5	綾辻行人	人形館の殺人	文庫	講談社
1993	5	有栖川有栖	マジックミラー	文庫	講談社
1993	5	歌野晶午	動く家の殺人	文庫	講談社
1993	5	法月綸太郎	頼子のために	文庫	講談社
1993	6	麻耶雄嵩	翼ある闇	新書	講談社
1993	7	綾辻行人	緋色の囁き	文庫	祥伝社
1993	8	麻耶雄嵩	夏と冬の奏鳴曲	新書	講談社
1993	8	我孫子武丸	ぼくの推理研究	B6	集英社
1993	9	綾辻行人	四〇九号室の患者	B6	森田塾出版
1993	10	山口雅也	キッド・ピストルズの妄想	B6	東京創元社
1993	10	綾辻行人	殺人鬼2	B6	双葉社
1993	12	有栖川有栖	ダリの繭	文庫	角川書店
1994	2	綾辻行人	殺人方程式	文庫	光文社
1994	7	我孫子武丸	探偵映画	文庫	講談社
1994	7	綾辻行人	暗闇の囁き	文庫	祥伝社
1994	7	法月綸太郎	二の悲劇	新書	祥伝社
1994	7	有栖川有栖	月光ゲーム	文庫	東京創元社
1994	8	我孫子武丸	殺戮にいたる病	新書	講談社
1994	8	有栖川有栖	ロシア紅茶の謎	新書	講談社
1994	8	山口雅也	ミステリーズ	B6	講談社
1994	9	山口雅也	日本殺人事件	B6	角川書店
1994	10	綾辻行人	殺人鬼	新書	双葉社
1995	2	綾辻行人	霧越邸殺人事件	文庫	新潮社
1995	2	歌野晶午	死体を買う男	文庫	光文社
1995	3	有栖川有栖	46番目の密室	文庫	講談社

1995	3	有栖川有栖	海のある奈良に死す	B6	双葉社
1995	5	有栖川有栖	スウェーデン館の謎	新書	講談社
1995	5	麻耶雄嵩	痾	新書	講談社
1995	5	綾辻行人	鳴風荘事件	新書	光文社
1995	5	綾辻行人	四〇九号室の患者	B6	南雲堂
1995	6	我孫子武丸	人形はこたつで推理する	文庫	講談社
1995	6	綾辻行人	時計館の殺人	文庫	講談社
1995	6	歌野晶午	ガラス張りの誘拐	文庫	講談社
1995	6	法月綸太郎	ふたたび赤い悪夢	文庫	講談社
1995	7	我孫子武丸	人形は遠足で推理する	文庫	講談社
1995	7	歌野晶午	Rommy	新書	講談社
1995	8	綾辻行人	殺人鬼2	新書	双葉社
1995	9	山口雅也	キッド・ピストルズの慢心	B6	講談社
1995	10	綾辻行人	眼球綺譚	B6	集英社
1995	11	法月綸太郎	法月綸太郎の冒険	文庫	講談社
1995	11	我孫子武丸	腐食の街	B6	双葉社
1996	2	綾辻行人	殺人鬼	文庫	新潮社
1996	3	山口雅也	生ける屍の死	文庫	東京創元社
1996	4	我孫子武丸	人形は眠れない	文庫	講談社
1996	4	綾辻行人	フリークス	新書	光文社
1996	4	有栖川有栖	幻想運河	B6	実業之日本社
1996	4	有栖川有栖	山伏地蔵坊の放浪	B6	東京創元社
1996	5	有栖川有栖	ブラジル蝶の謎	新書	講談社
1996	5	麻耶雄嵩	あいにくの雨で	新書	講談社
1996	6	綾辻行人	黒猫館の殺人	文庫	講談社
1996	6	法月綸太郎	パズル崩壊	B6	集英社
1996	6	山口雅也	垂里冴子のお見合いと推理	B6	集英社
1996	7	麻耶雄嵩	翼ある闇	文庫	講談社
1996	7	綾辻行人	黄昏の囁き	文庫	祥伝社
1996	7	法月綸太郎	一の悲劇	文庫	祥伝社
1996	8	歌野晶午	死体を買う男	文庫	光文社
1996	8	有栖川有栖	孤島パズル	文庫	東京創元社
1996	9	歌野晶午	正月十一日、鏡殺し	新書	講談社
1996	11	我孫子武丸	殺戮にいたる病	文庫	講談社

クミラー』の五冊を揃えた。これらとはやや時期がずれるが、一九九五年六月にも綾辻『時計館の殺人』、歌野『ガラス張りの誘拐』、法月『ふたたび赤い悪夢』、我孫子『人形はこたつで推理する』の四冊が刊行されている。このことは、講談社が「新本格」の作家、作品をグループとして読者に意識させようとしていたことを示している。

さらに、出版社や判型を限定せずに検討すると、上記のほか、一九九一年九月、一九九四年七月、八月、一九九五年五月、一九九六年四月、六月、七月にも同じ月に三冊以上の作品が出版されていたことがわかる。このような現象は一九九一年以降になって見られるようになったものであり、その背景にはノベルス化、文庫化による刊行点数の増加があることは間違いないと考えられる。このようにして、「新本格」は書店での存在感を増していったのである。

九　小説以外のメディアの動き

「新本格」第一ステージと第二ステージの切り替わりにあたっては、小説以外のメディアで本格ミステリの大ヒット作が連続して登場したことにも留意する必要がある。

一九九二年には「週刊少年マガジン」誌上で本格ミステリ漫画『金田一少年の事件簿』の連載が開始された。この作品は一九九五年にテレビドラマ化(日本テレビ系、主演・堂本剛)されたのを皮切りに、小説、映画、アニメ、ゲームなどさまざまなメディアで展開され人気を博した。

『金田一』連載開始の翌年には「週刊少年サンデー」誌上で『名探偵コナン』の連載が始まっている。二〇一七年現在でコミックスは九三巻まで発行されており、その発行部数は二億部を超えている。本作も『金田一』同様にさまざまなメディアで展開するコンテンツとなっており、まさに国民的な本格ミステリ作品であるといえよう。

テレビドラマでは一九九四年に『警部補　古畑任三郎』（ＣＸ系、主演・田村正和、脚本・三谷幸喜）の放映が開始された。和製『刑事コロンボ』というべき倒叙ミステリドラマで、中森明菜や明石家さんまなど著名な芸能人が犯人役となったことでも話題を呼んだ。本作は一九九六年に第二シリーズ、一九九九年に第三シリーズが放映され、二〇〇六年まで断続的にスペシャル版が放映された。いずれも高い視聴率を記録し、とりわけ第二シリーズと第三シリーズは平均で二五％を超えるほどであった。本作以降、二〇〇〇年までに『ケイゾク』（一九九九年）、『ＴＲＩＣＫ』（二〇〇〇年）などの話題作が登場することになる。

ビデオゲームでは、一九九四年にスーパーファミコン用ソフト『かまいたちの夜』（チュンソフト）が発売されている。我孫子武丸がシナリオを執筆したこの作品は、一九九二年に同社から発売された『弟切草』と同様、画面に表示されるテキストを読み進め、ところどころに登場する選択肢によってストーリーが分岐するシステムになっている。一九八〇年代半ばにはゲームブックがブームとなったが、本作はそのデジタル版とでもいうべきものである。『弟切草』はホラー寄りのシナリオであったが、『かまいたちの夜』はメインシナリオが吹雪の山荘を舞台にした本格ミステリになっており、謎が解けなければ犠牲者が増えていくという、プレイヤーの推理がエンディングに直結する仕組みになっていたことに特徴がある。本作はスーパーファミコン版のみで七五万本の売り上げを記録する(3)ミステリゲームの金字塔となった。

以上のように、一九九二年から九四年にかけて、小説以外のメディアにおいて本格ミステリの大ヒット作が連続して登場している。小説とそれ以外のメディアでは読者／視聴者層に差異があり、一般的な認知度としては映像化された作品の方が圧倒的に高い。とりわけ、マンガやゲームは若年層のファンが多く、『金田一少年の事件簿』や『かまいたちの夜』などの登場によって、若い人たちが本格ミステリに触れる機会は格段に増えたといえるだろう。

一〇　京極夏彦の登場とメフィスト賞の設置

一九九四年には小説メディアにおいても重要な作家が登場している。『姑獲鳥の夏』（講談社）をひっさげてデビューした京極夏彦である。『姑獲鳥の夏』は、京極が講談社に原稿を持ち込んだことをきっかけに出版されたが、本作および『魍魎の匣』『狂骨の夢』（ともに一九九五年、講談社）など、後続シリーズのヒットがきっかけとなり、講談社は新たな文学賞「メフィスト賞」を開始する。この賞が以降の本格ミステリジャンルに大きな影響を与えることになる。

当時のメフィスト賞の規定は他の文学賞と比べて特殊なものであった。原稿の上限枚数はなく、締め切りも明確には設定されなかった。また、応募原稿は編集者が読み、気に入ったものがあれば随時授賞するという形式を採っていた。要するに、マンガなどの持ち込み制度を小説にも適用した形である。そのため、同時に三作品が受賞することもあった(一九九八年二月に刊行された乾くるみ『Jの神話』、浦賀和宏『記憶の果て』、積木鏡介『歪んだ創世記』の三冊は、それぞれ、第四回〜第六回の受賞作である)。このように多数の新人をデビューさせることができた背景としては、八〇年代後半の「新本格」と同様、委託販売制度の「メリット」が活用されていると推察される。

ところで、メフィスト賞の募集要項では「究極のエンターテインメント」を求めるとあり、ジャンルを限定して原稿を募集しているわけではなかった。しかし、第一回の受賞作である森博嗣『すべてがFになる』(一九九六年)が密室ものの本格ミステリであり、綾辻、法月、我孫子、有栖川ら「新本格」作家の推薦文も付されていたことなどから、「本格ミステリ」の文学賞と認識されることもあった。そのため、本格ミステリの枠に収まらないタイプの作品が登場すると、ジャンル内から批判の声が上がることもあった。笠井潔が『ミネルヴァの梟は黄昏に飛び立つか?』で清涼院流水『コズミック』(一九九六年、第二回受賞作)、蘇部健一『六枚のとんかつ』(一九九七年、第三回受賞作)などを取り上げ、「構築なき脱構築」として批判したのはその一例である。

メフィスト賞についてはさまざまな見方ができるが、二〇〇〇年までに、森博嗣のほか、高田崇史(『QED　百人一首の呪』一九九八年、第九回受賞作)、殊能将之(『ハサミ男』一九九九年、第一三回受賞作)ら実力のある作家たちをデビューさせたほか、挑戦的な作品を世に問うては本格ミステリジャンル内に議論を巻き起こしたという点で、一九九六年以降、本格ミステリジャンルから最も注目された文学賞であるといえるだろう。

一一　第二ステージの評論

「新本格」第二ステージは本格ミステリに関する評論も活性化した時期であった。一九九四年より、ミステリ専門の評論賞として創元推理評論賞が開始され(二〇〇三年終了)、一九九五年には本賞の選考委員と受賞者を中心に探偵小説研究会が結成された。一九九七年には同会会員も参加した評論集『本格ミステリの現在』(笠井潔編、一九九七年、国書刊行会)が刊行、さらに本格ミステリに特化したランキング本『本格ミステリ・ベスト10』(探偵小説研究会、一九九八年〜二〇〇〇年版まで東京創元社、二〇〇一年版より原書房)も開始された。

また、ミステリ専門誌以外でもミステリ特集が組まれた。『現代思想』一九九五年二月号は「メタ・ミステリー」特集として、法月綸太郎、巽昌章らの本格的な評論を掲載した。中でも、法月の「初期クイーン論」はその後の実作、評論で参照される頻度が高く、現代本格ミステリを代表する理論の一つとなった。このほか、『ユリイカ』一九九九年一二月号では「ミステリ・ルネッサンス」、『小説トリッパー』二〇〇〇年六月号では「ミステリからより遠くへ」と題する特集が組まれ、それぞれ、千街晶之「伝統の二重帝国」や円堂都司昭「POSシステム上に現れた「J」」などの評論が掲載された。

この時期のミステリ評論で議論され、現在はほとんど見られなくなったテーマに「キャラ読み」がある。[4]端的にいえば、謎解きが主眼であるべき本格ミステリをキャラクタ主体で読むのは是か非かという議論である。シャーロック・ホームズを引き合いに出すまでもなく、キャラクタの魅力を楽しむ読み方は以前より一つの読み方として存在しており、現代ミステリでも島田荘司や有栖川有栖の作品を「キャラ読み」する読者は少なからずいたが、京極夏彦や森博嗣らの登場によってこの問題系があらためて注目されたというのが正確であろう。この議論は二〇〇二年前後の西尾維新らの登場によって「キャラ萌え」問題として一部引き継がれる。

一二　ジャンルの拡大と本格ミステリ作家クラブの設立

以上、「新本格」第一ステージと第二ステージについて、いくつかのトピックをもとに概観してきた。あらためてまとめれば、「新本格」第一ステージは主として小説メディア内に「新本格」が定位していく時期であり、第二ステージは、メディアや実作／評論の別なく、本格ミステリが拡大していった時期であるといえるだろう。

もちろん、このような状況は当時の本格ミステリジャンルに非常に活力があったことを意味している。一五年間を通して、さまざまな議論がなされてきたが、それは継続的に作品や評論が供給され、議論の場も提供されてきたからこそ可能になったことである。そのような中で、あらためてジャンルの輪郭を明確にしようとする動きが発生するのは自然なことであろう。前節で触れた『本格ミステリ・ベスト10』の開始もその動きの一例であるが、二〇〇〇年の本格ミステリ作家クラブの設立こそ、「新本格」以降のジャンル変容をもっともよく象徴する出来事であるといえる。

ミステリに関する団体としては日本推理作家協会(一九四七年設立。当時の名称は「探偵作家クラブ」)があるが、この会は当初より、本格ミステリ作家のみが所属しているわけではなかった。本格ミステリ作家クラブは、その名称通り、本格ミステリに特化した団体であり、その「ジャンル的発展」を目標としたものである。主たる活動としては、本格ミステリの優れた実作、評論を顕彰する本格ミステリ大賞を創設、運営することが挙げられる。ただし、有栖川有栖が本格ミステリ作家クラブ(準備会)設立に寄せた文章で、本格ミステリについて「万人が納得する定義づけは難しい」と記しているように(本格ミステリ作家クラブ公式サイト掲載「さらなるジャンル的発展を目指した船出に祝福の風を」http://honkaku.com/date.html、二〇一七年一〇月一〇日閲覧)、本格ミステリというジャンルについて何かしらの合意を得た上で活動するのではなく、文学賞の運営を含む会の活動そのものによって、変容していくジャンルの輪郭を提示し続けようという試みであると考えられる。一九八五年以降の流れを見れば、本格ミステリジャンルは流動し続けてきたのであり、会のありかたにもそれが少なからず反映されていると見ることができるだろう。

（1）　天樹征丸『金田一少年の事件簿2　幽霊客船殺人事件』一九九六年版第二六位、『金田一少年の事件簿4　鬼火島殺人事件』一九九八年版第四〇位、『金田一少年の事件簿　上海魚人伝説』同年四八位。京極夏彦『絡新婦の理』一九九七年版第二四位、『塗仏の宴　宴の始末』一九九九年版第九位、『百器徒然袋　雨』二〇〇〇年版第三二位、『百鬼夜行　陰』二〇〇〇年版第三五位など。

（2）『出版年鑑』によれば、一九八五年の新刊点数は三万一二二一点、二〇〇〇年の新刊点数は六万二六二一点である。

（3）　株式会社チュンソフト二〇一〇年一一月一九日付プレスリリース「『かまいたちの夜』に新シナリオが登場!!」http://dwango.co.jp/pdf/news/group/2010/101119.pdf、二〇一七年一〇月一〇日閲覧。

（4）　たとえば、篠原一「キャラ読みはミステリの敵か」『小説トリッパー』二〇〇〇年六月号。

参考文献

秋吉亮平・小田牧央・川井賢二・蔓葉信博「新本格三十周年ふりかえり座談会」探偵小説研究会『CRITICA』第一二号、二〇一七年八月

〈二〇〇〇年〜〉

〈拡散〉と〈集中〉をこえて

井上貴翔

一　はじめに

二〇一七年、綾辻行人『十角館の殺人』（一九八七年）に端を発する「新本格ミステリ」ムーブメント三〇周年を言祝ぐように、『十角館の殺人』の愛蔵版や青崎有吾、周木律などといった若手ミステリ作家による記念アンソロジーの刊行など、講談社を中心に様々な企画が行われた。この事実は、三〇年前からのミステリムーブメント（笠井潔が言うところの「第三の波」）が大きな断絶を経ることもなく、今なお継続中であることを示している。あらためて考えてみても、三〇年もの間、ある一つの小説ジャンルが継続的に人気を保つなどという事態は、日本近代小説史においてそうそうあるものではない。その一点をもってしても、現在まで続くミステリの隆盛が特筆すべきものであることは明らかだ。

もちろん、現在「ミステリ」という呼称が適用される範囲はあまりに広い。池上冬樹が「0年代へのミステリー見取り図」（『文藝別冊　総特集Jミステリー』二〇〇〇年、河出書房新社）で、エンターテインメントとミステリという言葉は「いまやほとんど同義語化している」と指摘したように、現在のミステリには「謎とその論理的解明」を主眼とする本格ミステリだけではなく、ホラーやSF、冒険小説等々に分類される作品も包含されている。

また、ミステリが発表されるメディアももはや小説にはとどまらない。一九九〇年代後半より盛んになってきたメディアミックスが、二〇〇〇年代以降さらに全面化するとともに、様々なミステリが複数のメディアにまたがって発表されている。メディアを問わず挙げるならば、九〇年代から続く『金田一少年の事件簿』や『名探偵コナン』は言うに及ばず、『DEATH NOTE』や『逆転裁判』、『ダンガンロンパ』など相手との頭脳戦に比重を置いた作品がヒットし、あるいは『TRICK』や『相棒』、『探偵ガリレオ』といった人気作も目白押しだ。

いまや日本の現代文化において無視しえないものとなっているこうした現況が、「新本格ミステリ」から生じた流れであることは、今では広く認められている。その意味で二〇〇〇年以降の本格ミステリの動向を追うことは、八〇年代後半からの日本の探偵小説史との切断と連続、あるいはそこからの変容を追うことに他ならない。よって本章では、本格ミステリという領域に焦点を当てる。

とはいえ、二〇〇〇年以降に刊行された膨大な数の作品を通史的に記述することが到底不可能である以上、本章で行われるのは、あくまでいくつかの作品を線で繋ぐ作業とならざるを得ないだろう。なお各作品のネタバレは可能なかぎり避けているが、仕掛けや構造に触れていることもある。また煩雑さを避けるため実作については出版社名を省略し、引用は文庫版によった。

二　二〇〇〇年代の〈拡散〉と〈集中〉という言説

前節で指摘したように、二一世紀に入っても本格ミステリを中心としたミステリの活況は続いていた。しかしその一方で、この領域に何らかの変動が生じているのではないかということが、批評・評論を中心に盛んに語られてもいた。本節ではそうした状況を整理することで、二〇〇〇年代前半における動向を概観したい。

そもそも二〇〇〇年前後を境として、ミステリには他領域から大きな注目が寄せられていた。たとえば、一九九九年から二〇〇〇年にかけてミステリ専門誌ではない文芸誌――『ユリイカ』、『鳩よ!』、『文藝別冊』、『小説トリッパー』など――が相次いでミステリ特集を組む。あるいはライトノベル領域では二〇〇〇年に富士見ミステリー文庫、二〇〇一年にスニーカー・ミステリ倶楽部や白泉社 My 文庫というように、ミステリに特化した文庫レーベルが創設されるなどしている。こうした出版社側の動きと並行するように、ライトノベルに出自を持ちつつ一般向けのミステリも発表するという、上遠野浩平や三雲岳斗のような作家も登場を始めるだろう。

このような動向とはまた別に、かねてよりのミステリ作家たちも、たとえば巽昌章が「異質なものの混在する世界や拡散しようとする世界を、「探偵」のような仕掛けによって強引にまとめあげてゆく力は徐々に弱まり、結末で世界の分裂と混乱を強調する作品が増えているのではないか」（『論理の蜘蛛の巣の中で』二〇〇六年、講談社、九二頁（初出は二〇〇一年））と観測していたように、この時期を境にどこかこれまでとは手触りの異なる作品を発表し出すだろうし、他方、「新本格ミステリ」の父的な存在であった島田荘司は、「21世紀本格」というコンセプトによる本格ミステリのアップデートを提唱、『21世紀本格』（二〇〇一年）という小説アンソロジーや評論集『21世紀本格宣言』（二〇〇三年、講談社）を発表する。そうした意味では、本格ミステリを中心とするミステリ領域は確かにこの時期、ある種の変動を経験していた。

しかし当時、こうした様々な形での変動は全面的なものではなく、むしろ局所的な問題による〈拡散〉として受け止められることが多かった。「新本格ミステリ」一五周年を機に刊行された、『本格ミステリ・クロニクル３００』（二〇〇二年、原書房）において、それまで本格ミステリを牽引してきた芦辺拓や有栖川有栖、歌野晶午などの作家や評論家はこぞって現状への苛立ちや不安を表明する。それこそ、本格ミステリが〈拡散〉することへの不安だった。当時、その主な契機とみなされていたのは、メフィスト賞（前章を参照）より登場した若手作家の存在である。

二〇〇一年から二〇〇二年にかけてメフィスト賞は舞城王太郎、秋月涼介、佐藤友哉、西尾維新、北山猛邦といった若手作家を相次いでデビューさせる。彼らの作品は、笠井が当時、「脱格系」と便宜的に称したことに表れているが、[1] 総じて本格ミステリとしての結構を持ちつつもその構築性や形式性あるいは論理性に不徹底さがあるとみなされ、あるいは登場人物の造形や物語展開、世界観にいわゆる「オタク系カルチャー」の強い影響が指摘されもした。彼らの登場、特に舞城、佐藤、西尾といった作家による脱領域的な活躍——舞城や佐藤の文芸誌への進出、「闘うイラストーリー・ノベルスマガジン」として二〇〇三年に創刊された文芸誌『ファウスト』への参加、東浩紀など批評家からの肯定的評価等々——は、文学やサブカルチャーの領域でも毀誉褒貶とともに広く注目を集め、二〇〇〇年代の日本文化における一大トピックとなっていた。同時期に文学を中心に起こった「ライトノベルブーム」も、彼らの登場が用意したものだといえる。そうしたなかでも本格ミステリ領域では、彼らの作品における本格ミステリ形式に収まりきらないような過剰性が多くの場合、否定的に捉えられ、ジャンルの〈拡散〉を示すものと認識されていく（そのように捉えられなかった乙一『GOTH』（二〇〇二年）は、第三回本格ミステリ大賞を受賞）。その一方、「脱格系」という言葉に対置される形で、「ただの本格」「端正な本格」という言葉が叫ばれ、ジャンルとしての〈集中〉の必要性が訴えられていく。

そうしたジャンル論的言説を抜きにこの時期を眺めたならば、笠井『オイディプス症候群』（二〇〇二年、第三回本格ミステリ大賞）や綾辻『暗黒館の殺人』（二〇〇四年）、法月綸太郎『生首に聞いてみろ』（二〇〇四年、第五回本格ミステリ大賞）などベテラン作家が力作を発表する一方、鳥飼否宇や石持浅海、三津田信三のような後の本格ミステリを支える作家、伊坂幸太郎や柳広司、辻村深月、道尾秀介といった広義のミステリ領域でも活躍していく作家が登場し、ライトノベル領域でも田代裕彦や桜庭一樹、谷川流などが本格ミステリ色の強い作品を発表するなど、様々な作家が多様な活躍を見せているのだが、批評や評論では単純な二項対立図式が流通していた。

その問題点については、諸岡卓真「本格のなかの本格について」(『CRITICA』創刊号、二〇〇六年)が的確にまとめている。そこでは、本格ミステリ領域内に「中心と周縁」ならぬ、「本格」と「非本格」(たとえば「脱格系」)という二項対立を設定することで、事後的に「本格のなかの本格」という共同性が立ち上がっていくことが論じられていた。〈拡散〉に関する言説とは、ある種の排除によって本格ミステリの〈集中〉に奉仕する言説編制というわけだ。

この不毛な流れは二〇〇五年に刊行され、同年のミステリランキングで軒並み一位を、また第一三四回直木賞や第六回本格ミステリ大賞を獲得した、東野圭吾『容疑者Xの献身』[2]をめぐって繰り広げられた「容疑者X論争」にも通じているだろう。その経緯には立ち入らないが、作品が本格ミステリか否かという議論から出発したこの論争が、(必然的に過去との比較対象が行われる)優れた本格ミステリかどうか、もしくは時代に即応しているかどうかという議論へ移行したことは、結果的に二〇〇〇年以降の本格ミステリを単なる〈拡散〉ではない観点から捉えなおす契機になったといえるのかもしれない。すなわちこの時期の変動を、「脱格系」や東野作品というような局所的な問題ではなく、ジャンル史や同時代的なコンテクストの中に置きなおし、領域全体的な問題として捉えようとする観点が主となっていった[3]。また、なかでも注目が集まったのは「謎とその論理的解明」における後者、すなわち「論理」もしくは「推理」という要素である。もちろん、いわゆる「後期クイーン的問題」は一九九〇年代後半より話題となっていたが、それをめぐる議論が深化するとともに、時代的要請としてのミステリの変動にあわせるように、その根幹である「論理」や「推理」自体の、もしくはその変質の捉えなおしが喫緊の問題とされていったのである(4)。

以上、二〇〇〇年以降の本格ミステリ領域における批評・評論言説を大まかに追うことで当時の動向を概観してみたが、ここからは実作に目を向けてみよう。特に〈拡散〉と〈集中〉という言説をこえた、二〇〇〇年代後半以降、実作にはどのような潮流がうかがえるのだろうか。

三　二〇〇七年の作品群

前節のような状況を経た二〇〇〇年代半ばの本格ミステリシーンには、ある種の閉塞感が漂っていたといえる。そこには単なる〈拡散〉への不安もあれば、法月の「謎があり、論理的推理があって、意外な解決がある。そういう本格ミステリのパターンがくたびれてきている。一種の伝統芸になって、それ自体ではインパクトを持てない」(『瀬名秀明ロボット学論集』二〇〇八年、勁草書房、一八三頁(初出は二〇〇六年))という言葉に表れているように、本格ミステリそのものが時代に対応していないのではという疑念もあったが、それは実作にも影響を及ぼしているようだ。二〇〇七年にはそうした閉塞感、もしくは閉塞感とともにその後の潮流を予期させるような作品が複数、発表されている。

たとえば柄刀一の大作『密室キングダム』で描かれるのは、伝説的マジシャンの邸宅で起こる連続密室殺人事件という本格ミステリに特有の道具立てだが、エピローグで「あれは、良くも悪くも昭和の犯罪だった」と振り返られるように、一連の事件が過去に属するものであることが幾度も強調される。いわば、（これまでの）本格ミステリを過去のものとして捉える眼差しがあるのだ。そうした眼差しは、すべての書物が焚書の対象となり、ミステリという概念が駆逐されようとしているディストピア的世界が舞台の、北山猛邦『少年検閲官』にも共通している。

北山が「当時、いわゆる「若手」の書くミステリに対して（中略）本格ミステリ的な小道具を無自覚にただ並べているだけである、といった批評が少なからず見受けられました。その批評が正しいかどうかはともかく、そこから本作のアイディアが生まれました。あえて小道具の過剰性を物語のテーマに組み込んでみたわけです」（「ここだけのあとがき」、http://www.webmysteries.jp/afterword/kitayama0701.html 二〇一八年三月一五日確認）と述べるように、当時のシーンへの批評的応答ともなっているこの作品だが、そこに漂う強い閉鎖性と疲労感は、まさにその小道具が消尽されつつある（と考えられていた）本格ミステリの閉塞感を表しているだろう（作中では「この国の『ミステリ』は、閉鎖的かつ絶望的な境遇の中で独自の発展を遂げて、もうこれ以上先はないというところまで到達したんだ」（二一〇頁）とも語られる）。だが同時に北山は、結末で語り手であるクリスに、「僕は『ミステリ』作家になる」（三五六頁）という決意を語らせることで、そうした閉塞感のなかにある未来をかすかに予期させてもいる。

一方、本格ミステリを過去のものとして眼差すのではなく、そのゲーム性を突き詰めることで時代に即応させようとしたのが、歌野『密室殺人ゲーム王手飛車取り』や米澤穂信『インシテミル』といった作品だった。

歌野作品では、「頭狂人」のような奇妙なハンドルネームを持つ五人がインターネットのライブチャットを利用して、彼らが実際に実行した殺人を題材にした推理ゲーム(もちろん本格ミステリの比喩となっている)に興じており、「探偵ごっこは長く続いている」が「十年後もこうして遊んでいるとは、頭狂人にはとうてい思えない」(四二八頁)と、やはり本格ミステリが時代に対応していないという閉塞感が語られる。二〇〇五年以降、YouTubeやニコニコ動画といった動画共有サービスが開始され、二〇〇七年頃にはその日常的な利用が世界的に進んでいた。作品を支えるのはこうした情報環境の変化だが、重要なのはその反映そのものではなく、むしろそうした環境のなかで「殺したい人間がいるから殺したのではなく、使いたいトリックがあるから殺してみた」(四五三頁)という登場人物の言葉に見られるような、本格ミステリのゲーム性を限りなく剝き出しのまま示した点にある。つまり、情報環境の変化と本格ミステリとを重ねた上でそのあり様の更新が模索されているのだ。その後、続編として書かれた『密室殺人ゲーム2.0』(二〇〇九年、第一〇回本格ミステリ大賞)、『密室殺人ゲーム・マニアックス』(二〇一一年)において、その模索はさらに進められるだろう。(5)

『インシテミル』も歌野作品に劣らず人工的な設定を持つ。時給一一万二千円という破格の待遇とひきかえに登場人物たちは、暗鬼館という外部から遮断された空間で七日間を過ごすことになる。そこは、殺人や推理を促すような特殊ルールと古今東西の本格ミステリ的ガジェットによって彩られた空間だった。つまり暗鬼館とは、歌野が描く殺人推理ゲームと同様、本格ミステリというジャンルの比喩である。しかし歌野作品の登場人物五人がその価値観を共有し、彼らだけの共同体を構築していたのに対し、米澤が強調するのはそうした共同体の特異性と閉鎖性である。

語り手の結城は大学でミステリサークルに所属しているが、彼は暗鬼館という本格ミステリ的閉鎖空間にあってもそのことを明かそうとしない。それが明かされるのは、暗鬼館内部にあるさらなる閉鎖空間で彼と同じくミステリサークルに所属する岩井と二人きりになったときだ。なぜなら、彼が場の「空気」を読んだからである。「一人だけ浮いてる人とは、そりゃあ他人のふりしますよ」(四三三頁)。さらに、結城と岩井の間にも古典的ミステリを読んでいるかどうかという断絶が存在する。米澤はこの作品で「〝ミステリ読者はこういうことを愉しむのか、喜ぶのか〟という外部の視線を強調したり、〝内輪の話に淫しても、外部には伝わらない〟という感覚を表現したかった」と述べているが(「著者に聞く全作品解説」『野性時代』第五六号、二〇〇八年)、事実、暗鬼館という本格ミステリ的な閉鎖空間に結城と岩井以外の視線を持ち込むことで、その極端なゲーム性やその共同体の特異性、閉鎖性が浮き彫りになるよう構築されており、そこには当時のシーンの閉塞感やそれについての言説といったものに対する皮肉めいた眼差しがうかがえる。しかしこの作品で注目すべきはむしろ、本格ミステリ的な閉鎖空間とそこでの推理に、場の「空気」という問題系を持ち込んだ点にあるだろう。次節で見るように、二〇一〇年代にはこの問題系が関心を集めるが、いち早くそれを示した作品の一つが『インシテミル』だった。

　こうして二〇〇七年に示されたいくつかのミステリ的想像力は、ある問題系をめぐって様々に変奏されていき、一つの潮流を形作っていくことになるだろう。それは、批評・評論でトピックとなっていた「推理」という行為に、別の形で関わるものでもある。

四　推理と「空気」という問題系

　その手掛かりを、綾辻以降のミステリムーブメントで二〇〇〇年以降も継続的に人気を集めていた〈日常の謎〉と呼ばれる作品群に求めてみよう。〈日常の謎〉とは簡単に言えば、殺人のような犯罪に関する謎ではなく日常における些細な出来事や違和感を謎として提示し、解決へと導くミステリのことを指す。もちろん、そうした作例は「新本格ミステリ」以前にも存在したが、北村薫『空飛ぶ馬』(一九八九年)をきっかけに、九〇年代に加納朋子や若竹七海などのフォロワーが現れ、現代本格ミステリにおいて一大領域を形作っていた。二〇〇〇年代にも米澤や松尾由美、坂木司、大崎梢、似鳥鶏、七河迦南、相沢沙呼など、この作風をメインとする作家が陸続とデビューし、その人気は一向に衰えない。

　さらに二〇一〇年代になると、米澤の〈古典部〉シリーズや初野晴の〈ハルチカ〉シリーズがアニメ化とともに人気を集める一方、戦場における〈日常の謎〉という対比が鮮やかな深緑野分『戦場のコックたち』(二〇一五年)のような話題作も登場する。あるいは、メディアワークス文庫での三上延〈ビブリア古書堂の事件手帖〉シリーズの大ヒットを皮切りに、「ライト文芸」という呼称で括られる文庫レーベル——富士見L文庫、新潮文庫nex、集英社オレンジ文庫、講談社タイガ等々——の創刊が相次ぎ、それぞれで「ライトミステリ」が刊行されるなか、〈日常の謎〉を扱った作品も大量に生み出されていく(人気作だけでも、岡崎琢磨〈珈琲店タレーランの事件簿〉シリーズや河野裕〈階段島〉シリーズ、阿部暁子〈鎌倉香房メモリーズ〉シリーズなど多数)。なお、ここには東川篤哉『謎解きはディナーの後で』(二〇一〇年)大ヒット以降の「キャラミステリ」への注目という流れも合わさっているだろう。

こうした動向のなか、中学校や高校を舞台に〈日常の謎〉を描く学園ミステリが、無視できない比重を占めてくるようになる。もちろん、学校生活を主とした日常を描く学園ものと〈日常の謎〉の相性が良いのは自明なのだが、そのことがある変容をもたらしているように思われる。それは、推理という行為に場の「空気」が大きく関与するということだ。

諸岡によると、二〇〇〇年代以降の〈日常の謎〉では、推理が「場の「空気」を乱す「上から目線」の行為であると把握される恐れがある」ため、探偵役が推理すること自体を避ける傾向がある(「「日常の謎」と隠密——瀬川コウ『謎好き乙女と奪われた青春』論」本格ミステリ作家クラブ選『ベスト本格ミステリ2017』二〇一七年)。真実を指摘する推理という行為は、それによって学校やクラス、その内部でのグループといった共同体の秩序や「空気」を大きく組み替えてしまうがために、「KY」な(空気が読めない)行為として批判され、忌避されていく。すなわち、「空気」は推理に優先する。

これが実社会で学生を取り巻く現状と密接に関わっており、その意味で時代的要請としての変容であることは間違いない(思えば、「KY」という言葉が流行語大賞にエントリーされたのも二〇〇七年だった)。だが、何もそれは〈日常の謎〉に限ったことではない。そこでの「場」をたとえば国や世界といったものにまで拡張してみよう。このとき推理という行為は、有栖川有栖が『闇の喇叭』(二〇一〇年)に始まる〈ソラ〉シリーズで描くように(前述の北山〈少年検閲官〉シリーズも同様)、国や世界の秩序を乱すものとして統治側により禁止され、人々に忌避されていくだろう。あるいは、そうした秩序の組み替えを可能にする特異な能力、すなわちある種の武器として、国家間で奪い合う対象となったりもする(似鳥鶏〈シャーロック・ホームズ〉シリーズ)。

推理に優先する「空気」。それは、「空気」が推理の是非を決定するということでもある。つまり「空気」を乱す推理は厭われ忌避される一方、乱さない推理は受け入れられ「真実」となっていくのだ。そこにはどこか全体主義めいた危うい雰囲気が漂っているが、前節で取り上げた『インシテミル』とは、まさにこうした事態を描いたものでもあった。語り手の結城はあるとき「空気」を読まずに、ある殺人の真相を論理的に推理してしまうが、その行為によって彼は疑われ、穴だらけの非論理的な推理によって犯人として排除される。「必要なのは、筋道立った論理や整然とした説明などではなかった。どうやらあいつが犯人だぞという共通了解、暗黙のうちに形作られる雰囲気こそが、最も重要だった」(四二一頁)というそこでの言葉が、「空気」が推理の是非を、「真実」を決定するという事態を直截に指していることは言うまでもない。

そう考えたとき、推理と「空気」という問題系は、二〇〇〇年以降に一大領域を形成した感のある、いわゆる特殊ルールもののミステリとも通じているのかもしれない。特殊ルールものとは、たとえば我々が住む現実とは異なる世界を舞台にしたり超能力や超常現象を所与のものとしたりすることで、作中に独自のルールを定め、それを前提に組み込んだ上で推理を行うタイプのミステリを指す。「新本格ミステリ」では山口雅也『生ける屍の死』(一九八九年)や西澤保彦『人格転移の殺人』(一九九六年)などを代表として、こうした作風が〈日常の謎〉と並び、定着していった。以降、二〇〇〇年代における柄刀の〈宇佐見博士〉シリーズなどを経て、二〇一〇年頃より「ライトミステリ」も含め急増していく。主なものだけでも、綾辻『Another』(二〇〇九年)、米澤『折れた竜骨』(二〇一〇年、第六四回推理作家協会賞)、森川智喜『スノーホワイト』(二〇一三年、第一四回本格ミステリ大賞)を含む〈三途川《さんずのかわ》理《ことわり》〉シリーズ、早坂吝『ＲＰＧスクール』(二〇一五年)、古野まほろ〈臨床真実士《ヴェリティエ》〉シリーズなど多数が挙げられる。『インシテミル』では、ある共同体における「空気」を加味して推理を行う(もしくは行わない)ことが求められていた。それは、その共同体でのみ通用する独自ルールとなっており、その意味で、推理と「空気」という問題系を特殊ルールものの一変種(その逆と捉えてもよい)と捉えることが可能だろう。

五　推理それ自体の前景化

「空気」と推理の不可分な関係性が、二〇〇〇年代後半以降、確かに存在する。それは間違いなく、携帯電話やインターネット、なかでも動画共有サービスやSNSの普及という情報環境の変化に導かれているが、特にFacebookやTwitterなど(とそこでの「いいね」評価)の標準化の影響は大きい。たとえば、歌野の〈密室殺人ゲーム〉シリーズ第三作となる『密室殺人ゲーム・マニアックス』では、第一作ではたった五人という閉鎖的な共同体で行われていた殺人推理ゲームが、「こ、こ、に、い、る、四人は真相解明を放棄したわけだけど(中略)最後まで視聴してくださった、おたくの推理はいかに?」(二一〇頁)と、オープンな動画サイトに投稿され、不特定多数の観衆を巻き込むものとなっており、情報環境のさらなる更新のなかで本格ミステリがいかに成立するかというこのシリーズの試みが、いっそう進められている。そこで描かれるのは、事件に関するまとめサイトが作成され、そこに人々が推理を書き込むばかりか、それぞれの推理の人気投票が行われる様子だった(柄刀『密室の神話』(二〇一四年)にも似た表象がある)。誰しもが探偵になり、人気となった(場の「空気」に支持された)推理が持て囃されるというわけだ。そして、こうした試みをさらに突き詰めた先にあるのが『密室殺人ゲーム・マニアックス』と同年に刊行の、城平京『虚構推理』(第一二回本格ミステリ大賞)である。

この作品における推理とは、甚だ奇妙なものだ。探偵役である岩永琴子の推理は犯人を指摘するためではなく、ある集団での支持を集め、鋼人七瀬という人外の存在を消すために行われる。鋼人七瀬とは当初は単なる都市伝説的な噂にすぎなかったのだが、名前と物語が付与され、さらに「鋼人七瀬まとめサイト」の開設によって情報と人々の想像力が集約された結果、強固に実体化した亡霊だった。そのため岩永は、「『亡霊がいる』という物語に対し、『亡霊がいない』という物語を上書きするしかありません。その物語を鋼人七瀬の存在を信じ、願っていた人達が受け入れれば、鋼人七瀬の生命力は尽きて消滅するでしょう」(一六〇頁)という戦略を取る。すなわち彼女は、鋼人七瀬は存在しないという虚構の推理を示し、まとめサイトに集う人々を納得させることで鋼人七瀬を消滅させようとするのだ。これは、歌野があくまで人気投票という描写にとどめていた点を、さらに推し進めたものと理解すべきだろう。要するにこの作品では、まとめサイトにおいて「いいね」をより多く獲得した推理が現実のもの、つまりは「真実」となる。(6)「空気」が推理、ひいては「真実」を決定するという問題系のラディカルな捉えなおしがここにはある。そこで重要視され、前景化されるのは、もはや「真実」ではなく推理それ自体なのだ。

実のところ、このようなミステリ的想像力は『虚構推理』に限ったものではない。たとえば、円居挽『丸太町ルヴォワール』(二〇〇九年)に始まる〈ルヴォワール〉シリーズは、古来より京都で続く私的裁判「双龍会」での推理合戦を描いているが、そこで「真実」が重視されているかというと多分に疑問符がつく。そこで描かれるのは、いかに自分のペースに相手や観衆を引き込み、打ち負かすかというディベート的なやりとりである。もちろん一定の論理性がなければそれは望めないわけだが、「真実」よりも場の「空気」を加味した口上やはったりこそが、裁判の行方を左右するのだ（円居の〈シャーロック・ノート〉シリーズでも同様のシチュエーションが描かれる）。

あるいはここに、森川『スノーホワイト』を付け加えてもよい。この作品に登場する探偵、襟音ママエは〈何でも知ることのできる鏡〉を持っているため、推理をせずとも依頼された事件の真相を知ることができてしまう。だが、真相のみを伝えただけでは依頼人は納得しないため、むりやり整合性のある推理を付け足さなくてはならず、彼女は四苦八苦する（それすらも鏡で解決してしまうのだが）。ここでもまた、「真実」はすでに定まったものとして後景に退き、代わりに推理という過程自体がクローズアップされている。さらには、作品冒頭で犯人の名前が指摘されてしまうという、麻耶雄嵩『さよなら神様』（二〇一五年、第一五回本格ミステリ大賞）もまた、こうした系譜に連なるものといえよう。

このような推理それ自体の前景化は、なかば必然的に多重解決ミステリへの注目を招き寄せるだろう。すでに紙幅も尽きてきたため、個々の作品を解説する余裕はもはやないのだが、ここ数年、その多重解決ミステリとしての構造に注目と評価が集まる作品群――たとえば深水黎一郎『ミステリー・アリーナ』（二〇一五年）や井上真偽による『その可能性はすでに考えた』（二〇一五年）と『聖女の毒杯　その可能性はすでに考えた』（二〇一六年）、白井智之の『東京結合人間』（二〇一五年）や『おやすみ人面瘡』（二〇一六年）など――は、まさに推理それ自体の前景化という点から把握することができるだろうし、あるいは古野『セーラー服と黙示録』(二〇一二年)に始まる〈セーラー服〉シリーズや青崎『ノッキンオン・ロックドドア』(二〇一六年)で、犯行手口や犯行動機それぞれに特化した探偵役が存在することで推理が複層化されることも、こうした点から捉えられるはずだ。

最後に、以上のようなミステリ的想像力を複数取り込んだ作品として、北山の『オルゴーリェンヌ』(二〇一四年)を見ておこう。この作品では事件に対して、計三種類の推理が提出される。最後に探偵役によって行われる推理がひとまずのところ真相となっているのだが、後述するようにそれ以外の推理二つもまた「真実」になりうる。ここに多重解決ミステリ的な側面があるのだが、それにもまして興味深いのはそれぞれの推理の位置づけである。詳述はしないが、まず二つ目の推理は一つ目の推理を否定するためだけに行われており、「真実」の指摘を目的とはしていない。あくまで一つ目とは異なる真相を提出し、「真実」が絶対的なものではないと示すことが目的なのだ。それは推理が忌避された世界で、推理という行為を特権的に行使する「検閲官」への批判となっている。だが一旦は「場」に支持されかけた(「真実」になりかけた)その推理は、細部の論理的不備の指摘によって、受け入れられないままに終わる。また、三つ目の推理は探偵役と語り手にしか示されず、作中世界では一つ目の推理が「真実」として流通していくのである。『オルゴーリェンヌ』における推理と「空気」、そして「真実」のこうした扱いが、ここまで確認してきたようなミステリ的想像力と深く共鳴するものであることは明らかだろう。『少年検閲官』で予期された未来は、三つ目の推理にあふれる『十角館の殺人』へのオマージュとともに、二〇一〇年代におけるミステリ的想像力に託されたということなのかもしれない。

六　おわりに

ここまで、〈日常の謎〉における推理の忌避を出発点に、推理と「空気」という問題系をめぐる二〇〇〇年代後半以降のミステリ的想像力を追ってきた。その線はいつのまにか、推理それ自体の前景化という正反対ともいえる地点まで延びてきたようだ。だが、「空気」という軸を置いてみたとき、その両者の隔たりは限りなく薄い。

もちろんのことながら、推理と「空気」をめぐるミステリ的想像力が、二〇〇〇年代以降の本格ミステリすべてをカバーしているわけではない。それはあくまでこの時期の一つの潮流にすぎず、本章では触れられなかった多様な作品が存在している。また、ここで取り上げてきたような個々の作例が、この時期にのみ特有のものだと言うつもりも毛頭ない。そもそも推理という過程が、古くから探偵小説における必須の要素として認識されていたことを忘れてはならない。「探偵小説とは難解な秘密が多かれ少なかれ論理的に徐々に解かれて行く経路の面白さを主眼とする文学である」（『江戸川乱歩全集第二五巻　鬼の言葉』光文社文庫、二〇〇五年、四〇頁（初出は一九三五年））という江戸川乱歩の有名に過ぎる定義を思い出そう。そこにははっきりと「徐々に解かれて行く経路の面白さ」、すなわち推理という過程への注目が書きつけられていた。

だが、こうしたミステリ的想像力が時代に根差したものであることもまた、疑いえない。たとえば「真実」の後景化という点は、「後期クイーン的問題」というジャンル内在的なコンテクストから把握されることが多いが、すでに触れたように、それはインターネットやソーシャルメディアの発展と普及を背景とした文化・時代的コンテクストの強い影響下にもある。というより、「後期クイーン的問題」もまた、そのコンテクストとの兼ね合いで大きな影響力を持ったと捉えるべきだろう。

以上を考えたとき、推理の忌避から推理という過程それ自体への注目という近年の動きは重要な意味を持つように思われる。なぜなら、前述の文化的コンテクストを背景に生じてきた、ポピュリズムが席巻し「ポスト・トゥルース」という言葉で形容されもする世界状況、あるいは公文書などの根拠をないがしろにする一方、様々なデマや決めつけに基づいた醜悪な女性・マイノリティ差別や歴史修正主義がはびこる日本の現状においては、悪しき相対主義のもと「真実」の重要性が限りなく後退してしまっている。本格ミステリにおける「空気」に左右される推理、あるいは「真実」の後景化という事態が、そうした情勢とどこかでリンクしていることは間違いなく、その意味では本格ミステリひいては探偵小説という表象の立つ位置は思いのほか危うい。だが一方で、そこにある「真実」に至るまでの推理という過程それ自体、そしてその経路の複数性へのクローズアップを見逃してはならない。飛躍を恐れずに言うならば、それは思考を止めないことと同義であり、至るところで政治的・文化的分断が顔を覗かせている現状において、かろうじて対話の可能性を開く拠りどころとなる可能性を持つものだ。共同体における、思考を伴わない「空気」に抗いつつ、推理という過程を手放さないこと、そこに今後の探偵小説の掛け金の一つがある、というのはいささかナイーブに過ぎるだろうか。

(1)「脱格系」に関しては、笠井潔「本格ミステリに地殻変動は起きているか?」(探偵小説研究会編『本格ミステリ・クロニクル300』)や『探偵小説と記号的人物《キャラ/キャラクター》』(二〇〇六年、東京創元社)、『探偵小説と叙述トリック』(二〇一一年、東京創元社)を参照のこと。

(2) 論争の経緯に関しては、小田牧央による「X論争黙示録」(http://longfish.cute.coocan.jp/pages/2006/061009_devotion/ 二〇一八年三月一五日確認)や「『容疑者X』論争は本格ミステリに貢献したのか?」(探偵小説研究会編『本格ミステリ・ディケイド300』二〇一二年、原書房)が参考になる。

(3) こうした観点に立つものとして、笠井の一連の評論活動、巽前掲書のほかに、円堂都司昭『「謎」の解像度――ウェブ時代の本格ミステリ』(二〇〇八年、光文社)や限界小説研究会編『探偵小説のクリティカル・ターン』(二〇〇八年、南雲堂)など。

(4)「後期クイーン的問題」も含め、こうした点については注(3)前掲書のほか、小森健太朗『探偵小説の論理学――ラッセル論理学とクイーン、笠井潔、西尾維新の探偵小説』(二〇〇七年、南雲堂)および『探偵小説の様相論理学』(二〇一二年、南雲堂)、諸岡卓真『現代本格ミステリの研究――「後期クイーン的問題」をめぐって』(二〇一〇年、北海道大学出版会)、飯城勇三『エラリー・クイーン論』(二〇一〇年、論創社)、限界小説研究会編『21世紀探偵小説――ポスト新本格と論理の崩壊』(二〇一二年、南雲堂)を参照のこと。

(5) 歌野はこのシリーズのテーマは「本格ミステリーの誕生、発展、拡散のメタファーのような全体像」だと述べており(「作者自作解説」『本格ミステリー・ワールド2010』二〇〇九年、南雲堂)、作中のゲームが本格ミステリの比喩であることは明らかだ。それを踏まえるならば、第一作でのゲームの発明、第二作におけるゲームの模倣者の登場、そして第三作でゲームプレイヤーが不特定多数に開かれること、このそれぞれが本格ミステリの誕生と発展、拡散に重ねられていることになる。

(6)　正確に言うならば、この作品はある能力を持つ人物をその過程に介入させることで、岩永の推理が支持されるようになる確率を意図的に高めている。詳しくは、諸岡卓真「創造する推理――城平京『虚構推理』論」(押野武志・諸岡卓真編著『日本探偵小説を読む――偏光と挑発のミステリ史』二〇一三年、北海道大学出版会)を参照のこと。

第二部　探偵小説論の現在

本格＋変格の「お化け屋敷」
――山田風太郎『十三角関係』を読む

谷口　基

＊本稿では、山田風太郎『十三角関係』の真犯人に言及しています。

一　屠られた「探偵小説」

一九六一年四月刊行の『文学』(第二九号)は、「日本の推理・探偵小説」と銘打ち、瀬沼茂樹「黒岩涙香――その「探偵談」について」、村松剛「松本清張と探偵小説」、松本清張「推理独言」、中田耕治「諸外国の推理小説と日本の場合」の四論文を巻頭に掲げ、さらに佐野洋「探偵小説の評価基準」、高木彬光「推理小説の構成」、水上勉「私の立場」の随筆三篇を配している。すでに「点と線」(『旅』一九五七年二月～一九五八年一月)、「眼の壁」(『週刊讀賣』一九五七年四月一四日～一二月二九日)の二大ベストセラーを放ち、「ゼロの焦点」(『太陽』一九五八年一月～二月、『宝石』一九五八年三月～一九六〇年一月）を経て「砂の器」（『讀賣新聞』夕刊、一九六〇年五月一七日〜一九六一年四月二〇日）を連載中の松本清張を中核に据えた同特集のコンセプトが、〈探偵小説の死／推理小説の新生〉という図式の呈示にあったことは明白であろう。なかんずく村松剛の論から清張のそれへと連続する脱・探偵小説のテーマはきわめて挑発的だ。

「探偵小説ということばほど、松本の小説に、似あわしからぬものはない」という村松は、「探偵小説」における「怪奇な夢の乱舞、夢の解放を、相当高く評価する」といったん持ち上げておきながら、「日本の推理小説のこうしたかたよりが、数々の愚にもつかぬ怪談を残し、また怪談的文体を残したということも、やはり否定できない」と難じる。

> 「何という怖しいことでありましょうか、」とか、「あの驚くべき、戦慄すべき事件が起こったのは、指折り数えれば……」式の怪談的文体は、戦後の今日でさえまだ、大家といわれる推理作家の中には残っているので、このことは、日本の推理小説が怪奇譚の枠の中で成長し、一ぺんもリアリズムの谷をわたったことがないという事実を、雄弁に物語る。
>
> （「松本清張と探偵小説」『文学』一九六一年四月、一七頁）

村松が掲げた評価軸である「リアリズムの谷」が、同論に続く「推理独言」で〈社会派推理小説〉の代名詞たる実作者自身のことばの重みをもって補完されていく道筋は無論、偶然に作られたものではない。戦前から戦後にかけて試みられてきた探偵小説が、総じて「つくりごとがひどすぎ」、「生活が書けていないし、人間の性格が書けていない」（「推理小説の発想」江戸川乱歩・松本清張編『推理小説入門』一九五九年、光文社）、いわば反リアリズム的傾向を脱しえなかったという主張は、すでに松本清張自身によって何度も繰り返されてきた持論であったからだ。ミステリの歴史を、清張の登場を境として前後に分かつ認識は、いわば清張本人の絶大なる自負心にその端を発したものであり、上記の村松論や佐々木基一による『小説帝銀事件』（一九六一年、角川文庫版）解説など、この面も向けられぬ強烈な自信に追随した言辞にすぎぬ。むしろ注目すべきは、爾後長きにわたって日本ミステリ界を呪縛し続け、〈清張以後〉の時間を定立せしめた魔術的なレトリックが「推理独言」には記されている、ということではないだろうか。それは、清張が自らミステリ創作の筆を執るに至った動機を語った一節に潜まされている。――いわく「探偵小説を「お化屋敷」の掛小屋からリアリズムの外に出したかったのである」と。ミステリ作家としてまさに油の乗りきった時期にさしかかり、意気天に冲する境地にあった清張をして、〈清張以後〉の指標を示すことが「推理小説独言」に担わされた最重要の役割であったと思しいが、「「お化屋敷」の掛小屋」という含みの多い修辞に対する妥当な解釈を導き出すためには、同論の主旨を正確に把握することが要される。

第一に押さえておくべき点は、従来の「探偵小説」における非リアリズム的要素が、清張にとって非「普遍性」の世界観と同義に認識されていることだ。それは具体的には、「市井的要素」と対置されるべき「荒唐無稽な、一般市民とは縁もゆかりもない世界」の創出であるという。換言するならば、清張にとっての、「普遍性」ある探偵小説とは、リアリズムの物語でなければならないことになる。彼は、たとえば木々高太郎のようには探偵小説の「文学」化には積極的ではないと明言しつつも、探偵小説の原初的型式のみをつきつめるあまり、少数の「鬼」だけを読者と選ぶような狭小な価値観を退け、「パズル小説」を脱した、「小説」として読むに耐えるものを、と訴えているのだ。これらの主張に立脚し、ミステリ創作を志した際に彼が自らに課した條件は、以下の通りである。

一「物理的トリックを心理的な作業に置き換える」
二「日常生活に設定を求める」
三「特別な性格者でなく、われわれと同じ平凡人」を配置する
四「背筋に氷を当てられたようなぞっとする恐怖」といった類の描写を避け、「誰でもが日常の生活から経験しそうな、または予感しそうなサスペンス」を求める

以上四項目を総括して、清張は「探偵小説を「お化屋敷」の掛小屋からリアリズムの外に出したかったのである」と、その動機と目的を述べたのである。これは、原初的型式に固執し、謎解きの超絶技巧を競った本格派への反措定と受けとれようが、それだけではない。かつて江戸川乱歩が描き出した変格探偵の作品世界が、読者の誰もが想定しうる範囲で人間の潜在的な犯罪心理を具現化

させていた事実と比較するならば、清張はきわめて意識的に、その全き対蹠地点に創作の鍬を打ち込んだことが理解されよう。いうならば、暗の「普遍性」に対置する明の「普遍性」を清張は選んだのだ。結果的に、同論には、本格、変格を含め、ミステリにおけるすべての戦前的なるものに向けた訣別の意志、「探偵小説」を屠る刃の燦めきが認められるのである。

「お化け屋敷」という表現をもって一網打尽に賦された〈清張以前〉の遺物が、十年を待たず、社会派推理小説の凋落と時を同じくして勃興したリバイバルブームの波に乗って捲土重来を果たした現象については、すでに拙著『戦前戦後異端文学論——奇想と反骨』（二〇〇九年、新典社）に詳述しているので、ここでは繰り返さない。戦中ひそかに研鑽した密室トリック研究を敗戦後一気に開花させ、本格長篇の傑作を陸続と生み出しながらも、〈清張の一言によって沈黙を強いられた〉と噂された横溝正史（『真山仁が語る横溝正史』二〇一〇年、角川文庫）も、同時期に不死鳥のごとく甦った事実は夙に知られる。

さらに八〇年代に入ると、「清張呪縛下」にあって「ノーベル賞学者のアル中の父のような扱い」（島田荘司『本格ミステリー宣言』講談社、一九八九年）を受けていた本格探偵小説の復権を目指す島田荘司の肝煎りで、綾辻行人、歌野晶午、法月綸太郎、我孫子武丸ら新世代の書き手たちが、「社会派から否定された二重の要素（本格性と変格性）を、一体のものとして肯定し、追究する方向性」（笠井潔「探偵小説の地層学」『本格ミステリの現在』一九九七年、国書刊行会）を示すべく切り拓いた「新本格ミステリ」の地平に群舞することとなった。ここに至ってミステリ界は、ようやく「清張呪縛」からの完全な脱却を果たしたのである。

かくのごとく、〈清張〉という存在は戦後ミステリ史において、良くも悪くも巍々たる権威であり、同時に一個の巨大な権力装置であった。事実、先に述べたごとく、彼が「無視」したことによって（松本清張「推理小説の独創性」『東京新聞』夕刊、一九五八年三月二六日）、敗戦と因習のはざまに崩れゆく地方都市の悪夢をミステリの文法でみごとに絡めとった横溝正史の試みに向けた正当な評価は、初期にあった荒正人らの批評以後、途絶し、体系的な研究は十年の遅れをとった。正史自身が控えめに記す「探偵作家としての私のもっとも不遇な時代」（小林信彦編『横溝正史読本』一九七六年、角川書店）の遠因には、健康上の理由のほかに、先の清張の一言が関わった可能性は否定できぬ。だが、名指しで「無視」を宣言された横溝は、七〇年代の復活ののち、さらに権力装置〈清張〉と対峙した「最後の探偵作家」（筑波孔一郎「最後の探偵作家」『幻影城』一九七六年五月）としてミステリ史上に燦然たるロマンの閃光を煌めかせることとなった。小栗虫太郎、夢野久作ら戦前派を代表する夢魔的想像力の持ち主についても同様だ。かたや、再評価の機会に恵まれずして屠られたままの作家、作品の運命は悲劇的である。

本稿では、戦後娯楽文化のあらゆる側面に絶大なる影響力を及ぼし、稀代の物語作家と謳われながら、ミステリ作家としては正当な評価を受ける機会に恵まれなかった山田風太郎の初期作品の中から、特に不遇な扱いを受けてきた描き下ろし長篇『十三角関係』を、〈清張以前〉最大規模の「お化け屋敷」として分析の俎上に載せ、権力装置〈清張〉を相対化しうるその真価、すなわち社会派リアリズムを凌駕する探偵小説的フィクション（本格＋変格）の可能性について論ずるものである。

二　「お化け屋敷」成立の背景

『十三角関係』は「書き下し長篇探偵小説全集」全一三巻の第一〇巻として、一九五六（昭和三一）年一月、大日本雄弁会講談社より刊行された。同時刊行は木々高太郎『光とその影』（第四巻）である。そう、この作品は、松本清張が短篇「顔」等で第一〇回日本探偵作家クラブ賞を受け、二大ベストセラーの執筆にとりかかる、その前年に発表されているのだ。雑誌媒体に寄せられた広告文には以下のような文章が付されている。「車裂きにされ、天空高く曝しものにされた女。この凄惨な死体をめぐつて、つぎつぎに意外な事実が明るみに出されていく。複雑怪奇を極める人間心理の深奥を描破した探偵小説界の異才山田風太郎の改心作」（『探偵実話』一九五六年三月号）。

このリードにも仄めかされているように、『十三角関係』は、物語の中心となる一女性の無惨に分断された死体が、妓楼「恋ぐるま」の壁上に設置された真紅の風車の羽に吊り下げられ、ゆっくりと回転するシーンで開幕する。清張やその信奉者たちならば眉を顰めること請け合いの探偵小説的光景であるが、このグランギニョル的な趣向にはしかし、犯人の切実な動機が潜まされていたのである。「大きな十字架」とも映る風車が処刑台に選ばれた理由、そして、風車に架けられた死体が「車裂き」のごとき惨状を呈していた理由。いずれにおいても、この殺人が単なる殺人を超えた、「象徴的」な行為であったことを、われわれは一篇を通読してはじめて知ることになるのだ。

ちなみに、『宝石』第一一巻第六号（昭和三一年四月）の「探偵小説月評」（石羽文彦）には「山田風太郎の『十三角関係』は作者自身が「テコずりました」といっている言葉が決して謙遜ではなく、読者までてこずらせる代物だ」という印象が記されているのみだ。後述するように、同作の構造に深く踏み込んだ分析は、七〇年代末に瀬戸川猛資が宅和宏の筆名で筆を揮った「早く来すぎたミステリ作家――フータローニアンの推理作家・山田風太郎」（『別冊新評山田風太郎の世界〈全特集〉』新評社、一九七九年七月）の発表を待たねばならない。『十三角関係』が不遇な作品であったと既述したゆえんである。

もっとも、不遇であったのは風太郎ばかりではない。早川書房の『世界探偵小説全集』（別称「ハヤカワ・ポケット・ミステリ」、一九五三年九月より刊行開始）の人気に対抗して、東京創元社が江戸川乱歩、植草甚一、吉田健一、大岡昇平を監修者に揃えて『世界推理小説全集』の刊行をスタートさせたのが、まさに一九五六年一月。一般読者の興味は、国内探偵小説の書き下ろし作品よりも、海外の翻訳ミステリに向けられていたのだ。論より証拠、同年二月の『毎日新聞』「週刊ベストセラーズ」（＝都内有名書店調べ）を参照するならば、三週間連続してクリスティの『アクロイド殺害事件』（一九五六年一月、『世界推理小説全集』第一回配本）がベスト10入りを果たしているのに対して、国内ミステリの書名は一冊も確認ができないのである。

さて、話を『十三角関係』に戻そう。

物語の舞台は売春防止法成立前夜の赤線地帯「東京S町」。

風太郎が同作を執筆中の一九五五年は、同法成立の可否をめぐって、推進派と反対派の議員、業者代表、従業婦、社会事業家、学者、評論家らが論戦を繰り広げた年にあたる。同法成立までの流れを、以下にかんたんに概観しておきたい。

まず一九五二年一二月、労働省婦人少年局が、労働大臣の諮問に「売春問題の対策に関する答申書」をもって答申。これに基づき翌一九五三年三月、第一五特別国会に参議院法務委員有志が発議者となって参議院に「売春等処罰法案」を提出したが、衆議院の解散によって審議未了。同法案は、一九五四年の第一九特別国会に衆議院の婦人議員が中心となって再提出され、第二〇臨時国会において継続審議となったが、またも審議未了。さらに第二一通常国会に提出されたが、衆議院の解散で三たび審議未了。解散による総選挙後の第二二特別国会に提出された同法案は、自由党と民主党の反対多数によって否決(一九一対一三二)の上、「売春対策審議会をつくり、通常国会に方案を提出させる」という内容の決議案にすりかえられた。一九五六年一月、内閣に売春対策審議会が設置され、法務大臣の諮問機関として法案作成が開始。「これに対して業者側も、両国の国際スタジアムに全国から百七十人の従業婦を集めて〝全国接客従業員組合連盟結成大会〟を開き、新橋駅前に進出して「売春禁止反対」のビラを配るなど、盛んに運動をはじめた。業者の自民党集団入党が話題をまいたのもこのころのことである」(小林大治郎・村瀬明『みんな知らない――國家売春命令』一九六一年、雄山閣出版)。高まる世論の中、五月一二日に政府案が提出された。同案は、党案を撤回して当日中の討議採決を迫った社会党の作戦勝ちで可決、五月二一日の第二四通常国会を経て、「売春防止法」が成立し、五月二四日に公布されたのである。

無論、『十三角関係』が刊行された時点では政府案採決の行方は不明であったが、こうした事実的背景の採用は、同作の世界観を堅牢ならしむると同時に、物語の中心人物として造形された車戸旗江の人間性にリアルな陰翳を与えることに効果を上げている。開巻早々に切断死体として登場する旗江は「恋ぐるま」のマダムにして、七五軒の売春宿がひしめく「S町」の「女王」である。複数の妓楼、キャバレーを経営し、伊東と軽井沢に別荘を持つ「商売上手」。だが、それだけではない。天性の美貌、そして「白無垢鉄火の度胸と、天空海闊のふとツ腹」で地元警察や地廻りも一目置くカリスマ性の前に、家族や女子従業員たちも絶大なる愛情と信頼を捧げつくしていたのだ。

実は、「アリンス国女王」こと車戸旗江には実在のモデルがいる。風太郎が遺した一九五一年一二月一二日付の日記から引用しよう。

新宿遊廓街のマダムについて。
彼女は秋田の貧農の娘にして大正末年十二才にて吉原に売られ来たれる娘なり(さればことしで三十八才)天性の美貌、長ずるにしたがって、妓楼の息子と恋愛す、勝手なもので経営者一家は猛反対せるが駆落ちす、やむなく親許せり。しかるに夫出征し、その留守中、他の経営者と姦通す、天彼女に与し、夫戦死せり、新しき主人(こは他に本妻あり、吉原に数軒の妓楼を経営しあり)のもとにて、彼女の才智漸くみがきをかけられ、彼女は今や新宿にて十二軒の遊廓、五軒のキャバレーを経営しあり(今また武蔵野館前に大キャバレエ・オペラハウスを建て、店びらきには岡晴夫、長谷川一夫ら一流芸人も来れりと)。

主人は今やまったく怠惰となりて連日マージャントバクして遊んでいるだけにして、実権は彼女にあり、警察をローラクし、税務署と応接し、町の顔役と交渉し、組合を買収すその凄腕タンゲイすべからずと。主人の母にもよくつかえ「お母さんお母さん」と大事にする故、母もいつしか実の娘のごとく愛しあり。田舎からは一家呼びて弟妹を大学にあげ、また村人は冬呼びて出かせぎの助けとす。客にあやしきものあれば苛シャクなく警察に内報する故警察もまた信じて大目に見ざるを得ず、組合にも大金を寄附する故組合もまたこれに抗するを得ず、上流人士とつきあう故艶然たる貴婦人のごとし。連日連夜経営の店をめぐりて従業の男どもを叱咤するも、女の子のみは決して叱らず偏愛せず、たとえズルけて休むもニコニコして「身体が資本なる故大事にせよ」といたわる故、女の子たちのしたうこと母のごとし。しかも町の与太者たちと応対するときはその鉄火の度胸舌をまくばかりにして与太者たちを追いはらい、あとでアハハハアハハハと笑っている由。その聡明なること馬ふるれば馬をきり人ふるれば人をきるの慨ありと。

ああこれ立志伝中の女傑というべきか、しかりおそらく彼女は現下の婦人代議士などと比較にならざる才女ならん。しかれどもあくなき搾取者なること疑いなし、恐るべき女なり。
「十三角関係」のヒロインのモデルここに得たり。
（山田風太郎『戦中派復興日記』二〇〇五年、小学館、二四三〜二四四頁）

吉原の遊女出身であるということ、夫の出征中に同業者と通じ、その相手が現在の主人であるということ――以上二点を除外するならば、ここで紹介されているマダムと旗江の人物像はほぼ重なり合う。実際に筆を起こす数年前から、風太郎の念頭に『十三角関係』の構想があったことには驚かされるが、それに加えて、マダムなる実在の女性に対して、「あくなき搾取者なること疑いなし、恐るべき女なり」という判断を下している点が注目される。表に貴婦人、裏に悪魔の貌を有する双頭人という、紋切型のヒロイン像に、風太郎が創作世界でいかにみごとな深みを与え、彫琢していったか、そのプロセスがおしはかられるからである。

惨死体として巻頭に登場して以後、旗江は、生前の彼女を知る人びとが語った、少なからぬ量のエピソードによって読者の前に再現されていく。そこに立ち現れた人間像は、実在するモデルのそれを超えた神性を纏っていたのだ。

三　死者を言祝ぐことばたち

『十三角関係』の真価を的確に評した最も早い論考「早く来すぎたミステリ作家」において、宅和宏（瀬川猛資）が「『十三角関係』は本格も本格、フェアプレーに徹した正統派謎解き論理ミステリだ」と指摘しているように、同作のテクストには本格ミステリにおける三大テーマ〈誰が殺したのか〉〈どのように犯行はなされたのか〉〈なぜ犯行に至ったのか〉を解き明かすための伏線が周到にはりめぐらされているが、この一篇の探偵役をつとめる堕胎医・荊木歓喜が推理の要諦として重視したのは、最後の〈なぜ〉という観点であった。

初動捜査の時点で、旗江殺害の動機を「犯人をつかまえりゃ、わかるでしょう」と嘯く刑事に対して歓喜は、「それを知らんけりゃ、この犯人はつかまるまいて」と言い、さらに「先ずさぐるべき謎は、マダムという人間にある。マダムの人間性という渦のなかにある」と断言している。彼の予想を肯うかのように、爾後、死者を言祝ぐ生者たちの物語が、奔流のようにテクストに横溢していく。それは死者・車戸旗江を、生身の人間として読者の前に再構成するための、豊穣なことばのリレーなのである。最高の実務家にして理想の雇用者、人道的で魅力あふれる淑女にして良妻賢母、ただひとつの欠点も認められない、祝福された存在……。証言者のひとり、女給のあけみはいみじくも言う。「あんな殺され方をした以上、ママさんはだれかにひどい恨みを受けているにちがいない、恨まれるようなことをしているにちがいないって思われるの、むりないけど、あのママさんにかぎって、そんなこと、ゼッタイ！　犯人は狂人にきまってるわ。よおくいっとくけど、お巡りさん、手分けして、東京の精神病院をさがした方がかしこいにきまってるわよ」と。

しかし、そうして得られた結論を前にして、歓喜は途方に暮れ、呟くのだ。「マダムの人柄は、あらゆる方面からひかりをあてられて、ようわかりました。そして、結局、実に愛すべき女性であった。殺されなければならんようなところはちっともないということがわかったのです。……わしは恐ろしい。……わしには……マダムを殺した動機が、よくわからんのです。……」と。

探偵・荊木歓喜は既述したように、本業は堕胎を専門とする医師である。片足が不自由で頬に凄まじい傷痕をのこした無頼の風貌、生まれることを望まれない罪の子らを天に還す〈死の医者〉でありながら、彼は女性や子供たち、とりわけて弱い立場の人間にはかぎりなく優しい。ゆえにその名は、苦難を象徴するイバラの中に「歓喜」を見出すごとき聖性を帯びているばかりか、処刑されたイエス・キリストの頭上にのせられた「荊冠」ということばの響きすらもとどめているかのようだ。それは受難と殉教の意味を内包して、十字架とともにキリストの聖性を象徴する。だが、探偵歓喜が纏う聖性の光はとてつもなく暗く、黒い。独自の倫理観や正義感に照らして、せっかく目星をつけた犯人をそしらぬ顔で逃がすことなど朝飯前――それどころか、法の裁きを逃れた犯罪者を天に代わって滅するなど、歓喜は堕胎医としても、探偵としても、死をもたらすことによって依頼人に慰藉を与えるからだ。彼が立脚しているのは、世間的な善悪の基準を超越した境界領域であることはいうまでもない。この探偵像は、戦前探偵小説の当時から顕著であった半犯罪者的イメージに忠実な造形であるともいえようが、荊木歓喜が纏うアナーキーな空気は、すべての戦前的規範が崩落したのちに生まれたヒーローの属性としても、きわめてしっくりした印象を与えるものだ。

やはり一個の〈必要悪〉を体現するものとしての探偵。あるいは善悪二元論を根底から疑い、虚無的な戦後的感性に身を委ねるアウトサイダー。いずれの立場にあっても、荊木歓喜は、売春業の成功者にして天衣無縫の女神たる旗江を、〈悪〉とみなすことはできないのである。

そして旗江自身にも、自身の職業を「神聖なしごと」と誇る意識があった。その「神聖なしごと」を守るため、彼女は、麻薬密売組織と癒着し、売春等処罰法案をめぐって「保守党の某代議士とのあいだに醜関係」を結び、「法案をふせぐ業者の音頭をとっていた」のである。——どこまでも天真爛漫に、楽しげに、いきいきと。したたかなアウトロウの貌と善意に輝く美神の貌は、二律背反とは無縁の、旗江にとってただひとつの調和の中にある。彼女こそ、〈必要悪〉を司る俗界の女神なのだ。

敗戦後の時空にあって、人間社会を善と悪の二元論で裁くことの無意味さは誰もが知る。その上で、われわれはモラルのグレーゾーンや数々の〈必要悪〉の概念が自分たちが棲む社会に充溢していることを黙認している。そして、『十三角関係』の舞台となる場所、登場する人物たちもまた、その多くが、灰色の地帯に属する色彩を帯びているのだ。売春街、三業地、暴力団や麻薬密売の組織が跋扈する裏社会、そして精神病院。そこに蠢くものたちは、女給と改称された「女郎」たち、遊廓経営者、地廻り、麻薬中毒患者、腐敗した警官や麻薬取締官、政治家、ゴロツキ記者、堕胎医、ヒモ同然の亭主、実母に欲情する少年、売春街の女王に憧れる少女、そして心を病んだ人びと……。この灰色にくすんだ世界の中には、この世界を構成する色彩と同じ、灰色をした神が棲んでいても不思議ではない。しかし、ゼウスの雷のごとき眩い閃光は、悖徳の街を貫き、五体を裂かれた「女神」の死体があとに残されたのである。

四　〈神殺し〉の理由

社会派推理小説における殺人は、ぎりぎりのところにまで追い詰められた人間による、やむにやまれぬ対抗手段として描かれた。『ゼロの焦点』がそうであり、『砂の器』もまた、そうであった。手をこまねいていたならば、永遠に失われてしまうおのれの自由や未来を繋ぎ留めるための、最後の、運命的な選択。こうした動機を背景とした殺人には、被害者への憎しみの多寡を暗示する痕跡や、下手人の確定を攪乱させせようという意志の表徴などはあっても、そこに高次の象徴性が演出されることなどは、まずない。

旗江が殺害された前後に、犯行現場にいた七人の人物すべての行動と、その正体が明らかにされたとき、歓喜は最後の、最大の謎＝犯行の動機を、犯人の自供に求めるべく、精神病院のとある病室の扉を開く。〈必要悪〉の「黙認者」であり、おのれもまた、その担い手のひとりである歓喜とは異なり、人望あつい幸福な悖徳者という矛盾を許しえない殺人者が、そこにいた。――旗江と同郷の、「聖女でありすぎた」クリスチャン伴真弓である。

かつて旗江と恋を競い、医師伴泰策の妻となったのちは、一女をもうけ、誰もが羨む幸福を手にしたはずの真弓は、壮年に至って突如麻薬に依存しはじめた夫の乱行によって、一転地獄に突き落とされる。だが、失意と貧窮の日々にあっても神への信仰によって心の平安を保っていた真弓を、真の意味で奈落に突き落としたものは皮肉にも、旗江からさしのべられた友情の手であったのだ。真弓との再会を無邪気に喜んだ旗江は、「太陽のようにあかるく、親切な善意にみちあふれ」、自分が携わった人身売買、売春防止法案への反対運動、麻薬の密売などについても隠すことなく打ち明ける。しかし、真弓が衝撃を受けたのは、旗江が手を染めた数々の〈必要悪〉の実態を知ったためではない。彼女は告白する。「悪をなしながら、それでも善良なひとであり得る、すぐれた女性になり得る。――その発見が、わたしのくらい魂とひきくらべて、わたしの信仰をねもとから衝撃したのです」と。「聖書」の教えと現実との落差、朧化していく善と悪との境界をまのあたりにし、精神を鬱屈させた真弓はついに発狂する。そして、正気に還ったとき、彼女は自分が精神病院に収容され、その間、醜い看護人に犯され続け、妊娠せしめられたことを知るのだ。「復讐の鬼女」となった真弓には、自分の信仰を守るため、悪を悪として罰するため、そして、旗江に憧れる娘の心を翻意させるため、旗江の象徴的な死がどうしても必要であったのだ。

「要するに、旗江さんは、もっともあさましい姿で十字架にかけられなければならないのです。そして、その死の意味として、あのひとが世にも淫蕩な妖婦であったということを、ひとびとに印象づけなければならないのです」。

悪の担い手でありながら善を為しうる立派な人物は、二元論的な正義の論理の上において、その生存が認められることはない。それゆえ、彼女車戸旗江には「象徴的な死」が必然であったのだ。十字架上の処刑――真弓はそれを、「最後の審判」と言った。しかしこれが熱心なキリスト教信者であった彼女の、信仰に裏切られたがゆえの〈神殺し〉の意味も含まれた構図であるとするならば、旗江は、復活できないように解体されて架けられたキリスト、あるいは、奇蹟が起こらなかったために車輪で五体を裂かれた聖カタリナに擬えられたというべきであろう。

『十三角関係』には、精神病院という「監獄」にとじこめられた女性が、何人もの男を「将棋の駒」のように動かし、自ら黙示録の世界を示現するための、凄まじいばかりのトリックが仕組まれているが、それだけを取り出して本作の評価に替えるべきではない。特記すべきは、この神話的犯罪が発生するに至った動機の複雑さである。

精神を病んだ女性の犯行ではあるが、その動機に認められるものは、理解不能の異常心理ではない。〈必要悪〉の前に惨めに敗北した〈絶対正義〉の逆襲は、同時に〈神の沈黙〉に向けた人間の瞋恚に支えられ、犯行の形態は〈神殺し〉の象徴性を孕んでいるが、この〈神殺し〉の意志は、つぶさにテクストを読むならば、真弓以外の登場人物の多くに共通して潜在していたことが明らかになるからだ。

たとえば、旗江の夫である車戸猪之吉。捜査陣の前で、自分にとって「十三割くれえある女」と、できすぎた妻の横死を嘆き、憑かれたように喋りまくる彼を、歓喜は「身分不相応な家宝がこわれて、その束縛から離れた人間の安堵に似ている、といえようか。……マダムがえらい女でありすぎたのです」と分析している。このケースは、実母に対して倒錯した感情を抱いていた旗江の長男・三樹にも応用が可能だ。異性に対する以上の恋情と性欲を持て余した三樹は「売春禁止法の問題が新聞でやかましかった夏の一日」、母旗江が広場の群衆の前で、一寸刻みに体を刻まれて処刑されるさまを午睡の夢に見ている。彼が真弓に命じられるまま、唯々諾々と、母の死体から首を切断して風車にかけたのは、近親相姦の願望さえ抱かせた旗江に向けた、無意識裡の殺意に従ったものかもしれない。……彼ら肉親のみならず、旗江をとりまく人間関係の中にも、その絶対的な魅力からの逃避をひそかに切望していた者たちが少なからず存在していたであろうことは容易に推測ができる。旗江の政治的手腕に圧倒されていた新聞記者の里見、いつのまにか麻薬密売の片棒を担がされていた取締官の久世、叱咤や体罰すら快感となるまで、旗江に魅了されつくした風呂番の紋太、旗江がこっそり調達してくれる麻薬に耽溺し、いつまでも依存症から離脱できない伴泰策……彼らのいずれにも、〈動機〉はあったのだとはいえまいか。

五　変格的終幕の意義

こうして旗江殺害の動機が明らかにされると、『十三角関係』の世界には、新たなテーマが明滅する。真弓は絶望のうちに神を喪った。それならば、〈神はどこにいるのか〉。神が人間の前に沈黙を保ち続けるのならば、〈神が神であるゆえんは何なのか〉。

同作には数々の〈必要悪〉が描かれるが、「真の悪党」は登場しない。終幕間際、〈許しがたい悪党〉として、真弓を凌辱した看護人・鴉田が荊木歓喜によって打倒されるが、この胸塞がるシーンの直前、歓喜はこんなことを言っている。「わしは、真の悪党というものは、決して悪いことはせんものだといいたかったのです。……すくなくとも、ただこの世のつめたい傍観者にすぎないものだろう。……」

歓喜の説に、旗江は無論適合しない。むしろ、旗江とは正反対の存在が、ここで「真の悪党」として語られているのである。同時に、旗江を殺害した伴真弓も、「真の悪党」ではない。ただ、鴉田のごとき、〈許しがたい悪党〉はいる。歓喜は鴉田を激しく殴打し、罵倒するが、しかし、直後に用意された物語の最後を見よ。この堂々たる本格探偵小説の骨格を誇る「お化け屋敷」には、その終幕に際して、まさに「お化け屋敷」の名にふさわしい大仕掛けが施されていたのだ。

旗江処刑の詳細を語った直後、真弓はふたたび狂気の世界へと沈潜していく。そのとき、真弓の病室に駆けつけた娘の圭子、旗江の夫猪之吉、息子の三樹の眼前で、信じがたい光景が現出するのである。

かけよろうとした圭子が、そのときはたと足をとめた。たちすくんで、じっと眼をみはった。夫人はほのぼのとけぶるような美しい笑顔で、なにやら空をさぐるような手つきをくりかえしていた。

「まあ……おばさま！」

「なに？」

歓喜先生は蒼然として顔をふりあげた。圭子は、母と、それからなにかをじっとみつめている。

「お嬢さん、な、な、な、なにがみえるのだ？」

（中略）

「おばさまがいます。……美しい鶯色のデシンの茶羽織をきて……」

そのとき、車戸猪之吉までが、ふっと眼を大きくひろげて、なにやらのどのおくでうめいた。なんともいえない鬼気にうたれてか、さすがの捜査主任も、ぐっと歓喜先生によりかかる。歓喜は総身に水をあびたような思いになりながら、

「ばかな！　こ……こんな話に……幽霊が出てくるって法があるけえ。……」

と、うめいた。

「それでも、そこにいらっしゃるのです。……花がみえます。花がみえます。……おばさまは、お母さまと、笑いながら……花をつんでいます。……」

（山田風太郎『十三角関係』一九五六年、大日本雄弁会講談社、二七六〜二七七頁）


変格探偵小説の可能性を信じ、同ジャンルの「復興」を叫んだ（「変格探偵小説復興論」『エラリイク

イーンズミステリマガジン』一九五八年一月）山田風太郎の面目躍如たる離技であるが、ここで、伴真弓を幻の花野に誘う車戸旗江の「幽霊」は、まさしく「女神」のごとき愛と許しの象徴として〈復活〉させられていることを見過ごしてはならない。この美しき〈許し〉のシーンは、直前に置かれた、荊木歓喜による〈許しがたい悪党〉への処罰図と、みごとなまでの対照を呈しているのだ。おのれを殺した友への〈許し〉——そこに描かれているものは、すべてを許す存在の降臨図にほかならない。真実の神は、歓喜が喝破したように、「天道と人道のことなるところ、自然と道徳のちがうところを、熱くなって力説する」ような「聖人」ではなかった。神は、もっとも卑俗で人間臭い、しかし、すべてを——自分を殺した友さえも——許す売春街の女神、〈必要悪の体現者〉のすがたをもって、このテクストに君臨していたのである。物語の最初から、最後まで、ずっと。

神は、神であるがゆえに、人びとから迫害を受け、殺される運命にあるだろう。しかし、神は死なない。そして、神は許す。許しの場においては、善も悪も、被害者も加害者もない。……しかし、忘れてはいけない。この真理にまで物語を導いたものは、やはり探偵なのだ。探偵の仕事は事件の謎を解き、殺人犯の正体を曝くだけではない。「恐ろしい、哀しい——不可思議な、人間の——心理の水ぐるまの音」に耳澄まし、普遍的な真実に至る道を示すもの、それが、戦後派探偵作家山田風太郎が創出した名探偵なのだ。

かくして『十三角関係』は、その構造を本格探偵小説から変格探偵小説へと、アクロバティックに連繋する瞬転の裡に、壮大なテーマをわれわれの前に投じて、幕を下ろす。善と、悪と、人間と神をめぐる普遍的な問いに対する、きわめて戦後的な回答例を添えて。

＊本稿の内容の一部は、拙著『戦後変格派・山田風太郎――敗戦・科学・神・幽霊』(二〇一三年、青弓社)中の記載と重複しています。

読者＝犯人の系譜
——中井英夫から深水黎一郎まで

押野武志

一　はじめに——「意外な犯人」の創出

エドガー・アラン・ポー「モルグ街の殺人」（一八四一年）以来、読者の意表をついた「意外な犯人」の創出こそが、あたかも本格ミステリの使命ともなった。動物が犯人、語り手が犯人、警察官が犯人、探偵役が犯人、重傷を負った被害者が犯人、死体が犯人、関係者全員が犯人、子供が犯人、超能力者が犯人、妖怪が犯人、自然現象が犯人、偶然の連続が犯人……といった、本格ミステリの暗黙の約束事やリアリズムの文法に挑戦し、それに抵触するかのような実践とその変奏の数々が今日まで試みられてきた。

読者が犯人というトリックもまた、その系譜に位置づけられる。中井英夫の『虚無への供物』は、日本のミステリ史において、初めてこのトリックを中心に据えた画期的な作品である。そして、このトリックの徹底化を通して、ミステリというジャンルに引導を渡すことにもなった。こうした『虚無への供物』を引き継いでいる、読者＝犯人の系譜を今日のミステリまでたどりながら、日本のミステリ史における位置づけと、そのジャンル的達成度、理論的水準などを測ってみよう。

二　アンチ・ミステリの特質

中井英夫（塔晶夫）『虚無への供物』（一九六四年、講談社）は、氷沼家を舞台として奇妙な密室殺人事件が繰り広げられる。一九五四年の洞爺丸事件という大規模な海難事故で両親を失った氷沼家の蒼司と紅司、そして従兄弟の藍司。まだ見ぬ「ヒヌマ・マーダー」を防ぐために、自ら探偵と自認する久生は、友人の亜利夫を氷沼家に送り込む。しかし、密室の中で紅司が不可解な死を遂げた。その事件の真相について、亜利夫たちはそれぞれに推理合戦と称して推理を語る。しかし、そんな中で犯人に近いと見られていた蒼司らの叔父の橙二郎が密室の中でガス中毒死する。

登場人物たちが推理合戦をする際に、古今東西のすでに使われたトリックは使用してはならず、独創的な方法を編み出すべし、という妙なルールが作られる。トリックが新しくなくてはならない、犯人は物語の最初から登場していなくてはならない、といったものは、ミステリのルールでしかない。ミステリ・マニアである登場人物たちは、このルールを、物語内の現実の事件に適用しようとする。つまり、登場人物たちは、一連の事件をあたかも紙上の「ミステリ」として捉えている。実際はすでに起こった事件に、それぞれの推理をつけてその独創性を競うのは、倒錯的な行為なのである。

結果的に、真犯人は、最初から登場しているという条件もクリアし、真実も今までにないものだった。犯人は蒼司で、洞爺丸沈没事故により父が亡くなったが、「豚として海に投げこまれる」ような事故で亡くなったのなら悲しすぎるから、「もっとも人間らしい悲劇の決着をつけるため」、父と弟の橙二郎をカインとアベルになぞらえて、父の代わりに弟を殺したというのが殺害動機である。カインは、旧約聖書『創世記』の登場人物で、最初の人間アダムとイブの長子で、弟殺しという人類で初めての殺人を犯した。カインはこの罪により、ヤハウェによってエデンの東に追放されるという、呪われた悲劇の主人公である。蒼司は、事件に遭った者が人間らしく死ねないのなら、自分がカインのような犯人となって、無意味な死と事故を神話的な悲劇の物語の中に回収しようとしたのである。事件の最後においては、人の死というものを、面白可笑しく娯楽のネタにして楽しんでいるようなミステリの読者、今この本を面白がって読んでいる私たち読者こそがこの事件の真犯人であると名指される。

もちろん、傍観者としての読者の感受性への批判だけでなく、戦後の混乱期から抜け出し平和と繁栄を謳歌する当時の日本社会に対して、作者が抱いていた強烈な違和感も込められているだろう。実際、巻末では洞爺丸事件以外にも、修学旅行中の小学生たちを乗せた紫雲丸の衝突事件や精神病院の焼失など、一見本筋とは関係がなく見える当時の世相を賑わした悲惨な事件が列挙されている。笠井潔「戦後探偵小説の内破——中井英夫論」（『探偵小説論』I、一九九八年、東京創元社）が指摘しているように、社会的事件としてあふれる、大量死の空無化した世界に意味を回復するために——「無意味な死」に対抗するために、ミステリ的な死＝特権的な死が必要だったのだ。

三　入れ子としてのミステリ

前述の通り、全編を通して次の被害者になりうる氷沼一族たちが、この事件をどう読み解くかという推理合戦として物語が進行する。さらに、作中作の筋書き通りに事件が起きるというメタ的な構造も本作の特質である。亜利夫は、紅司が書こうとしている推理小説『凶鳥の黒影』の内容を聞く。四つの密室で、四つの殺人が行われる。同一犯ではなく、AはBに殺され、BはCに殺され、CはDに殺され、最後にAが生前仕掛けたトリックによりDが殺されるという斬新なストーリーである。さらに、牟礼田敏夫の小説『凶鳥の死』（第四の密室殺人が起こる前に代わって書いたミステリ）が、引用符なしで引用されている。洞爺丸の事件をきっかけにして、蒼司が自殺するのではないかと懸念し、それを阻止しようとするパリ在住の牟礼田の思惑が交錯する。無意味な死を悲劇の死で、観念の上では上書きしてほしいという願いからであった。しかし、それを蒼司が実践してしまったのは誤算であった。

最後に、久生は、亜利夫にこれまでの一連の事件を書き上げるように勧め、「もちろん、探偵小説よ。それも、本格推理長編の型どおりの手順を踏んでいって、最後だけがちょっぴり違う——作中人物の、誰でもいいけど、一人がいきなり、くるりとふり返って、ページの外の〝読者〟に向って〝あなたが犯人だ〟って指さす、そんな小説にしたいの。」と言う。そうなると、読者が読んでいる『虚無への供物』は、亜利夫がこれから書こうとする、「読者が犯人」である探偵小説と見分けがつかなくなる。

笠井潔(前掲書)は、こうした本作のメタフィクション性を、読者＝探偵としての久生や亜利夫という「御見物衆」が、読者＝探偵＝犯人という、おのれの「真犯人性」の自覚に至る物語と意味づける。

それに対して、安藤礼二「不可能な薔薇——『虚無への供物』論」(『光の曼陀羅——日本文学論』二〇〇八年、講談社)は、笠井の主張する現実批判は単純すぎるとして、『虚無への供物』の現実と虚構が何層にも重なり合い、しかも現実の人物が作中人物に転生を遂げているさまを年齢や記された日時などから詳細に論じている。中井の目指した現実と虚構の反転という「アンチ・ミステリー」、反推理小説」(あとがき)——「私」にこだわったファミリ・ロマンスの実践を明らかにしたものである。

中井英夫の九歳年上の兄・敏雄は、一九四五年三月、ドイツから、V2号の秘密設計書を携えて潜水艦で帰国途中に行方不明となる。ところが、一九五四年(洞爺丸事件の年)、潜水艦ごとソ連に抑留され、生存していたことが判明する。この出来事を安藤は重視し、次のように述べる。

洞爺丸の惨劇と同時に、中井英夫の前には、戦争中に死んだと思われていた兄が、死者の世界から蘇ってきたのである。しかもその「幻の兄」は、まさにその時中井が迎えたと同じく三十二歳になったばかりの姿をしていたはずである。この瞬間、兄と弟はまるで鏡に映った鏡像のように、お互いがお互いの分身となったわけである。おそらくこの出来事こそが『虚無への供物』を、さらにいえば中井文学全体を根底から規定している一つの構造である。

だが、どれだけ重層化されていようとも、中井の時代において前提としてあった現実と虚構という二分法、あるいは、ミステリを通した実存的な問いは、その後のミステリには引き継がれることはなかった。それ以降のミステリが参照するのは、もはや「現実」ではなく、最初から「フィクション」である。フィクションについてのフィクションという志向性が強く、『虚無への供物』のような現実と虚構のメビウス的な連関とも異なる、メタ的な構造を呼び込むことになる。

竹本健治『匣の中の失楽』は、中井英夫の紹介により、『幻影城』（一九七七年四月〜七八年二月）に連載された。中井英夫『虚無への供物』の作中作と作品内現実を攪乱する方法を引き継ぎ、作品内現実の事件と、作中登場人物が書いている小説とが、交互に語られていく。その作品内現実も、関係者全員ミステリ・マニアで推理合戦を展開するというゲーム空間が前提となる。ここでも参照されているのは、現実ではなく、ミステリというゲーム空間、虚構空間なのだ。周知の通り、登場人物たちの名前の多くが、人形名に由来しているのもその証左ともなろう。

ミステリ・マニアのひとりである愛称ナイルズが、自分たちをモデルにした実名小説『いかにして密室はつくられたか』を書くと宣言する（序章）。その小説を先取りするかのように曳間了の死体が、密室で発見された。この謎を解こうとするのは、死んだはずの曳間をはじめとするミステリ・マニアたちである。一同は、全員が探偵であり全員が容疑者でもある中、犯人を推理することになる（二章）。しかし、ここまでの章がナイルズの原稿の一部であり、曳間はやはり現実に死んでいる。そして推理合戦の最中、ナイルズの双子の片割れであるホランドが密室状況で絞殺体となって発見される（三章）。しかし、前章までの内容がナイルズの小説に書き込まれていたことが明らかになる。倉野が密室で刺殺される。曳間は生きており、推理合戦に参加する（四章）。ナイルズの推理によれば、ホランドを殺したのは倉野で、曳間は自殺したのだという。さらに、ナイルズは、甲斐に倉野を殺すよう小説の四章でしむけたのだという。甲斐は、金沢の海で自殺する（五章）。ナイルズは、作中作は未完であること、真犯人は、最初に自殺した曳間であることを語り、物語は、ナイルズが深い霧の中をさまよい歩くところで閉じられる（終章）。

こうして、本作は、序章と終章を含めた奇数章の系列と、偶数章の系列とに分かれ、章ごとに虚実が反転しながら、作中作『いかにして密室はつくられたか』がどんどん入れ子になって進んでいく。最終的には、終章が序章と円環的に接続され、小説という「匣」の中にすべてが封じられてしまう。

探偵と犯人が反転を繰り返す構成ともなっており、作中作を読む探偵が犯人と名指されているという意味では、作中人物の読者＝犯人という等式が成り立つ。『匣の中の失楽』も、アンチ・ミステリの一つに数えられてはいるが、中井英夫がいう意味でのアンチ・ミステリではなく、ミステリ的なコードを前提とした虚構への意識が強いメタフィクションになっている。

辻真先の一連の作品が採用した読者＝犯人トリックもまた、そのようなメタフィクションにほかならない。

四　アンチ・ミステリからメタフィクションへ

辻真先『仮題・中学殺人事件』(一九七二年)は、スーパー(可能キリコ)とポテト(牧薩次)の探偵コンビが活躍するシリーズの第一作である。プロローグの「眉につばをつけま章」で、ガストン・ルルー『黄色い部屋の謎』(一九〇八年)や、アガサ・クリスティ『アクロイド殺し』(一九二六年)等々、意外な犯人をテーマにした名作傑作は数々あるが、これまでに読者を犯人に仕立てたミステリがなかったと述べ、本作の真犯人は、「きみ」なのだと名指しするところから始まる。

第一話「仮題」では、マンガ原作者・石黒竜樹が殺され、少女マンガ界の第一人者・山添みはるが逮捕される。次いで石黒とコンビを組んでいた千晶留美にも嫌疑がかかる。中学二年のスーパーとポテトは、時刻表を駆使してみごとに犯人のアリバイトリックを見破る。第一話内には、このスーパーとポテトが活躍する物語とは別に「密接殺人なぜで章」が差し挟まれている。中学生の「ぼく」（桂真佐喜）は、飛行機事故によって母が死に、自らは両足の機能を失って車いす生活を余儀なくされる。同じ飛行機で両親を失った中学生の清子とは仲がよく、密かに恋している。飛行機事故は、航空機と自衛隊機が空港で接触したために起こった。自衛隊機のパイロットは起訴猶予となる。そのパイロットが自宅マンションの密室で刺殺される。殺害動機のある遺児の清子にも嫌疑がかけられるものの、アリバイがあった。

「ぼく」は、ミステリ作家でもあり、第一話が完成している。担当編集者の金山からは、密室もので第二話を書くように勧められる。

ここから、第二話「中学殺人事件」に入る。「ぼく」からスーパーとポテトのコンビに代わり、二人の通う中学校のトイレで起きた密室殺人の謎を解く。第一話と同じく、これとは別に「真犯人はきみで章」が挿入される。「ぼく」は、パイロットを殺したのは、やはり清子ではないかと疑い、清子のアリバイを崩していく。スーパーとポテトが登場する三つの話は、すでに脱稿している。清子に拒絶された「ぼく」は、自殺を決意し、「眉につばをつけま章」「密室殺人なぜで章」「真犯人はきみで章」を書き上げ、今、次のようなエピローグを書いている。

　読者のきみの名は、いうまでもなく加賀見清子。
だってそうだろう。ぼくは死にあたって、この文章を机の上にのこしておく。おそくとも明日の朝までに、きみはぼくの死体を発見して、気がかりだった小説を読む。読まずにはいられないはずだ。

読めば、これがきみときみのお婆さんを告発する、致命的な作品であることがわかる。当然きみは、この原稿を処分する。破ろうと燃やそうと、自由にしていいんだよ。

したがって、ぼくの読者は、あとにも先にもキヨちゃんひとり。犯人のきみだけってことになる。


第三話「辻真先」は、スーパーとポテトのパートになる。ポテトは、牧薩次という本名をもじった辻真先というペンネームで、ミステリを書いたことが明かされて物語は閉じられる。本書の解説は、「桂真佐喜」が担当している。

このように、スーパーとポテトが活躍する二つのミステリの間に、作家桂真佐喜の章が挿入されていて、そこでももう一つの殺人事件が発生するという複雑な構成になっている。

三つの事件は何の苦もなく解明されるのだが、誰がその事件を語っているのかが錯綜している。いったい何が物語の現実で、どこが仮構の世界なのかを意図的に攪乱したメタフィクションが本書の最大の特徴であり、先述した竹本健治『匣の中の失楽』は、この趣向に連なるものである。

『宇宙戦艦富嶽殺人事件』(一九八一年、徳間文庫)は、スーパーとポテトシリーズがソノラマ文庫を離れ、一般向け作品として再スタートした作品である。大学四年になり、本腰を入れてミステリ作家を目指す薩次は、聟田書房の名和編集長から「宇宙戦艦富嶽殺人事件」というタイトルの文庫書き下ろしの仕事を依頼される。『仮題・中学殺人事件』を読んだ名和の出した注文は厳しく、「読者が犯人といった程度の意外性」では満足せず、「読者が犯人であるだけではない、探偵役をつとめ、且つ被害者になる」（「ペンをとるにいたるプロローグ」）というものであった。

　名和の勧めで、自主制作アニメ「宇宙戦艦富嶽」を制作中の六甲大学アニメーション研究会を取材するため、薩次は神戸を訪れるが、上映会の最中に部員の一人が不審な死を遂げ、同時に「宇宙戦艦富嶽」のフィルムが何者かによって持ち去られる。事故死説に疑問を抱いた薩次は、キリコとともに事件を追うが、その中で第二第三の惨劇が起こり、事件は名和が指定した通りの真相に向けて展開していく。この第一章「設計」から第五章「爆沈」までの章が、「宇宙戦艦富嶽殺人事件」本編にあたり、薩次の作中作という仕掛けになっている。

「ペンをおいたあとのエピローグ」において、その原稿を読んだ名和と部下の柿村がその感想を言い合う。作中作の結末は、薩次から真犯人だと名指された名和は、自首を勧める柿村を刺してしまうというものだった。「ミステリーとしては、警察の活動がまるで書けていない」と不満を漏らす名和だったが、この小説を今のところ読んだのは、自分と柿村と作者で探偵役の薩次の三人だけであり、この原稿をボツにすれば、例の難題が解決することに気づく。つまり、「犯人は私だ。きみは、その私に刺された被害者だ。むろんかれが探偵だ！」と。

　このように、辻のいう「読者」とは、作中作を読むことのできる、「作品内読者」のことなのである。とはいえ、辻作品において、『虚無への供物』が想定しているような、作品外読者が犯人であるという趣向がないわけではない。

『犯人――存在の耐えられない滑稽さ』(一九八九年、東京創元社)がそれである。新進作家佐々環による先輩作家若狭いさお批判が発端で二人の作家の関係は剣呑なものになる。担当編集者たちの耳に届いた二人の決闘の噂。心配した編集者が孤島にある若狭の別荘へ向かう。そこで発見したのは、若狭の死体、しかもその別荘は密室で決闘相手の佐々の姿はなかった。

作中に佐々・若狭それぞれの短編が収録されており、それが事件解決の鍵になっている。実は、そのすべてを書いていたのは若狭で、佐々は、ダミーにすぎなかった。マネージャーに口説かれ、佐々という過去の自分の分身であるかのような作家を俳優に演じさせ、カメラの前でケンカを演出し、マスコミを賑わすことで、有名作家の地位に留まろうとしたというのが、一連の事件の真相であった。

死に臨んで犯人の若狭は、本物の犯人は、自分たちのスキャンダルを面白おかしく享受する「いまこの本を、読み終えようとしているあんただ!」と叫ぶのであった。

辻真先が意識した先行作品の一つは、明らかに、セバスチアン・ジャプリゾの『シンデレラの罠』(一九六二年/平岡敦訳、二〇一二年、東京創元社)で、「わたしはその事件で探偵です。/そして証人です。/また被害者です。/さらには犯人です。/わたしは四人全部なのです。いったいわたしは何者でしょう?」への挑戦であった。

高原伸安のデビュー作『予告された殺人の記録』（一九九一年、講談社）もまた、『シンデレラの罠』を意識して、さらに次のような一人八役を試みたものだ。

私は探偵である（この事件を探る）
私は証人である（この事件を語る）
私は被害者である（あなたに殺されようとした）
私は犯人である（もしかして、あなたを殺す？）
また、私は裁判官である（あなたの未来を決定する）
そして、私は弁護士である（自分の行為を正当化する）
それから、私は著者である（あ、な、た、へのメッセージを書いている）
そのうえ、私はあなたが知っている人間である（そうでないとは言わせない）

（「あとがき」）

ロサンジェルスの高級住宅街で起こった密室殺人事件に巻き込まれた心理学者・「私」の推理は、真犯人がマインド・コントロールによって実行犯を操っていたというものだった。そして、「この、事、件、の、真、犯、人、は、こ、の、小、説、を、読、ん、で、い、る、あ、な、た、自、身、な、の、で、あ、る」と「私」は名指しする。実は、読者の「あなた」も、実行犯と同じように、最後に「私」のマインド・コントロールによって事件の記憶を消去されていたというのだ。さらに、「私」への「あなた」からの復讐を無害化すべく、『予告された殺人の記録』を読むと自殺したくなるというプログラムも施したというオチである。

このオチだと、「私」をマインド・コントロールしていた真犯人がさらにいて、さらに別の真犯人が……というように、真犯人による論理階梯の無限後退が起こりうる。真相の最終審級が、読者の「あなた」である保証は、作品内部からは見出すことはできない。

しかも、実行犯による密室殺人の謎は、論理的に解かれた上で、上述のような論理階梯の飛躍を、記憶の抹消という安易なご都合主義で説明しており、著者の生真面目な本格コードへの挑戦がなにやら滑稽に見えてしまう。

五　京極夏彦以降

九〇年代の後半に入ると、ミステリの教養主義とは異なる一群の作家たちがデビューする。そのきっかけを与えたのがメフィスト賞（講談社）であり、持ち込み原稿によってデビューした京極夏彦『姑獲鳥の夏』（一九九四年）の存在が大きかった。ミステリに限定せず、エンターテインメントに重きを置いた賞である。第六回メフィスト賞受賞作である、積木鏡介『歪んだ創世記』（一九九八年、講談社ノベルス）は、まさにメフィスト賞らしい作品といえよう。

男はホテルの一室のような見知らぬ部屋で唐突に目が覚めた。ベッドの下に女性がいることに気づき驚愕の叫びを上げる。その女性も男と同じ状況にあり、記憶が全く存在しない。遺留品を調べた結果、彼らは有賀、由香里という名で九州地方に二人で旅行に来ていたらしいことが判明した。ベランダから外を覗くと下の部屋に明かりが灯っている。二人でその部屋を調べに出たところ、部屋の中には首を切られて惨殺された老夫婦がテーブルに座っており、家政婦も首を吊られて殺されていた。パニックに陥り、館を飛び出した二人は、そこがほかに何もない島であることを発見、殺人犯の存在に怯える彼らは結局館に戻って自衛することにする。しかし、館からは惨劇の痕跡は全く消え、二人が目覚めた部屋にも明らかな異変があった。さらに翌朝、彼らは何事もなかったような家政婦の声に起こされ、老夫婦の待つ食堂へと赴く。

このように、何の脈絡もなく唐突に始まり、あらゆる因果関係から排除された世界を舞台に殺人事件が繰り広げられる。そして、そこに注がれる超越者の眼光。二人は次第に、すべては全能の殺人鬼＝「創造主」の脳細胞から産まれた、歪んだ天地創造なのではないかという妄想に捕らわれる。

しかし、真相は、そのようなSF的な物語内容のレベルでは解消されない。作者の書いた筋が、どういうわけか、結末から冒頭部へという、真逆の順序で配列されて印刷、刊行されたという落丁を前提としてこの物語は成立する。つまりは、起承転結が反対に編集されたものを、作者の構想通りの結末へと収束させるために、作中人物と作者、そして読者が、それぞれの思惑を通して葛藤するというものである。紙の上の二次元の虚構の登場人物と作者、読者という作品外の三次元とをフラットに結びつけたもので、登場人物たちは、創造主としての作者の専制に対して、反旗を翻しつつ、他方、読者がページを遡ることで物語が改変されるという意味において、真犯人は、この小説を行きつ戻りつしながら、定められた結末に向けて物語内容を作者の意図とは異なる形に読み替えていく本書の読者ということになる。「この世界の時間の流れを全て支配する」読者こそが、作者の創造した世界を修正した「作者殺害の真犯人」となる仕掛けである。

篠田秀幸『蝶たちの迷宮』（一九九四年、講談社ノベルス／一九九九年、ハルキ文庫）の扉には、やはり、先にそれぞれ引用したセバスチアン・ジャプリゾと中井英夫の一節が引かれている。ほかにも、竹本健治の『匣の中の失楽』なども踏まえられているのだが、本作は、とりわけ、『シンデレラの罠』の「いったいわたしは何者でしょう？」という問いを、私探しの青春小説に読み替え、さらには、作者とは何か、読者とは何かといった、思弁的な問いをミステリ形式を踏まえて追求した労作といえる。

ただし、都筑道夫『猫の舌に釘をうて』（一九六一年）の方が、『シンデレラの罠』（一九六二年）に先駆けている。私＝探偵＝犯人＝被害者という、一人三役のトリックが、束《つか》見本を利用した主人公の手記という形式で展開する。しかも、『シンデレラの罠』のように、主人公を安易に記憶喪失者には設定していない。この作品は、前述の『仮題・中学殺人事件』にも影響を与えていることは間違いない。

本作の冒頭で「私」が挑戦する問い、および「真犯人の正体」が、以下のようにいきなり明らかにされる。

この《事件の犯人》は、「探偵」である。またそれは、「証人」でもあり、同時に「被害者」でもある。

のみならず犯人は、この小説の《作者》でもあり（だから私自身ということになる）、かつ《読者》でもある（だからたった今この小説〔『蝶たちの迷宮』〕を読み進められ始めた、あなた自身ということになる）。


竹本健治は、「本作品は破綻しているからこそ最大の価値がある」（講談社ノベルス版「付記」参照）と評したが、竹本がいうほどには、破綻してはいない。破綻していると見えるのは、作中作の入れ子構造で、錯綜はしているが、メタレベルの論理階梯は、ほぼ遵守されている。

一九七九年、僕こと「シノ」は大学三年生の秋、密室状態の隣の部屋から突然女の悲鳴を聞いた。現場へ急行すると、女の姿は消え、シノたちの同人誌『停車場』の顧問である香川京平の絞殺死体があった。一方、その六週間前、『停車場』に『蝶』という小説を持ち込んだ池田賢一少年が不可解な死を遂げた。シノたちは、その謎を解くべく、調査に乗り出す。香川が元学生運動家であり、内ゲバに関わっていたこと、彼の恋人・森知恵子が自殺したこと、池田少年の家庭内暴力などが次々と明らかになっていくが、謎は深まるばかりである。

その間に挟まれる一九八〇年からの精神科医と謎の患者との会話を記録した不可解な断章。学生運動や家庭内暴力、登校拒否といった社会問題を浮き彫りにさせながら、今この物語を語っている「私」「僕」「ボク」とは、作中作の作者なのか、作品内現実のシノ(篠田秀幸)なのか、本作の作者なのかといった、メタ的な構成になっていて、確かに虚実の境界は曖昧になっているが、ゆるやかな枠組みとしては、第一部第六章から語り手が「僕」(シノ)から、「ボク」(カオル)に代わり、第五章までが、「シノの書きかけの『原稿』」(第一部の終章に至ると、その直前までがシノの原稿のようでもあり、シノは殺害されたのではなく、かつての香川のように失踪したことになっている)であったとわかる。シノは、被害者の香川がかつて書いた小説『闇の乾き』に触発されて犯行に及んだこと、さらに、シノは、香川と同じように密室で殺されていたことなどが明らかとなる。この時点で、シノは、探偵＝犯人＝証人＝被害者＝作者であったという五役をクリアしたことになる。

第二部で明らかにされるのは、「どうしてこの『事件』の犯人が「探偵＝証人＝被害者＝《作者》⇒《読者》」になるのか？」という問いである。一九九三年に時代が飛び、高校教師をしている「私」は、Y医師と面会する。この医師が、あの不可解な断章に登場した精神科医であった。その患者であったHは、『祝祭の予感』と題するミステリを残し一〇年前に自殺した。Hとは学生時代の親友であった「私」は、そのミステリを一〇年ぶりに発見して、そのミステリがHの自殺と関係があったのではと疑問に思い、Y医師に連絡をとったのであった。Hを彷彿させる、主人公のシノが巻き込まれた不可思議な連続密室殺人事件であり、その一部始終を再構成した小説を、カオルが読み終えたところで、『祝祭の予感』そのものも終わっていた。つまりは、本作の第一部全体が作中作であった。さらには、Hの現実の体験を記した断章を除き、「事件」に纏わるさまざまな事柄は、全くの虚構であった。Y医師の解釈によると、Hは「大文字の私」という、本質的な私意識に深刻な亀裂が生じてしまう「分裂病」患者で、自分で自分の古い魂を日々殺害している犯人＝被害者なのだという。つまり、Hの小説は、「作中人物の魂の遍歴が、あのトリックに収斂されていく構造を通して――外ならぬ小説の読者自身が、自己の魂の遍歴を疑似体験出来るように構成されていた」のであり、読者があの「《魂の殺人事件》の犯人になってしまう」のだという。それからY医師は、昔の恋人や学生運動の思い出を語るのであった。それに触発された「私」は、高校時代に密かに憧れていた少女を思い出す。別れ際に、Y医師は、「あなたが、あの小説をお書きになられた、そうですね」と囁く。その後、「私」が思い出した彼女は、貝田由美子（＝ユミ）という名前であったこと、『蝶』という小説を書いたこと、その後自殺したことなどが示唆される。

最後の【物語の余白に（作者の独白）】では、「この小説の本当の作者は誰なのか？」「今、ここでペンを走らせている「私」とは、いったい何者であるのか？」という問いが投げかけられる。篠田秀幸なのか、シノなのか、H（秀幸のイニシャル）なのか、Hの友人の「私」なのか、シノの名前を騙った全く別の登場人物なのか、あえて謎のままに保留にする。

「私は「あなたの魂の奥底に眠っている『もう一人の自分』の物語」を、このような形で虚構化して描いてみせた――その事だけは確かな『真実』である。」といい、それは、「あなたが過去において、もしくは将来において、永遠に封印し続けてきた（いくであろう）『もう一人の自分』でもある。結局、この小説の作者は、読者である「あなた」だと宣言して終わる。

シノ・シリーズ第二作『幽霊病院の惨劇』（二〇〇〇年、ハルキ・ノベルス）も、同様の趣向で、実際に起こった有名な事件と、フィクションかノンフィクションかわからないような主人公たちの過去と現在の事件を織り交ぜながら、三つの世界が錯綜して展開していく。終章において、真犯人は、①サイコ犯罪者・中村光男、②その世界をホラー小説のように演出した、不思議少年・矢部真、その世界をさらに変容させ、表題作のミステリに仕立て上げた篠田秀幸という三人だと矢部はシノに語り、これらの三つの解答が同時に成立して、その世界を確定させる権利は、作者の篠田秀幸ではなく、「読者」に委ねられ、「《この小説の読者》が本当の犯人」となるのだという。そして、矢部はシノ自身だともいう。エピローグでさらに、矢部真は実在したというように反転する。

六　読書行為＝犯人の系譜

前節で見てきたように、作中作を読むことのできる登場人物、つまりは、作品に内包されている読者を生身の読者と二重化させるメタフィクションが多い中で、まさに読書行為それ自体が犯罪に関わるミステリも新たに登場する。

小森健太朗『ローウェル城の密室』（一九九五年、出版芸術社）は、メタレベルからのオブジェクトレベルへの侵犯は、「摂理」に反するというルールに基づいて創造されたＳＦ的ミステリである。第一部「妖魔の森」は、高校入学前の春休み、丹崎恵と笹岡保理が不可思議な森の中に迷い込んでしまったところから始まる。二人はやがて洋館の中へと入り、そこで二次元生物の研究をしているという老博士にいわれるまま、三次元物体二次元変換器なるもので、少女漫画の世界へと放り込まれてしまう。

そして第二部「幻想異次元夢譚」は一転して、高沢のりこ原作の「ローウェル城の密室」という少女漫画の中に入り込んでしまった恵と保理の冒険譚になる。靴屋の貧しい娘のメグはいびられ、こき使われるが、予想通りレイク・ローウェルという王子様に見初められて、いくつもの塔が立ち並びどこか悪魔的な雰囲気もあるローウェル城へと連れて行かれる。レイクの弟のホーリーを紹介されるが、メグはすぐにそのホーリーが現実世界でついさっきまで一緒だった保理だと気づく。

かつて忌まわしい事件が起こったという伝説の塔で、またも恐ろしい殺人事件が起こってしまう。完全に内部から密閉され、鍵がかかっていただけではなく、扉の外には二人の番人が見張っていたという状況下で、メグの恋敵であるエローラが殺害される。すでに第二部の終盤で、「星の君」という探偵が登場し、密室談議を披露したあと犯人を指摘するのだが、真相が明かされるのは、恵と保理の二人がこの漫画の世界から現実の世界へと帰還したあとの第三部「謎、混乱、解明、そして終末」においてである。

真相は、要するに本という形態、そして二人を少女漫画の世界に送り込んだ老人の『ローウェル城の密室』第三巻という作中作を読むという行為が可能にしたものである。前の頁に登場していたホーリーが、エローラが幽閉されている部屋の頁と接していることで、次元を超えて、密室に入り込むことができたというものである。夢から目覚めた探偵役の恵は、保理に、「二次元で閉じられている密室にあなたは三次元から侵入したのよ」と真相を告げる。そして、それは摂理に反していることだといい、保理からの求愛を拒んだ恵は、三次元に帰還し、保理はホーリーのまま、ローウェル城の物語に閉じ込められてしまう。

鷹城宏「解説」が本作のメタミステリ的特徴を的確に指摘した上で、本作の結末は、『虚無への供物』と『匣の中の失楽』へのオマージュになっているというのは、首肯できるものだ。

鯨統一郎『ミステリアス学園』（二〇〇三年、光文社）も、読書行為がトリックとなる作品である。ミステリアス学園のミステリ研究会・通称ミスミス研では、本格か、非本格かの論争の果てに、部員が一人ずつ謎の死を遂げていく。その事件のあらましが、同人誌『ミステリアス学園』の連作として綴られていく。しかも、その連作は、前のエピソードが作中作として次々取り込まれていくのと歩調を合わせて「ミスミス研」のメンバーが消えていくという、入れ子の構成となっている。その『ミステリアス学園』は、「被害者を殺害したのは犯人である」という一行で始まっているにもかかわらず、「ミスミス研」のメンバーを襲う事件の真相は、事故死、自殺、病死、老衰など、それに当てはまらないものばかりであった。

そして「最終話　意外な犯人」では、「ミスミス研」最後の一人となった湾田乱人が『ミステリアス学園』の作者の存在に気づき、「ミスミス研」のメンバーを殺害した真犯人を推理することになる。湾田の推理はまず、犯人＝作者、ついで、犯人＝読者という真相を導き出す。しかし、ページをめくることによって、登場人物を殺害したという犯人＝読者が、登場人物たちが死んでいったとき、読者は本を読んでいた、というアリバイによって否定される。ちなみに、これをメイントリックにしたのが、後述する『パラドックス学園』である。

最後に示される真犯人は、次のようなものだ。

犯人はこの本を読んでいない人たちだった。
殺害現場は本の中。
犯行時刻は本が開かれる寸前。
第一発見者は読者……。
殺害方法は無関心。

鯨統一郎『パラドックス学園』（二〇〇六年、光文社）でもユニークなのは、仕掛けの具体的な内容、すなわち、いかにして読者を犯人とするか、というハウダニットである。作者は読者に対して読むこと以外の行為を期待することはできないという制限下で、本の片隅に印刷されている、パラパラ漫画を利用する。読者に、通常の読む行為におけるページめくりとは格段に速度が違うめくりを行わせることで、読者の気づかないうちに犯行が成就される。

本作もまた、紙の上の二次元と読者のいる三次元を、読書行為を通して、強引に接続させたものである。

七　犯人＝読者の限界？

深水黎一郎『最後のトリック』(二〇一四年、河出文庫)は、最新の犯人＝読者のミステリである。果たしてこの作品において、この系列の最後のトリックになるのだろうか。

本書は、第三六回メフィスト賞を受賞したデビュー作『ウルチモ・トルッコ　犯人はあなただ！』(一九〇七年)を改稿・改題したものである。「ウルチモ・トルッコ」はイタリア語で「究極のトリック」のこと。

スランプ中のミステリ作家である「私」のもとに、「読者が犯人」というミステリ界最後の不可能トリックのアイディアを、二億円で買ってほしいという、香坂誠一なる人物からの謎の手紙が届く。不信感を拭えない作家に男は、これは「命と引き換えにしても惜しくない」ほどのものなのだと切々と訴え、最後にその究極のトリックが明かされる。

当然、『虚無への供物』が踏まえられているのだが、本作はさらにハードルをそれより上げて、「仮に読者が犯人というトリックが可能だとしても、それがある程度の読者にだけ当て嵌まるのはダメで、その小説を読んだ読者全員が、読み終わって本を閉じた時に、『犯人は俺だ』と思うのでなくては、そのトリックが成立したことにはならない」と登場人物の一人に言わしめる。

トリックを二億円という高額で売るという不可解さ、手紙に添付された彼の生い立ちを語るかのような手記の存在、超能力研究に没頭する大学教授とその実験、麻薬密売人の殺人事件等々、一見メイントリックと何の関係もなさそうに見えるエピソードが、クライマックスに向かって収斂されていく面白さはある。中盤過ぎあたりで、「私」と香坂の間に意外なつながりがあったことが明らかになるあたりは、アンフェアのようにも見えるが、さまざまな仕掛けを講じながらも、「地の文では嘘をつかない」という本格ミステリの基本ルールに則って書かれている。ただし、自分の書いた文章を読まれるだけで心臓停止に至るという、特別な力を登場人物に持たせ、われわれが作品を読み終わるとともに、彼が死ぬという真相は、殺害や探偵の方法に、超自然的な能力を用いてはいけないという基本ルールには抵触しているだろう。

読者が犯人トリックをシンプルに言い換えるなら、次元を超えて相手を殺すトリックや演出といえる。叙述トリックや超能力を組み込んだミステリのように、明確にルールが決まっていて読者にもそれが伝わっているのなら、読者が次元を超える方法とルールを作品に組み込み、その上で読者を騙せれば、読者が犯人も成立可能ではないだろうか。

目の前の死体が見えなかったという、『姑獲鳥の夏』もアンチ・ミステリの系譜に数えられる作品だが、この作品でも使われる超能力や人の脳のメカニズムの不思議さから比べれば、本書にリアリティが全くないとは言えないレベルだろう。あのコナン・ドイルも、心霊学に深い関心を寄せていたことは有名である。

本書のトリックを最大限に評価するとするならば、「作品外の読者が作品内の被害者を〝殺害〟するといったメタフィクション的なものとはまったく異なり、読者と被害者がともに作品外という同じ位置に立脚していると考えることができるわけで、〝読者が犯人〟という仕掛けとしては例を見ない、非常によくできたもの」(SAKATAM「ミステリ＆ＳＦ感想 vol. 149」http://www5a.biglobe.ne.jp/~sakatam/book/ultimo.html)といえるだろう。

八　おわりに――「意外な読者」の誕生

それでは、超能力を介さないトリックは可能だろうか。「読者が犯人トリックとは、次元を突破しつつ殺害するトリックである。過去作にあるように、超能力(超常的な力)を介在しなければ、それは不可能であり、存在し得ないトリックである」(「読者が犯人というトリックの成立可否や方法模索」『ミステリトリック大全集 Wiki*』http://wikiwiki.jp/mysterymm/)ということになるのだろうか。

おそらく、犯人＝読者の問題点は、次元の異なりをフラットに結びつけてしまう強引さというよりも、別のところにあるのではないだろうか。前述の『ミステリアス学園』が顕著な例だが、読者が犯人だといっても、読者はその自覚がない。しかしながら、「作者よ。あなたは望み通り、犯人だけが犯行に気づいていないという、究極の完全犯罪を描いたのです。」と、最終的には、作者の権能性が際立つことになる。作者が読者に直接仕掛けたトリックという意味で、広い文脈では、叙述トリックの一種であり、作者の読者のコントロール、操りという意味でも、作者―読者の関係性が、共通のコードを有するコミュニケーション・モデルに依拠している。

読者の復権は可能になるだろうか。そのためには、読者の他者性と多者性を内包した、ディスコミュニケーション・モデルが前景化される必要がある。たとえば、作者が想定していなかった犯人を、読者が別に発見するという読書行為は、作者が構築した物語世界を崩壊させたという比喩的意味では、読者＝犯人となる。

その実践例が、ピエール・バイヤール『アクロイドを殺したのはだれか』（大浦康介訳、二〇〇一年、筑摩書房）である。本書は、アガサ・クリスティ『アクロイド殺し』のエルキュール・ポワロの推理の瑕疵を単にあげつらったわけではない。ポワロの「妄想」――恣意的な選択に基づいた手がかりから推論された、解釈の主観性――をなぞりながら、もう一つの妄想的な読解を提示することにある。

名探偵・バイヤールは、犯人は、語り手のシェパード医師ではなく、その姉であるキャロラインだと指摘する。つまり、ファラーズ婦人を脅迫していたシェパード医師の犯罪がアクロイドに伝わったと知った姉キャロラインがアクロイドを殺害する。それを知ったシェパード医師は、自らの手記において意図的に姉の存在をぼかしながら、姉の身代わりとして事件の犯人となって罪を引き受け自殺するという、二重の利他的殺人が犯されたのだという。

こうして、ポワロが紡ぎ出した「金銭にまみれた下世話な物語」を、バイヤールは、姉と弟の間の「愛の物語」へと変える。

　このような読み直しを通して、さらには、クリスティのほかのミステリの特質があぶり出される。本書自体が、同一のデータに基づいた、書かれえたかもしれない別のミステリ（＝二次創作?・）という体裁になっているのだ。「この小説はたんにアクロイド殺しの捜査報告であるだけではない。これはもうひとつ別の犯罪の物語でもある。すなわち、ゆっくりと成し遂げられるシェパード医師殺害の物語――シェパード医師がエルキュール・ポワロの殺人的妄想の犠牲となるさまを綴った物語――作品全体をつうじて、綿密に展開されるが、盲目の読者に見えない、解釈という行為による殺人の物語である。」と。

　手がかりというのが、解釈の産物である以上、操り問題に顕著なように、その操作性や調整可能性が絶えず潜在している。そこにおいて、探偵と犯人との知的ゲームが展開する作例は多くある。そこに、そうした知的ゲーム空間の外部にいる読者を想定した場合、探偵―犯人の解釈コードをひとつの恣意的選択とみなし、各読者が自分に固有の手がかりのネットワークを構築するとき、バイヤールがいうように、そこでは、同じテクストでありながら、解釈過程において「各自が別々のテクストを読む」ことになる。

　多様でありえた解釈の可能性が、最終的には一義的に決定される（とされる）ミステリというジャンルを、読者の読みを介在させることで、多義化する試みといえる。

大浦康介「訳者あとがき」が正しく指摘しているように、それは、テクスト一般に見られる多義性・決定不可能性ではない。「推理小説、ひいては文学テクスト一般の構造的な多義性を主張することと、ひとつの解釈はそのつど一義的であるほかないということを示すことは矛盾しない」からである。バイヤールの推理は、ポワロの推理と共存しようのない、排他的で一義的なものである。バイヤールは、テクストを輝かすために、ポワロ以上にポワロ的に振る舞っているのである。

それに対して、内田隆三『ロジャー・アクロイドはなぜ殺される？——言語と運命の社会学』(二〇一三年、岩波書店)のように、自白の不在と物証の不在から、ポワロとバイヤール双方の推理の問題点を指摘し、『アクロイド殺し』が根源的に孕む〈不確定性〉を導き出すこともできるだろう。内田も、もうひとりの他者として、この作品の語り手は嘘をつかないという探偵小説コードに則りながら、そのコードを——作者の意図を脱構築する。

こうした『アクロイド殺し』の読み替えは、本格ミステリの不完全性・不可能性を示しているものではなく、逆に『アクロイド殺し』のミステリとしての可能性を証明するものであろう。読者による創造的＝想像的読解(作者からすれば誤読？・)によって、ミステリは、その一義性の呪縛から解放され、絶えざる再読を促す生産的なテクストとなる。

究極の「意外な犯人」として見出された、犯人＝読者のトリックは、作者による読者の操り、つまり、犯人＝作者というメタレベルに回収されてしまう。そこから自由になりたいのならば、読者は、作者が想定していなかった、「意外な読者」にならなければならない。

ミステリのメディアミックス
――『八つ墓村』をめぐって

横濱雄二

一　『八つ墓村』のメディアミックス展開

横溝正史の代表作の一つである『八つ墓村』は一九四九年から一年間、雑誌『新青年』に連載され、同誌休刊にともない中断、半年あまりの空白を置いて、翌五〇年一一月から雑誌『宝石』に場を移して完結する。『宝石』は創刊号から金田一耕助シリーズの第一作『本陣殺人事件』、次いで『獄門島』を掲載したミステリ専門誌だった。なお、この連載中の横溝については、山口直孝の論考が詳しい（「『八つ墓村』の着想から完成まで――執筆姿勢の変容」『横溝正史研究』六、二〇一七年三月、戎光祥出版）。

西口明弘「横溝正史ミステリー・ドラマ化作品リスト」（『横溝正史研究』二、二〇一〇年八月）によると、『八つ墓村』は繰り返しメディアミックス展開をしていることが見てとれる。小説完結に引き続く形で、翌年一九五一年には片岡千恵蔵主演、松田定次監督で映画(東映)が公開、五二年にはＮＨＫでラジオドラマが放送されている。これをメディアミックスの第一の波と見よう。その後一〇年あまりの空白を置いて、一九六九年にＮＥＴ系列で、七一年にＮＨＫでそれぞれテレビドラマが制作放映された。さらに、一九七七年一〇月には渥美清主演、野村芳太郎監督で映画(松竹)が公開され、翌七八年四〜五月には古谷一行主演のテレビドラマ「横溝正史シリーズII」(ＴＢＳ)の第一作として全五回が放送されている。この一九六九〜七〇年代は、第二の波といえるだろう。さらに間を置いて九〇年代に、第三の波が訪れる。一九九一年に古谷一行主演の「名探偵金田一耕助の傑作推理」シリーズ(ＴＢＳ)の一作として、また、九五年に片岡鶴太郎主演でドラマ化(フジテレビ)される。翌九六年には豊川悦司主演、市川崑監督の映画(東宝)が公開、同年にはラジオドラマ(ＴＢＳ、全一八回)の放送もあった。フジテレビは二〇〇四年に稲垣吾郎主演で再度ドラマ化している。

補足すると、『八つ墓村』以外の横溝正史のミステリ作品の映像化そのものは、第一と第二の波の間に皆無ではない。映画は一九四七年の『三本指の男』(原作『本陣殺人事件』、片岡千恵蔵主演、松田定次監督、東横映画)から六一年の『悪魔の手毬唄』(高倉健主演、渡辺邦男監督、東映)まで断続的に製作されたが、その後七五年の『本陣殺人事件』(中尾彬主演、高林陽一監督、ＡＴＧ)まで間がある。放送に目を転じると、一九五七年三月〜四月に日本テレビ系列でテレビドラマ「月曜日の秘密」シリーズが、五七年一一月〜五八年五月までニッポン放送でラジオドラマ「金田一耕助探偵物語」があるほか、六二年と六四年にテレビドラマ（NET）、ラジオドラマ（NHK）がそれぞれ放送されたのち、先述の六九年テレビドラマが続く。

漫画についても触れておこう。西口明弘は木魚庵の筆名でウェブサイト「金田一耕助博物館」（http://www.yokomizo.to/）を運営しており、同サイトは漫画の情報にも詳しい。また、最近過去の金田一耕助ものの漫画化作品の廉価版コミックスでの再版が進んでおり、その中の綿引勝美によるコラムで、漫画版を概観したものがある（「横溝正史のコミックワールド」横溝正史・影丸穣也『金田一さん、またまた事件ですよ!!』二〇一七年、宙出版）。それらによると、影丸穣也（当時は譲也）による『週刊少年マガジン』連載（一九六八〜六九年、講談社、後に単行本全二巻）がもっとも早く、つのだじろうの書き下ろし（一九七七年、富士見書房）、掛布しげを『劇画　八つ墓村』（一九七八年、別冊チャンスコミック）が続く。なお影丸版漫画は一九七六年に講談社漫画文庫に全二巻で収められ（尾崎秀樹の解説付き）、九六年には一巻本で再版された（横溝亮一、中島河太郎の解説付き）。つのだ版漫画は一九八四年に秋田書店から再版され、二〇一七年に同じつのだ作画の『悪魔の手毬唄』とともに廉価版コミックスとなった（横溝正史・つのだじろう『金田一さん、事件ですよ!!』二〇一七年、宙出版）。一九九六年にJETが『ミステリーDX』に連載し（同年単行本化、角川書店）、二〇〇四年から翌年にかけて長尾文子が『サスペリアミステリー』で連載した（秋田書店、のちに横溝正史・影丸穣也・長尾文子・秋野茉莉・永久保貴一・宗美智子著『コミック横溝正史　金田一耕助の事件簿』二〇一〇年、秋田書店収載）。先ほどの分類にあてはめると、影丸版、つのだ版、掛布版が第二の波、JET版、長尾版が第三の波にあたる。

第二次横溝ブームをメディアミックス展開の側から見ると、一九七五年の映画『本陣殺人事件』から八一年の『悪霊島』（鹿賀丈史主演、篠田正浩監督、東映）までの映画作品と、七七～七八年のテレビドラマ「横溝正史シリーズ」（TBS）がそれにあたるだろう。ここで注目すべきは映像化ではなく、一九六八～六九年の漫画化である。角川春樹は横溝正史に注目した理由として、ディスカバージャパンブームによる伝統の再発見の機運やホラーへの注目とあわせ、この連載を挙げている（「角川春樹インタビュー」『金田一耕助 the Complete』二〇〇四年、メディアファクトリー）。その意味で、第二次横溝ブームの嚆矢として、影丸版漫画を見ることもできる。

同じ角川春樹のインタビューには、映画に関しても簡単な言及がある。角川はATGの高林陽一監督による『本陣殺人事件』映画化に際し五〇〇万円を出資し、同作は配給収入一億円を突破した。次いで角川は松竹と『八つ墓村』の製作を行う予定だったが、費用の折り合いがつかず頓挫し、一方で映画化権を手放したため、別作品を第一弾とせざるを得なかったという。ここで『キネマ旬報』誌に目を転じよう。一九七五年一〇月上旬号の新作情報では、松竹による映画化が詳細に紹介されている。一九七六年六月下旬号「映画・トピック・ジャーナル」では角川と松竹の交渉について、インタビューと同趣旨の記述が見られる。翌七七年八月上旬号の八森稔「本格的撮影に入った「八つ墓村」の全貌」には詳しい経緯が述べられている。それによれば、一九七五年二月には映画化を決定、四月には横溝の了解をとりつけ、同年六月から翌年八月までをロケハンに費やした。野村監督は映画に四季を折り込むために一年がかりの撮影となり、そのため、先に第二次横溝ブームが到来してしまったが、監督自身は先陣争いを気にしなかったという。作品の公開は一〇月だった。この間、角川は東宝と組み、石坂浩二主演、市川崑監督で『犬神家の一族』『悪魔の手毬唄』『獄門島』を公開している。このように、映画『八つ墓村』は、企画としては最初期に位置づけられるものの、交渉と製作に時間がかかったため、結果的にブーム最盛期に登場することとなったのである。

本稿では、これらのうち、一九六〇〜七〇年代の作品をいくつか取り上げて比較対照することで、『八つ墓村』のメディアミックス展開の一端を明らかにしたい。とはいえ資料的な制約があるため、作品を入手できたもの、すなわち小説、影丸版漫画、つのだ版漫画、同年の映画、一九七八年のテレビドラマを対象とする。

二　時間と空間

まず、作中の時代と地理の差異を確認しよう。

小説では、森美也子による連続殺人が起きる現在時を「昭和二十X年」、田治見要蔵による村人惨殺事件を「大正X年」で、現在時から二六年前としている。また、永禄九（一五六六）年の尼子氏滅亡にともなって騎馬武者八名が落ち延びたものの、村人に命とともに持ち出した財宝を奪われたとされ、これが「八つ墓村」の由来となっている。語りについて見ると、まず作家によって落武者狩りと要蔵の事件が詳説された上で、寺田辰弥の手記へとつながり、事件から八ヶ月後、神戸西郊の自宅で事件を回想するという構成をとっている。手記の体裁は作品末尾まで続き、事件終結後の村内で里村典子から妊娠を告げられる場面で擱筆される。

　これに対し、一九六八年の影丸版漫画は現在時を昭和四三（一九六八）年、要蔵の事件を昭和二三（一九四八）年に置き換え、雑誌連載時に合わせている。語りの上では最初に要蔵事件の章が置かれ、その中で落ち武者殺しに筆が及んでいる。第二章以降は辰弥の体験を同時的に描き、辰弥が村を去るところで終わる。

　映画は一九七七年を現在時に、また要蔵の事件をその二八年前としている。アヴァンタイトルには落ち延びる武者たちが描かれ、タイトル直後は羽田空港で働く寺田辰弥の様子が映し出される。映画の終わりも同様に、高台から村を俯瞰する落ち武者たちに次いで羽田が映され、諏訪法律事務所での金田一と弁護士の会話（後述）を挟んで、ラストショットは羽田空港である。これら二作品は、いずれも作品の公開時を現在としている。

　つのだ版漫画の現在時は明確ではない。作中に新幹線が登場することから見て、映画と同じく昭和五二（一九七七）年を念頭に置いていると思われるが、寺田辰弥に脅迫状が送付されたのが「昨年の六月二十四日」とあるところから推察すると、事件そのものは一九七六年と考えることができる。語りについては、まず序章で老爺（誰かは不明）が落ち武者狩りについて語る。その後、八つ墓村へ向かう車中、美也子が辰弥に要蔵の事件を語って聞かせるという構成であり、そのまま結末まで同時的に語られる。要蔵事件は「二十数年前」とされ、年号は明記されない。

テレビドラマは小説と同じく、昭和二四(一九四九)年に寺田辰弥の事件を置き、辰弥の出生が大正一二(一九二三)年とされるところから見て、要蔵事件はその二六年前と思われる。一方で、最初のシーンは雪山の風景であり、ナレーションで八つ墓村が現在は地図にないことを言明する。その上でヤミ市の風景に切り替わり、「物語は今をさかのぼること二九年前、昭和二四年の神戸から始まる」と続く。ここから見て、語りの現在時は昭和五三(一九七八)年に置かれている。結末では一九四九年の金田一と警部の会話のあとで冒頭の雪山の風景へと画面は移り、八つ墓村が現在はどこにもないことを強調するナレーションで終わる。

整理しよう。小説は連載の年代を現在時とした上で、事件の背景に二六年前の要蔵による事件と落人狩りを置く構成になっている。この発表時を現在時とする構成を影丸版漫画、つのだ版漫画、映画は踏襲しており、それに合わせて要蔵事件を戦後に移している。尼子氏滅亡の歴史的事実は移動できないため、永禄九年(戦国時代)に固定する一方、要蔵の事件は主人公寺田辰弥の出生と関わるため、各作品とも時代を固定せず、現在時との間隔を固定しているものと推察できる。いずれも、尼子の落人狩りを村名の起源譚とし、要蔵の事件をその反復とし、さらに再度の反復として、現在時の辰弥の巻き込まれた事件を捉えるという、村の伝承と現在をつなぎ、閉鎖的な時空間を印象づける役割を果たしていると見ることができる(これについては横濱雄二・諸岡卓真「開かれたクローズドサークル」押野武志・諸岡卓真編『日本探偵小説を読む』二〇一三年、北海道大学出版会を参照)。

テレビドラマはさらにもう一つ時間を重ね、現在時を放送時の一九七八年に置きつつ一九四九年の寺田辰弥の事件を語るという構成をとっている。小説では作家が手記を紹介するという体裁にあるが、テレビドラマではナレーターが今は失われた八つ墓村の事件を振り返っており、いずれも過去を回想する身振りをとる。さらに、結末ではデラ台風で氾濫した刑部川により八つ墓村の土地家屋、洞窟までもが流され、寺田辰弥が水死したことが、ヤミ市の食堂で新聞記事を読む金田一の口から語られる。ここでは、ヤミ市、デラ台風など実在の一九四九年を指し示すものを利用して、語りの現在である一九七八年との距離すなわち事後性を強調している。さらに物語の外枠として、人里離れた雪山の映像とナレーションが提示される。これらによって、一九四九年の八つ墓村の事件は、もはやその村が地図にない現在から見て、隔絶したものとなる。

地理的側面にも触れておく。八つ墓村が岡山県内にあることは、すべての作品で一致している。しかし、寺田辰弥の居所と職業は、微妙に異なっている。小説では神戸市内の化粧品会社に勤務している。ドラマ版はこれに近く、神戸市内でヤミ市に携わっている。影丸版漫画では、辰弥は「りっぱな会社員」として神戸の「大塚商事ＫＫ」に勤めている。いずれも諏訪弁護士の事務所は同じ神戸市内の小説と同じ場所(北長狭通三丁目)にある。映画では、辰弥は東京で羽田空港の地上誘導員として勤務しており、諏訪弁護士の事務所は大阪の北浜にある。つのだ版漫画では、辰弥は東京の「ポアロ化粧品」に勤務しており、脅迫状は会社に届く。その場に美也子(つのだ版では姓が西屋)が来訪するため、諏訪弁護士は登場しない。

まとめよう。小説は現在の事件を現在として語り、そこに二六年前、さらに戦国時代の事件を重ねて因襲の強い村という時空間を形成する。影丸版漫画、つのだ版漫画、映画はそれぞれ作品発表時を現在として連続殺人を配し、その二十数年前に要蔵の事件を置くことによって、現在との連絡を担保しつつ因襲の強い村を形成する。テレビドラマは因襲の強い村という点では変わりないものの、現在との連絡を切断し、決して取り戻すことのできない過去の出来事として物語全体を位置づけている。時空間の構成から見ると、作品公開時を現在とする点で、影丸版漫画、つのだ版漫画、映画の三作品が小説に忠実であるのに対し、小説と同じ時間に事件を設定したテレビドラマの方が、むしろ現在と隔絶している点で異なっているのである。

三　探偵と犯人

二上洋一は『八つ墓村』について、辰弥の手記という形式であるため「探偵小説でありながら探偵の活躍はあまり描かれていない。／従って、探偵小説というよりはむしろサスペンス・ミステリーの要素を取り入れ、それに伝奇的色彩をからませた構成になっている。金田一耕助物としては物足りなく感じられるのはそこに起因している。／サスペンス・ミステリーであると同時に、辰弥と典子の可憐な恋の物語でもある。」と記している（「八つ墓村」『幻影城増刊　横溝正史の世界』一九七六年五月増刊号、幻影城）。

二上の評言は、『八つ墓村』を金田一耕助による謎解きの探偵小説の面ではなく、寺田辰弥による洞窟探検と村人の襲撃からいかに逃れるかという緊迫感を描くサスペンスの面を重視し、そこに戦国時代からの陰惨な事件の連鎖という伝奇的側面を加え、同時に恋愛の側面も見ている。

　私見であるが、『八つ墓村』の謎解きとしての弱さは、寺田辰弥の手記という体裁に加え、物語の展開上、探偵と犯人の対峙する場面が事後的な語りに終始することにある。辰弥は洞窟で村人に襲撃されて逃げ惑い、そこに生命をかけたサスペンスが生じるのであるが、村人は辰弥を犯人と推理したのではなく、祟りの引き金を引いた人物として追及するにすぎない。辰弥はともに逃げている典子から情報を得て美也子が犯人だと気づくのだが、それは落盤によって洞窟に閉じ込められた後であった。一方、探偵と犯人である金田一耕助と美也子の対決は辰弥が洞窟にいる間に終わり、美也子が外傷による感染で死亡したことを含め、一切は金田一耕助からの報告としてまとめられてしまう。つまり、辰弥の関わるサスペンスのクライマックスと、金田一の関わる謎解きのクライマックスがかみ合っていない。前者は主人公がいるものの犯人は不在であり、後者は探偵と犯人がいるものの、視点人物たる主人公が不在なのである。おそらくこのためか、本稿で取り上げる四作品はすべて、辰弥と美也子の直接対決を何らかの形で実現するように内容を改めている。

　このことを踏まえつつ、影丸版漫画から見ていこう。この漫画では、辰弥が警察から容疑者として扱われる場面が散見され、一度は逮捕までされている。辰弥は小説と同じく視点人物であり、読者が感情移入する位置にある。その人物の身の回りで次々と殺人事件が起き、その犯人と疑われることによって、犯人や動機の謎解きばかりではなく、いかに容疑から逃れるかも加わって、物語の緊迫感が高まる。美也子は博労の吉造(影丸版漫画ではこの表記)を共犯に加え、辰弥に猟銃を突きつけながら冥土の土産とばかりに今までの犯行を開陳するのだが、最後に辰弥の抵抗から銃が暴発、それに起因する落盤で美也子は命を落とす。犯人が主人公を絶体絶命に追い込んでから犯行を告白するという流れは、後に流行する二時間ドラマを彷彿とさせるが、主人公をめぐるサスペンスと謎解きという二つのクライマックスを、この場面で重ね合わせていると見ることができる。

映画では、洞窟の中で美也子と辰弥が愛し合うものの、その際に辰弥は美也子の指の包帯を見て真犯人だと気づいたため、美也子は彼を殺そうとして長い追跡のシークエンスが始まる。これと、地上で金田一耕助が村人に推理を開陳する様子が交互に提示されている。地下の生命を賭した追跡そのものは互いの息づかいのほか無言で行われる一方、その映像に金田一耕助による推理の声が、あたかもナレーションのように重ねられている。映画ではこのように、クロスカッティングとヴォイス・オーヴァーを用いることによって、サスペンスと謎解きを同時に展開しているのである。

テレビドラマでは最終回(第五回)全体がクライマックスに充てられている。洞窟で美也子が辰弥と愛し合うこと、美也子が春代を害し、その際の小指の傷から犯人であると辰弥が気づき、美也子が口封じを試みることについては映画と変わらない。一方で、テレビドラマは独自の共同正犯が存在しており、その人物を金田一は呼び出し、警部とともに詰問して自白へと導く。映画とは異なり、同時性を強調する演出ではないものの、辰弥をめぐるサスペンスと、探偵と犯人の対決による謎解きとの双方が交互に進む構成をとっている。

つのだ版漫画では、美也子は色仕掛けで辰弥に迫り、服を脱がせて首から提げた守り袋を奪う。中には洞窟の地図が入っており、落人の財宝を狙う美也子はそれを手に入れる。辰弥を始末しようと飛びかかった美也子は、逆に自分の方が誤って落下、死亡することになる。このとき、辰弥は直前まで里村慎太郎に疑いを向けているため、美也子の誘惑と襲撃はともに辰弥にとって突然の事態である。事件全体の謎解きは、後日、金田一が関係者を集めて田治見邸で行っている。このように、つのだ版漫画では、辰弥のサスペンスを盛り上げる一方、謎解きを事後的に行う点では、小説の構成を踏襲しているといえる。

あわせて、小説のもう一つの側面である辰弥と典子との恋愛についても見ておこう。影丸版漫画では典子の登場はあるものの、特に恋情を育むこともなく、途中で描かれなくなる。そして、この後の映画、つのだ版漫画、テレビドラマでは、いずれも典子そのものが最初から登場していない。この三作いずれも、森美也子が辰弥を誘惑する流れであり、恋愛の側面は美也子に集約していると見ることもできるが、美也子は犯人であり、また三作ともに命を落とすため、小説における恋愛の成就とは決定的に異なっている。つまり、小説にある恋愛の側面は影丸版漫画では単に等閑視されているのだが、その後の三作品では森美也子の誘惑という形で、他の側面に吸収されているのである。

このように見ると、影丸版漫画で採用された主人公と犯人との対峙によるサスペンスの強化は、その後の作品でも同様に採用されていることがわかる。一方で、探偵による謎解きをそのサスペンスとどのように絡めるかについては、小説の時間差を踏襲するつのだ版漫画、犯人が主人公に語り聞かせる構成で同時に処理する影丸版漫画、編集によって同時性を演出する映画、共同正犯を置いて探偵と犯人、主人公と犯人との対峙を二重に行うテレビドラマのそれぞれで、異なる方策をとっているのである。

四 動機と結末

最後に、殺人事件の動機と物語の結末に目を向けよう。

小説では、森美也子が里村慎太郎に田治見家の財産を継がせようとしたという経済的動機と説明される。美也子は単独犯であり、慎太郎はこの計画を知らされていない。また、美也子はかつて夫の達雄を手に掛けたと思われ、これについて達雄の兄野村荘吉が金田一耕助に調査を依頼したため、この事件に探偵が関わることとなった。結末では、辰弥と典子は発見した大判三〇〇枚弱を手中に収め、先にも触れたが、神戸西郊に新居を構える。田治見家の財産は慎太郎が相続し、石灰工場を建設して村の近代化に邁進するという目標を語る。

影丸版漫画における動機は、小説を踏襲している。美也子は辰弥に向けて経済的動機と殺人計画の立案を語った後で、「しかも八つ墓村の伝説がうまく殺人動機をカモフラージュしてくれるってわけだし」と付け加える。このとき、伝説は祟りの地位から滑り落ち、経済的動機を糊塗するための材料となるにすぎない。田治見家は慎太郎が跡を継ぎ(典子は慎太郎に寄り添って描かれている)、発見された財宝について「これからは世の人々のためにたつ黄金となるだろう……」と述べられていることから見て、辰弥はこれを放棄したものと推測できる。辰弥は心中で、落人の伝説も要蔵の事件も、森美也子の事件もいずれは忘却され、「ふたたびしずかな平和な村になる」ことを祈って村を去る。

ここで見るべきは、物語全体を蔽うような、支配的な象徴体系、ピーター・バーガーの言を借りれば聖なる天蓋の存在である(『聖なる天蓋――神聖世界の社会学』薗田稔訳、一九七九年、新曜社)。いま、聖なる天蓋を、その作品を最終的に統御する象徴体系と捉えよう。その位置を近代性や進歩史観が占めるか、怨霊の存在を肯定するオカルト性が占めるかの違いにより、作品の全体性が異なるものとなる。前者を採用した場合の作品の全体性を近代的世界観、後者ならばオカルト的世界観とさしあたり呼んでおこう。小説および影丸版漫画は、謎解きにおいて経済的動機を最終的な説明として採用するとともに、村の発展あるいは平和を祈念して擱筆する。このふたつは近代的世界観をとっており、落人の怨念といったオカルトは、その世界観の中で動機の攪乱として奉仕するにすぎない。

この対極に立つのは、大胆にオカルトを取り入れたつのだ版漫画である。つのだじろう自身、心霊科学を研究し、それに基づいた作品を精力的に発表することによって、オカルトブームを呼び込んだことは見逃せない(一柳廣孝「心霊を教育する――つのだじろう「うしろの百太郎」の闘争」『日本文学』二〇〇一年一一月号、日本文学協会、および、同「オカルト・エンターテインメントの登場――つのだじろう『恐怖新聞』」同編著『オカルトの帝国――一九七〇年代の日本を読む』二〇〇六年、青弓社を参照)。小説では途中で殺される久野医師のカウンターパートとして登場するにすぎない疎開医師新居を、つのだ版漫画は心霊科学研究に傾倒する精神科医新井として大胆に読み替える。心霊科学研究の正当性を強く主張するその姿には、当時のつのだじろう自身の姿勢が二重写しになって見えるだろう。たとえば新井は妙蓮を優秀な霊媒として予言をいくつか行わせるのだが、久弥の通夜の席で妙蓮が憑霊されたとき、新井は審神者《さにわ》として振る舞う。また、鎧武者の小手が小梅を絞殺したことをエクトプラズムやポルターガイストとして説明しうると指摘する。これらは新井を心霊科学に造詣の深い人物と位置づけるだけでなく、この漫画作品を、オカルト的世界観の中に位置づけてもいる。

特に興味深いのは最後の謎解きである。妙蓮は死に際、鍾乳石と裸が見えると言い残していた。金田一は美也子の経済的動機による犯行について述べた後、この予言と美也子の死との符合を聴衆から指摘されると、「その辺はこのわたしにも実はとんと…説明がつかない」と頭をかきむしり、「その辺は…新井先生の…ご専門で…」と説明を委ねてしまう。新井医師は財産横領という「それだけの動機でこれほどおそろしい連続殺人を起こすなんて……/通常の神経の女性には出来るはずもない…!」と指摘し「憑霊がそれをさせた…と考える方がわたしには納得出来ます!」と断言する。このとき、オカルトは、単なる経済的動機によって複雑な連続殺人を引き起こすという動機と手段の不均衡を覆い隠す役割を担っている。とはいえ、憑依霊の存在は言説の中でとどまっており、具体的に美也子の犯行を幇助するものではない。むしろ予言が犯行を言い当てており、その意味では、美也子の足を引っ張っているとさえいいうる。このように、つのだ版漫画ではオカルト的世界観が採用されているものの、それは経済的動機による美也子の犯行を否定するのではなく、動機面からそれを補強しつつ、予言としてそれを指し示しもする。いずれにせよ、オカルト的世界観の採用が、霊的存在による人物の殺害などの直接的犯行と結びつくものではなく、その意味で探偵小説としての構成は保たれていることを確認しておきたい。

映画は、つのだ版漫画に類似しているものの、新井医師が登場しないこととも関連して、金田一が自らオカルト的世界観に基づく謎解きをするという、さらに注目すべき点がある。金田一は森美也子が祟りを利用して財産横領のために犯行に及んだと自ら述べたにもかかわらず、巡査から物証の有無を尋ねられると、「この事件はね、そんなことよりもなんと言うかな……犯人の美也子すら全然知らない、実に、不思議な事実があるんですよ」と質問そのものを封じつつ、別の方向に興味を誘導する。その事実とは、金田一が実際に各地の寺の過去帳を調査した結果、美也子は尼子義孝直系の子孫だったということである。義孝は八つ墓村へ逃げる前に妻子を播磨に残し、その子孫が但馬生野から丹波篠山と流れて、その血統が最終的に美也子まで続いたというのである。

もちろん、この系図は映画が独自に加えたものであるが、ここで注目すべきは、金田一自身が美也子の経済的事情よりも、尼子一族の系譜であるかどうかを重視していることである。このとき、金田一は近代的世界観からオカルト的世界観へと身を置き直しているといえるだろう。さらに田治見家はおびただしい蝙蝠に襲われて炎上し、それを落ち武者たちが高台から見下ろすシーンが加えられる。最後に、大阪の諏訪法律事務所で、弁護士に対し金田一は残りの調査結果を明らかにする。辰弥の実父亀井陽一もまた、森美也子の家系と同じく、かつての尼子義孝所領の出身だったことを確認し、金田一は調査を打ち切ったのだった。彼は「ハッキリ尼子の一族だとすると、八つ墓村の事件は、辰弥君は全然意識しなかったとしても、森美也子一人ではなく、辰弥君と二人で力を合わせてやったことになるんじゃないでしょうか。なんだか、怖い話ですよ」と述懐する。当事者の森美也子、寺田辰弥双方が意識しない尼子一族の血が怨念を晴らした事件であるという理解は、オカルト的世界観に基づいていると見るべきである。ただし、付け加えておくと、犯行そのものは経済的動機と、森美也子による殺人なのであって、怨霊によって呪殺されたものではない。

つのだ版漫画と映画からオカルト的世界観について捉え返すと、それは直接的に人間を呪殺する怨霊が存在するのではなく、むしろ、気づかないうちに人間を操り、人間の欲望のもとに殺人を犯させるような憑依する存在を肯定する世界観である。つまり、美也子の経済的動機とそれに基づく綿密な犯行は小説と変わらないが、そのような殺人計画を立案実行するよう、美也子自身に悟られることなく怨念が働きかけたと捉えることで、両者の共存が成り立つ。この構図は、小説と影丸版漫画とは逆に、オカルト的世界観に対して経済的動機が奉仕するものである。

さて、テレビドラマでは、森美也子は夫達雄の復讐という動機を持つ。事業に失敗した達雄は田治見家に融資を断られ、田畑を手放し自殺するが、田治見家はそれらを買い戻し自分たちの財産に加える。一方、要蔵に両親を惨殺された諏訪弁護士は、美也子にもちかけられて復讐に加わる。これらテレビドラマで加えられた背景は、財産目当てという経済的動機をとる小説とは異なるものの、近代的世界観に基づくものであることに変わりはない。

テレビドラマの最後は、神戸のヤミ市での金田一と警部の会話である。先述の通り、八つ墓村は水害で流され、辰弥は水死体として発見された。これを祟りによると信じている警部に対し、金田一の態度は曖昧なままである。その後画面は人里離れた雪山を映し、「八つ墓村、その奇怪な名の村は、現在日本中の地図を探してみても、どこにも見当たらない」というナレーションで締め括られる。先述の通り、このことは事件すべてを現在から見て、隔絶した出来事と位置づけている。警部の主張通りにオカルト的世界観を採用したとしても、語りの現在時から見ると、それはすでに抹消されたものであり、その意味で現在は近代的世界観に属しているとみなしうる。しかし一方で、犯行の動機自身は近代的世界観に基づくため、今述べた理解が適切とは限らず、むしろ小説と同様にオカルト的世界観は退けられているという理解も成り立つ。そうすると、テレビドラマの立場は、どちらの世界観を採用するかを明らかにせず曖昧なままに置くことにあると思われる。

このように、聖なる天蓋を補助線にメディアミックス展開を捉えると、小説の中に胚胎されている近代的世界観とオカルト的世界観のいずれをどのように採用するかは、それぞれの作品で異なっていることがわかる。小説と影丸版漫画は前者を、つのだ版漫画と映画は後者を、テレビドラマは両者をともに退けず旗幟を鮮明にしないのである。

五　おわりに

本稿では、『八つ墓村』のメディアミックス展開のうち、一九六九〜七〇年代の漫画、映画、テレビドラマを取り上げ、具体的に差異を確認しつつ、小説『八つ墓村』がどのように変奏されているかを確認した。

ミステリはもともと娯楽小説に類するものであり、そのメディアミックス展開もまずは娯楽性が重視される。そのため、時空間や登場人物の数および人間関係は、作品の公開された時代などの条件に応じて異なることが多い。今回取り上げた小説『八つ墓村』では、サスペンスと謎解きでクライマックスに時間差が見られた。漫画ではその時間差を保存するもの（つのだ版）と、同時性を重視するもの（影丸版）とで、クライマックスの構成が異なっていた。映画では、犯人と主人公の追跡劇と探偵の謎解きを編集で重ね合わせ同時性を強調していたが、テレビドラマでは主人公と犯人、探偵と犯人という二つの対峙を順番に示しつつ、小説と異なる共犯の存在を導入した。

『八つ墓村』は、戦国時代の武将の祟りと近代社会における犯罪を、約三〇年前の大量惨殺事件を媒介として重ね合わせることで、オカルト的世界観と近代的世界観の相克を示していると見ることができる。小説では前者が棄却されて後者が採用されるものの、メディアミックス展開は必ずしも小説と同じ象徴体系を採用していない。小説とは逆に前者を採用して後者を退ける作品も、両者をともにとる作品も存在している。

作品をさまざまな流れあるいは要素から組み立てられた一個の地層と見るならば、メディアミックス展開は、ある作品が胚胎しつつその作品の中では採用しなかった流れあるいはベクトルを引き出し、あるいは不要な要素を省き新たな要素を加えつつ組み合わせ、もとの作品とは異なる、新たな層を作り出す試みであると見ることができる。そこには、時代性や作品発表に関わる社会状況など、さまざまな作品外の流れもまた繰り込まれる。それによって、たとえば同時代と見るか過去の出来事と見るかなど、作品を受け止める際の捉え方もまた、変わることになる。このように、メディアミックス展開はその発表のたびに、作品の内容のみならずその位置づけをもまた、更新するものなのである。

付記　底本・映像資料として、以下を用いた。また、適宜、括弧内の諸本を参照した。

小説

横溝正史『八つ墓村』角川文庫、二〇〇五年、角川書店（新版　横溝正史全集８、一九七四年、講談社）

影丸版漫画

横溝正史・影丸穣也『八つ墓村』講談社漫画文庫、一九九六年、講談社（講談社コミックス全二巻、一九七六年、同／講談社漫画文庫全二巻、同、同）

つのだ版漫画

横溝正史・つのだじろう『八つ墓村』秋田コミックスセレクト、一九八四年、秋田書店（ワイルドコミックス、

一九七六年、富士見書房）

映画

『八つ墓村』松竹、一五一分、一九七七年一〇月公開

監督野村芳太郎、脚本橋本忍、出演渥美清・萩原健一・小川真由美

（視聴にはブルーレイ（松竹）を用い、完成台本（早稲田大学演劇博物館所蔵）を適宜参照した）

テレビドラマ

『八つ墓村』「横溝正史シリーズⅡ」毎日放送、全五回、一九七八年四月〜五月

監督池広一夫、脚本廣澤榮、出演古谷一行・荻島真一・鰐淵晴子

（視聴には「横溝正史&金田一耕助シリーズＤＶＤコレクション」三・四（朝日新聞出版、二〇一五年）を用い、付録ブックレットを適宜参照した）

「日常の謎」をこじらせる
——相沢沙呼『午前零時のサンドリヨン』論

諸岡卓真

一　はじめに

相沢沙呼《あいざわさこ》『午前零時のサンドリヨン』(二〇〇九年、東京創元社)の語り手・須川は、高校の図書室で奇妙な書架を目にする。三段目の雑誌が、どういうわけか中央の一冊を除いてすべて逆向きに収められていたのである(第一話「空回りトライアンフ」)。須川はこの様子を同級生・酉乃初《とりのはつ》に説明する際、「日常の謎」という表現を用いている(三九頁。以下、頁数のみを示した場合は『午前零時のサンドリヨン』(二〇〇九年、東京創元社)からの引用)。ここで使われた「日常の謎」という言葉は、現代日本ミステリに馴染んでいるかどうかで響きが変わる。このジャンルに詳しくない読者にとっては、「日常の中で発見された謎」という意味としてのみ把握されるだろう。しかし、ミステリに詳しい読者にとっては現代日本本格ミステリ独特のサブジャンル名としても把握される。『午前零時のサンドリヨン』は、須川に「日常の謎」と語らせることによって、この作品自体が「日常の謎」というサブジャンルに含まれることを自己言及的に宣言しているのである。

「日常の謎」とは、端的にいえば「殺人事件や犯罪を描かない謎解き物語」のことである。探偵小説や本格ミステリと呼ばれる類の作品には、殺人事件に代表される何かしらの犯罪がつきものだと思われている。本格ミステリの祖とされるエドガー・アラン・ポー「モルグ街の殺人事件」(一八四一年)から、このジャンルは殺人を扱ってきた。物語の前半で死体が発見され、その死の謎を探偵が解決するというのが、本格ミステリのもっとも基本的なフォーマットだといってよい。

しかし、本格ミステリが描くのは殺人事件や犯罪の謎ばかりではない。佐藤春夫「オカアサン」(一九二六年)や戸板康二「グリーン車の子供」(一九七五年)などといった作例があるように、殺人事件を描かなくとも謎解き物語は成立する。本格ミステリに必要なのは端的に「謎」であり、その中でもっともありふれたものが殺人事件であるというだけにすぎないのだ。

現代日本の本格ミステリシーンで、このことを明確に打ち出した作品を発表したのは北村薫だった。一九八九年に発表された北村のデビュー作『空飛ぶ馬』には五本の短編が収められているが、そのどの話でも殺人事件は描かれない。探偵役の落語家・春桜亭円紫のもとに持ち込まれる謎は、なぜ紅茶に大量の砂糖を入れているのか、なぜ幼稚園に寄贈された木馬が一日だけ消えていたのかなどといった、殺人事件に比べれば穏やかなものばかりである。この傾向は、『秋の花』(一九九一年)という例外はあるものの、[1]これまでに発表されている〈円紫さんと私〉シリーズに基本的に引き継がれている。
『空飛ぶ馬』について、笠井潔は『探偵小説論II』(一九九八年、東京創元社)で次のように述べている。

現代の本格ミステリ探偵小説には「日常の謎」派と呼ばれる流れがある。出発点は北村薫の『空飛ぶ馬』(一九八九)。どこにでもいそうな平凡な人物を現実味のある背景のもとで描き、日常的で小さな謎を探偵小説形式に忠実なものとして論理的に解き明かす北村の斬新な作風は、読者の注目と支持を集めた。落語家の円紫を探偵役とする北村のシリーズ作品は同調者を輩出し、たちまち現代本格の有力な潮流を形成するにいたる。

笠井の指摘通り、「日常」的な世界をベースとした謎とその解決を描くという北村の試みは、後続の作家に多大な影響を与えた。澤木喬、加納朋子、若竹七海、倉知淳、青井夏海、光原百合などの作家が続々と登場し、それぞれに殺人事件を排した形での本格ミステリを発表した。その結果、その作風に対して「日常の謎」という呼称が使われるようになり、本格ミステリの中のサブジャンルの一つとして認知されるに至った。『日本ミステリー事典』(二〇〇〇年)の北村薫の項に記されている通り、犯罪や暴力を排した本格ミステリはこれまでも存在してきたが、それが「日常の謎」というカテゴリが必要とされるほどまとまって発表されたことはかつてなかった。[2] この現象は、綾辻行人『十角館の殺人』(一九八七年)の登場を画期とする現代日本本格ミステリの特徴の一つといえるのである。

笠井の指摘は一九九〇年代後半までの状況を踏まえたものだが、二〇〇〇年代に入ると松尾由美、米澤穂信、坂木司、大崎梢、七河迦南、相沢沙呼らもデビューし、作例はさらに増加した。[3] その中では戦場を舞台に「日常の謎」を描いた深緑野分『戦場のコックたち』(二〇一五年)のように、従来の「日常の謎」を捉え返すような作品も登場するようになった。現在、東川篤哉〈謎解きはディナーのあとで〉シリーズ(二〇一〇年〜)、三上延〈ビブリア古書堂の事件手帖〉シリーズ(二〇一一年〜)の大ヒットを受けて、出版各社が「キャラミステリ」「ライトミステリ」路線を重視する流れの中で、「日常の謎」作品が急増している状況である。[4]

本稿で分析対象とする相沢沙呼『午前零時のサンドリヨン』にも、「日常の謎」を捉え返そうとする視線が見て取れる。本作には相互に関連する四つの短編が収められており、そのすべてで「日常の謎」が扱われるが、『空飛ぶ馬』から二〇年を経て登場した本作は、単純に「日常の謎」の再生産を行うだけでの作品ではない。結論めいたことをいえば、「日常の謎」の方法を遵守しながらも捻りを加え、新たな展開を導くことに成功している。

ただし、あらかじめ指摘しておけば、本作ではそれほど複雑なトリックが用いられているわけではない。鮎川哲也賞の選評において、山田正紀が好意的な文脈で「これは「日常の謎」というよりも、ちょっとビターでスイートなラブコメではないのか[5]」と述べているように、トリックらしいトリックが用いられているのは後述する第三話のみであり、謎解き自体はどちらかといえばライトである。しかし、本作はトリック以外の部分で「日常の謎」の問題系を引き継ぎつつ、それを濃厚に展開している。本稿ではこの点に焦点を当てて検討していきたい。

二　『午前零時のサンドリヨン』の概要

相沢沙呼は二〇〇九年に『午前零時のサンドリヨン』で第十九回鮎川哲也賞を受賞しデビューした。以後、二〇一八年一月現在までに一一冊の著作がある。相沢作品はそのほとんどが何かしらの形で学校を舞台にしている。高校や中学などの学校に通う生徒を主な登場人物とし、謎解きと彼らの葛藤を絡めた作品を得意としている。現在までのところ、相沢に関するまとまった評論・研究は小田牧夫「虚ろの騎士と状況の檻」（探偵小説研究会編著『CRITICA』vol. 5、二〇一〇年八月）のみである。この評論については後ほど触れる。

『午前零時のサンドリヨン』は、次の四つの短編から成る。

第一話　空回りトライアンフ
第二話　胸中カード・スタッブ

第三話　あてにならないプレディクタ
第四話　あなたのためのワイルド・カード

四つの話はそれぞれ独立した物語として読むことも可能であるが、第一話から第三話には第四話のクライマックスに向けた伏線が描き込まれており、全体を一つの長編と把握することも可能となっている。

語り手と探偵役は全話で共通している。語り手を務めるのは、高校一年生の須川（愛称は「ポチ」）であり、探偵役を務めるのはその須川が一目惚れしたクラスメイトの酉乃初である。酉乃は高校内ではあまり社交的ではないが、実は凄腕のマジシャンであり、放課後にはマジックバー「サンドリヨン」でその腕前を披露している。この二人のほか、慶永裕美、瑠璃垣蘭子、飯倉静香、藤井綾香（故人）の四名が本作全体を通した謎に深く関わる。

各話の基本的なパターーンは、「①謎の発見→②調査→③酉乃による推理→④状況になぞらえたマジックの披露とそれを通した関係者への忠告・提案→⑤解決」というものである。ほかの「日常の謎」作品と比較して特徴的なのは、④の手続きがあることである。たとえば第一話であれば、書架の謎を解いた酉乃は、慶永裕美が図書委員からいじめを受けていることを見抜き、一人で耐えずに誰かに相談すべきであることを示唆するマジックを見せている。その後、慶永は先輩の瑠璃垣蘭子らに事情を打ち明け、それをきっかけにいじめはなくなっていく。同様のパターーンは第二話でも踏襲され、やはりマジックの披露をきっかけとしてある登場人物を救うこととなる。しかし、起承転結の「転」にあたる第三話は、このパターンから大きく外れている。本作の試みを分析するにあたっては、まずはこの「変化」に注目してみたい。

三　探偵の「余計なお世話」

第三話「あてにならないプレディクタ」のあらすじは次の通りである。

須川は試験の前から落とし物ケースに入っていた生徒の手帳に、これから発表されるはずの英語の試験結果が記載されていることに気づく。手帳の持ち主であると名乗り出たのは、校内で霊能力者なのではないかと噂されていた飯倉静香であった。須川が、なぜ発表前の試験結果が書かれているのかと訊くと、飯倉は一年前の九月に屋上から投身自殺した藤井綾香の霊に教えてもらったのだと答える。

納得のいかない須川は、その謎を酉乃に伝える。すると酉乃は持ち前の推理力を発揮して真相を見抜き、須川と飯倉の前で説明を始める。酉乃によれば、手帳は二冊あり、それが途中で入れ替えられていた。手帳Aは英語の鶴見先生の落とし物であったが、その手帳には隠れて交際していた飯倉のプリクラが貼られており、ほかの先生の手前、鶴見先生が自分で取りに行くわけにはいかなかった。一計を案じた鶴見先生は手帳Bを用意し、しばらく使用したあとで（このときに英語の試験結果が書き込まれた）、落とし物ケースの中の手帳Aと入れ替えた。最後の仕上げとして、飯倉が手帳の落とし主だと名乗り出て手帳Bを回収した。その際、偶然居合わせた須川に中身を見られてしまったため、事実が露見しないように藤井の霊のせいにしようとしたのである。

酉乃は続けて、飯倉の「占い」がホット・リーディングやコールド・リーディングなどの技術を組み合わせたものであることを指摘する。そして、人が知らない技術を使えば誰もが注目してくれるが、周囲の人びとが見ているのは本当の自分ではないのだと諭し、カードマジックを披露しようとする。

問題が起きたのはそのときだった。飯倉はマジックのタネを見抜いて云い放つ。

「あたしだってトランプ使ったメンタルマジックくらいできんのよ。恥ずかしくないわけ、こんなこととして。なに自分語りしてんのよ。アンタこそ調子に乗ってるんじゃない？　ひとさまの秘密をぺらぺら偉そうにご披露しちゃって、アンタはフーディーニで、あたしはイカサマ霊媒師ってワケ？　テレビの探偵じゃないんだからさ、ちょっとは落ち着いて、アタマ冷やしたら？」

「……」

「はっきり言ってさぁ、余計なお世話なんだよ。なんだよ、アンタこそ目立ちたいだけじゃん。トリックも先生とのことも、わざわざあたしの前で話す必要なんかねーじゃんかよ。なに、

大好きな須川君の前で、名探偵ぶってアタマいいところ見せたかったワケ？　ばっかじゃないの」（二二〇〜二二一頁）

このように、第三話はそれまでとは打って変わって、西乃のマジックとそれによる説得が失敗する場面で閉じられる。ここで注目すべきは、西乃は推理を間違えたために批判されたのではないということである。西乃の推理は真相を言い当てており、それは飯倉も認めている。問題になっているのは、推理行為自体の是非である(6)。

飯倉から見れば西乃の行為は迷惑である。飯倉は周囲に秘密にしていた教師との交際や「占い」の真相を、無関係の第三者である西乃に暴かれてしまった。生徒と教師の交際も、手帳の入れ替えや藤井の名前を使って「占い」を行ったことも他人に大きな不利益を与えているわけではない。よって、そもそも西乃は推理を飯倉に伝える必要はなかった。にもかかわらず、西乃は推理を披露し、あまつさえ飯倉の行為を一方的に批判してしまう。軋轢が生まれる原因はここに求められるだろう。

西乃の推理に先立って、須川は彼女の中学時代の様子を知ることになる。西乃には、友だちを作るために、自分には超能力があると嘘をついてマジックを披露していたが、タネがあることが判明し、周囲からいじめられるようになってしまったという過去があった。西乃の発言の裏にはこのような経験があるのだが、飯倉にしてみればそれはまさしく「自分語り」であり、「余計なお世話」

だったのである。

四　「日常の謎」の「歪み」

ミステリ評論家の巽昌章は、『論理の蜘蛛の巣の中で』(二〇〇六年、講談社)のあとがきで次のように述べている。

〔……〕名探偵が超人的犯人に挑む物語は荒唐無稽かもしれないが、それを合理化しようとして、凡人のトリックを凡人が看破する小説を書けば、それはまた別の歪みを、つまり、なぜそんな人々が込み入ったトリックを考案するのかといった不自然をはらんでしまう。トリックに必然性をもたせようとして、犯人が密室を作らねばならなかったいきさつを縷々語れば、偶然が連鎖する因縁話の迷路に踏み込むことになりかねないし、トリックをなくせばなくしたで、よそに歪みがあらわれるだろう。(7)

ここで巽は、本格ミステリが「謎―論理的解明」という軸を構築する際に、不可避的に「不自然」や「歪み」を孕んでしまうことを指摘している。巽は直接的に「日常の謎」に言及しているわけではないが、「日常の謎」も本格ミステリの一ジャンルである以上、この指摘と無関係ではない。

「あてにならないプレディクタ」に見られるような、「解く必要のない謎」の存在は、「日常の謎」が抱え込んだ歪みの一例だといえるだろう。

振り返ってみれば、「日常の謎」はその初期から「解く必要のない謎」を描いてきた。拙論「〈日常〉の謎――加納朋子『ななつのこ』論」(『日本近代文学会北海道支部会報』一一号、二〇〇八年五月)で詳述した通り、加納朋子『ななつのこ』(一九九二年)収録の「スイカジュースの涙」や「白いタンポポ」などはその典型例である。(8)

描かれているのが殺人事件や犯罪などに関わる謎であれば、それを推理し、犯人を糾弾する必然性は担保されやすい。しかし、「日常の謎」は、リアリティの基準を「日常」に置いているために、ときに推理行為の必然性に乏しい謎を描いてしまう。たとえば、紅茶に大量の砂糖が入れられていようが、木馬が一日だけ撤去されていようが、気にならなければ気にならないで済んでしまうだろう。実際、米澤穂信〈古典部〉シリーズの探偵役・折木奉太郎は謎解きに消極的であり、同級生の千反田えるに要求されなければほとんど推理行為をしない。(9) これらと同様に、『午前零時のサンドリヨン』でも、手帳に発表前の試験結果が書き込まれていたからといって、それを必ず推理しなければならないわけではない。また仮に推理したとしても、他人に伝える必然性もない。

きわめて散文的に捉えれば、このような謎が描かれるのは、それを謎として捉えて探偵に推理させなければ、ミステリにならないからだ。逆にいえば、「日常の謎」は「解く必要のない謎」という不自然さを抱え込むことによって成立するジャンルなのである。

このような文脈を踏まえると、飯倉の言葉が酉乃への批判にとどまらないニュアンスを孕んでいることがわかる。彼女の言葉は、酉乃の行為のみならず、「日常の謎」の方法に対する痛烈な批判としても捉えることができる点で画期的なのである。

五　学校と探偵

ただし、このような難題は従来の「日常の謎」では前面化してきていなかった。したがって考えなければならないのは、なぜ『午前零時のサンドリヨン』において、この問題が明確化されたのか(=従来の作品でなぜ問題化されなかったのか)ということである。この問題には舞台の選択が深く関わっている。

現在の目からすると不思議なことに、初期の「日常の謎」は、中学校や高校といった、固定的なメンバーが密に人間関係を取り結ぶような学校空間を舞台とすることはあまりなかった。学校空間を舞台とした作例が増加したのは二〇〇〇年代に入ってからである。学校が舞台として選ばれるようになった理由はさまざまあろうが、少なくともメルクマールの一つとなったのは米澤穂信〈古典部〉シリーズ(二〇〇一年〜)である。のちにアニメ化もされたこの作品は、当時ライトノベルで流行していた学園ものの流れを汲みながら(第一作『氷菓』はライトノベルレーベルである角川スニーカー文庫から出版された)[10]、「日常の謎」を描いて話題を集めた。以降、米澤〈小市民〉シリーズ

（二〇〇四年〜）や東川篤哉〈鯉ヶ窪学園探偵部〉シリーズ（二〇〇四年〜）、似鳥鶏《にたどりけい》〈にわか高校生探偵団の事件簿〉シリーズ（二〇〇六年〜）、初野晴〈ハルチカ〉シリーズ（二〇〇八年〜）など、学校を舞台にした「日常の謎」が続々と登場するようになる。(11)

『午前零時のサンドリヨン』もこの流れにある作品であるが、同種の作例と比較して、本作の舞台設定の特徴は、現実の学校空間のイメージが比較的濃厚に反映されていることにある。本作が依拠する学校空間のイメージは、たとえば土井隆義による現代の学校空間の分析などに適合的だ。土井によれば、現在の学校空間では「人間関係の確保をめぐるバトルが熾烈を極め」ており、「人間関係を絶えず保とうと躍起になってしまうのは、人間関係の格差化が進行するなかで、その関係の多寡こそが自分の価値を示す物差しだと思っているからである」。また、そのような空間は精神的な負荷が非常に高いものであるが、「互いのまなざしを集中させる標的をどこかに作ってやれば、それをネタにいじりあうことで仲間同士のつながりは相対的に軽くなり、また維持されやすくもなる」。(12)

これらの指摘を補助線とすると、酉乃や飯倉の反応の理由が明確になる。彼女らは学校空間の力学に依拠して行動している。嘘をついてでも生徒の注目を集めようとするのは、人間関係を維持する＝自分の価値を維持するためである。また、酉乃の行為が飯倉によって「大好きな須川君の前で、名探偵ぶってアタマいいところ見せたかったワケ？」と解釈（邪推）されてしまうのは、それが酉乃と須川の人間関係を維持するための「いじり」行為として把握されたからである。ここには、学校空間における推理行為の危険性が表出している。

六　「日常の謎」をこじらせる

そもそも、学校空間における推理行為はリスクが高い。解く必要のない謎を解いて他の生徒を糾弾するという行為は、場の「空気」を乱す「上から目線」の行為であると把握される恐れがある。実際、「日常の謎」ものの探偵には、その初期から、学校になじめなかった人物が散見される。たとえば、北村薫〈円紫さんと私〉シリーズの春桜亭円紫は、小学生のころ「不適応」で学校に行くのが嫌になり、友だちとも話をしなかったと語っている（『空飛ぶ馬』）。また、坂木司〈ひきこもり探偵〉シリーズの鳥井真一も、学校に馴染めず、いじめを受けたことで家にひきこもるようになった（『青空の卵』）。

ただし、北村や坂木の作品においては、作中の現在の時点で探偵役はすでに成人しており、学校空間から離脱している。学校で起きる事件を扱うことがないわけではないが（たとえば、北村薫『秋の花』（一九九一年）など）、探偵役が学校空間の外部に位置し、なおかつ年長者として設定されるため、「上から目線」の根拠はある程度担保される。作例によっては、探偵役の男性が女性に対して謎解きを説明する形をとる場合もあり（北村薫〈円紫さんと私〉シリーズ、加納朋子〈駒子〉シリーズなど）、ジェンダー的な観点からの力学が働いていることもある。また、学校を舞台にした

〈鯉ヶ窪学園探偵部〉シリーズ、〈にわか高校生探偵団の事件簿〉シリーズや青崎有吾『風ヶ丘五十円玉祭りの謎』(二〇一四年)などにおいては、高校生が探偵役を務めるが、彼らは最初からエキセントリックな人物として認知されているため、周囲との軋轢を生まないようになっている[13]。以上を踏まえていえば、問題が先鋭化するのは、比較的リアリズムに則った舞台設定を行い、なおかつ、探偵役と糾弾の対象がともに同じ学校の生徒である場合である。

「日常の謎」の舞台に学校が選ばれるようになり、学校空間における探偵行為をどのように描くかという問題系が前面化した[14]。「日常の謎」の方法がその初期から内在していた「歪み」が、学校が舞台に選ばれることによって浮上しやすくなり、いっそう「こじれる」ようになったといってよい。『午前零時のサンドリヨン』はこの問題系を正面から引き受けた作例なのである。しかもそれは単に、必然性に乏しい探偵側の推理行為を作中で批判的に描いたというだけではない。最終話「あなたのためのワイルド・カード」はその批判をアイディアのタネとして学校空間に適応した推理行為を模索してもいる。次節以降では、最終話を分析することによって、酉乃の戦略を明らかにしてみたい。

七　「空気」を読む探偵

昨年の九月、生徒の藤井綾香が自殺した。今年になって、校内で藤井の「幽霊」が目撃される事件が起こる。また、学校が管理するオンライン掲示板でも「藤井綾香」の名前でメッセージが書き込まれ、それに対する誰かの返信もなされていた。

須川が藤井について調べると、彼女はコンピュータに詳しく(デスクトップ・ミュージックに凝っていた)、校内のあるＰＣにメッセージを遺していたことが判明した。そのＰＣにアクセスすると、インターネット上のブログページが表示され、そこに一言だけのメッセージが書かれていた。「あなたも死ねばいい」。

須川はこの件を酉乃に相談するが、飯倉の批判から立ち直っておらず、「わたし、関係ない。それに、もうああいうことはやめたの。困っている人を助けるなんて、ボランティアじゃあるまいし」(二四三頁)と全く乗り気ではない。

その後、オンライン掲示板に遺書ともとれる内容の文章が投稿される。不穏な気配を感じた須川が校内を調査すると、屋上から飛び降りようとする瑠璃垣蘭子を発見する。瑠璃垣は生前の藤井が援助交際を行っていたことを咎めたことがあり、それが元で彼女が自殺したのだと思い込んでいた。そんなときにブログページのメッセージを読み、後追い自殺を図ろうしていたのだ。

瑠璃垣が最後の一歩を踏み出そうとした瞬間、校内放送で音楽が流れる。それと同時に屋上に酉乃が現れ、あたかも彼女がその音楽の指揮者であるかのように拍子をとりながら謎解きを行う。酉乃はその中で、流れている曲のファイルに付けられていた名前が〈律儀なあなたはベータ・テスタ〉であり、藤井が自殺する直前に瑠璃垣に贈ったものだと告げる。この音楽は校内のＰＣを介して瑠璃垣に届けられる予定であったが、あるアクシデントのためにPCからスピーカーが外されてしまっており、ファイルが再生されたにもかかわらず、それを聴くことができない状態になっていたのだった。また、藤井綾香はテキストデータも用意していたが、こちらは何者かによって削除されてしまっていた。西乃はこの経緯を説明するとともに、瑠璃垣を追いつめようとしていたのが慶永裕美であり、彼女は実は藤井の妹であることを明らかにする。慶永は瑠璃垣が姉を自殺に追い込んだと考えていたため、テキストデータを削除した上で、あたかも藤井の霊が書き込んだかのように、掲示板のメッセージを偽装していたのだった。西乃がこれらの状況を明らかにし、藤井が遺した曲の解釈を伝えると、瑠璃垣は自殺を思いとどまるのであった。

最終話が興味深いのは、西乃がいったんは推理行為をしないことを宣言するにもかかわらず、結果的には第三話までとあまり変わらないような行動をとっていることである。西乃は集めた手がかりから藤井にまつわる事件を推理し、彼女が残した楽曲をマジック的な演出をつけて瑠璃垣に伝え、自殺を思いとどまらせた。一見すると第二節で確認した本作の基本的なパターンが踏襲されているように思われる。しかし実際には、西乃はそれまでに見られなかったいくつかの工夫を施している。

たとえば、西乃は推理を披露するにあたって何度かエクスキューズを入れている。「わたしなんかの話に付き合う必要はありませんけれど、どうかこの曲だけは最後まで聴いてください」「もうすぐメヌエットに入るので、お話をしても構いませんか」(以上、二九三頁)、「これから話すことはすべて私の想像です。間違いがあったら、どうか訂正してください」(二九四頁)などの発言がそれにあたる。また、推理の最中に瑠璃垣に「あなたになにがわかるっていうの……」と反論されると、「わたしにはなにもわかりません」(二九五頁)と答えている。このような酉乃の発言は、自分の行為が「上から目線」であると周囲に認識されることを回避するためのものである。要するに、彼女は前回の失敗を踏まえて、慎重に予防線を張りながら推理行為を行おうとしているのである。

これに加えて、酉乃は推理のあとで「なにもできなかった。全部、綾香さんが遺してくれた曲のおかげだった」(三一一頁)と語っている。ここからわかるのは、少なくとも酉乃の意識としては、酉乃が自分の考えや提案を瑠璃垣に伝えたのではなく、藤井綾香が遺したメッセージを「復元」したにすぎないと考えていることである。このことと先述したエクスキューズの多用を考え合わせれば、酉乃は自らを藤井の代弁者として位置づけ、推理行為の主体として解釈されることを徹底的に避けようとしていることがわかるだろう。

この点について、ミステリ評論家の小田牧夫は次のように評価している。

ここに、推理で客観的事実を示すだけでは到達できなかった、他者を救済するための新しい手段がある。〔……〕酉乃はメッセージの喪失が起きた仕組みをただ理解するだけではなく、それを本来あるべき姿へと回復した。その回復したメッセージそのものに酉乃自身の価値観は含まれていない。第三短編では自身の経験に基づき忠告をしようとし、相対的価値観に拒否された。しかしこの最終短編では、失われていたメッセージをみつけだし伝えたからこそ、犯人はそれを受け容れることができた(15)。

小田のここでの分析は本稿の論点と共鳴する。ここまで検討してきたように、確かに酉乃は第三話での失敗を踏まえて、最終話ではメッセージの「復元」に徹した。そして小田が指摘する通り、「その回復したメッセージそのものに酉乃自身の価値観は含まれていない」。この点についての分析は妥当である。ただし、この検討から外れている要素もある。それは端的にいえば、メッセージ以外の要素である。

八　言説としての推理

藤井が遺した音楽の解釈には曖昧さが残る。もともと、彼女が意図していたのは、〈律儀なあなたはベータ・テスタ〉とテキストデータが学校のPCを介して瑠璃垣に届けられることだった。楽曲には歌詞はなかったが、テキストデータの内容によっては、どのような意図で藤井がこれを届けようとしたのかが明確になる可能性は残される。しかし、実際にはテキストデータは削除され、瑠璃垣に届けられたのは楽曲のみであった。さらに、楽曲が伝達されたときの状況も全く違っている。藤井にとって、瑠璃垣が学校の屋上で今まさに自殺をしようとする瞬間に、校内放送によって楽曲のみが届けられるなどということは想定外であった。すなわち、最終話では、部分的なメッセージが、発信者が想定しなかった形で届けられたのである。いうまでもなく、メッセージの解釈は具体的なコンテクストに依存する。メッセージをそのまま送り届けることはできても、それを言説として厳密に「復元」することは不可能である。この意味で、酉乃は藤井綾香のメッセージを「復元」したわけではない。ここに解釈の隙間が生まれる。

藤井綾香は生前、次のように語っていたという。

「この世界は、製品になる前、未完成のベータバージョンで、あたし達はその世界に生まれてきちゃったんだってさ」

〔……〕

「あたし達は、この世界で過ごして、不具合を見つけたら神様に報告するユーザーなんだって言ってた。そして、いつかは神様がカンペキな世界を作ってくれるんだって……」(二五〇頁)

このような藤井綾香の思考を踏まえると、〈律儀なあなたばベータ・テスタ〉には別の解釈の可能性があったことが想定できる。「ベータ・テスタ」であることに「律儀」であるならば、不具合を見つけた瑠璃垣は「神様に報告」しなければならない。そう解釈するなら、この楽曲は瑠璃垣に死を促していると考えることもできてしまう。その場合、須川が語るポジティブな曲調は、「ベータ・テスタ」としての役割を「律儀」に全うしたことを祝うエンディングテーマに反転することになるだろう。

もちろん、瑠璃垣が自殺を思いとどまったという結果からすれば、瑠璃垣にとって、酉乃や須川が語るような解釈の方が説得力があったのは確かである。しかし、藤井綾香の遺したタイトルと楽曲にそのような見方を許す解釈の隙間があったことを見逃すべきではない。ここで問わなければならないのは、何が悲観的な解釈の可能性を縮減させているかということである。

小田が指摘する通り、酉乃が「復元」したメッセージそのものには彼女の価値観は込められていない。しかし、藤井綾香のメッセージを「復元」し、それにマジック的な演出をつけて自殺の寸前に瑠璃垣に伝えるという行為そのものが酉乃の価値観を伝えている。すなわち、藤井のメッセージは回復されるべきものであり、瑠璃垣に伝えられるべき重要なものであるという価値観である。

確かに酉乃は「もともとあったメッセージがどんなものだったのか、わたしにはわかりません。メッセージはもしかしたらなかったのかもしれない」(三〇六頁)と、藤井の遺したメッセージの内容が確定不能であることを認めている。しかし、酉乃の行動はそのメッセージがポジティブなものであることを前提としている。この酉乃の行動によって、登場人物たちや読者はメッセージをポジティブに解釈するよう誘導されるのである。

このように酉乃は極力直接的な表現を避け、自らの考えを押しつけないふりをしながら、きわめて巧妙にメッセージの解釈をコントロールしている。しかも、どうやら自らが解釈をコントロールしたことには無自覚である。ここには、「空気」を読んで前面に出ることを避けようとしながら、その実、裏側から事件の様相をコントロールする探偵の姿が看取できる。『午前零時のサンドリヨン』には、確かに複雑なトリックは用いられてはいない。しかし、探偵の推理行為に注目すると、きわめて複雑な力学が描き込まれていることがわかる。このことは、学校空間にアジャストした「日常の謎」を分析するには、推理そのものの正しさだけでなく、具体的な状況に対応した推理行為のパフォーマティブな効果にも注目する必要があることを示唆するだろう。(16)

九　おわりに——死者の代弁者たち

あらためて振り返ってみれば、藤井をめぐる事件の関係者の多くは、何かしらの形で彼女の「代弁」をしていることに気づく。具体的にいえば、飯倉は藤井の名前を使って「占い」をしていた。また、慶永も藤井の名前で掲示板に書き込みをしていた。

もちろん、本格ミステリにおいて登場人物が死者の「代弁」をすることは珍しいことではない。一般的な本格ミステリでは殺人事件の謎が主として描かれる以上、死者が何を考えていたのかは重要なポイントとなる。

しかし、『午前零時のサンドリヨン』において、登場人物たちが死者の「代弁」をする理由はそれだけにとどまらない。学校空間を支配する「空気」への対応策として、彼女らは「代弁」することを選択しているのである。慶永の行動はその最たるものだ。彼女はいじめの相談を瑠璃垣に持ちかける一方で、ネット上では藤井の名前を騙って瑠璃垣を追いつめる書き込みをしていた。自分が前面に出ることを避けつつ、藤井の「代弁」をすることによって自らの意志を伝えようとするという意識は彼女にも見て取れる。

同様の意識は、須川の語りにも表れている。事件の終盤、酉乃が「ただ、綾香さんが本当に伝えたかったのは、この曲です。これが、彼女の本当の気持ちなんです」と語ったあと、地の文では次のように続けられる。

世界って、綺麗だね。
もっとカンペキな世界だったらいいのに。
それでも、あたしはこの世界がけっこう好きだったよ。
あなたにはもっとそこで生きていて欲しい。
そうして、もし次の世界が創られたら、そこでいっしょに音楽を奏でよう。
そのとき、あたしは十二月の二十五日に、また生まれたいなぁ。（三〇六〜三〇七頁）

本作が須川を視点人物とする一人称で記述されることを考えれば、この記述も須川の語りとして捉えなければならない。しかし、ここに書かれている内容は、「あたし」＝藤井のメッセージと受けとるべきものであり、須川には本来知りえないものである。もちろん、この部分のみ藤井の語りが紛れ込んだと解釈することも可能だろうが、語りの整合性を重視するならば、須川が藤井の内面を「代弁」していると捉えた方が自然だろう。そしてその場合、須川が酉乃の推理にとって都合のよいメッセージを「捏造」し、読者の解釈をコントロールしようとしている可能性が残存する。須川の語りによって読者もまた、「代弁」のポリティクスに巻き込まれるのである。

付記　本稿は二〇一五年三月一四日に行われた日本近代文学会北海道支部例会での口頭発表「〈日常の謎〉をこじらせる——相沢沙呼『午前零時のサンドリヨン』」を、会場での討議を踏まえて大幅に加筆・修正を加え、文章化したものである。会場で大変貴重なご意見、ご質問をくださった方々に深く感謝したい。

（1）『秋の花』では高校生の墜死事件が扱われる。
（2）権田萬治・新保博久編『日本ミステリー事典』二〇〇〇年、新潮選書。
（3）本稿に挙げたのは、「日常の謎」を比較的多く発表している作家たちであるが、彼らが発表する作品すべてが「日常の謎」というわけではない。北村薫『盤上の敵』（一九九九年）のように、「日常の謎」には含まれない作例もある。また反対に、青崎有吾『風ヶ丘五十円玉祭りの謎』（二〇一四年）のように、殺人事件の謎をメインに作品を書いていたシリーズでも、散発的に「日常の謎」を発表する例もある。
（4）二〇一四年から二〇一六年にかけて、富士見L文庫、新潮文庫nex、講談社タイガ、ノベルゼロなどの、いわゆる「ライト文芸」レーベルが立ち上げられたのもこの動きの中に位置づけられる。「ライト文芸」領域については、飯田一史『ウェブ小説の衝撃——ネット発ヒットコンテンツのしくみ』（二〇一六年、筑摩書房）

に詳しい。
(5) 山田正紀「第十九回鮎川哲也賞選評」相沢沙呼『午前零時のサンドリヨン』二〇〇九年、東京創元社、三三一頁。
(6) 推理行為の倫理性という観点からは、九〇年代から本格ミステリジャンル内で盛んに議論されるようになった、いわゆる「後期クイーン的問題」とのつながりも見出せる。ただし、この問題の端緒となった法月綸太郎「初期クイーン論」(『現代思想』一九九五年二月)では、探偵の倫理性については言及しておらず、あくまで問題の派生形である点には留意が必要である。
(7) 巽昌章『論理の蜘蛛の巣の中で』二〇〇六年、講談社、二六五頁。
(8) 海老原豊も、米澤穂信『愚者のエンドロール』(二〇〇二年)を分析し、探偵役が解く必要のない謎を解いていると指摘している(海老原豊「終わりなき「日常の謎」――米澤穂信の空気を読む推理的ゾンビ」限界研編『21世紀探偵小説――ポスト新本格と論理の崩壊』二〇一二年、南雲堂)。
(9) 学校を舞台にした「日常の謎」では、謎解きに積極的でない探偵がしばしば登場する。〈古典部〉シリーズの折木奉太郎、米澤穂信〈小市民〉シリーズの小鳩常悟朗、瀬川コウ〈謎好き乙女〉シリーズ(二〇一四〜二〇一六年)の矢斗春一らはその典型である。このようなキャラクター造形については拙稿「「日常の謎」と隠密――瀬川コウ『謎好き乙女と奪われた青春』論」(『層――映像と表現』九号、二〇一六年九月)で論じた。
(10) この点から、本格ミステリにおける学園ものの流行はライトノベルの展開と併せて考える必要があることが指摘できる。またその際、探偵役のキャラクター造形として、中西新太郎が『シャカイ系の想像力』(二〇一一年、岩波書店)で指摘するような、韜晦する語りをするキャラクターについても検討する必要があるだろう。
(11) ただし、これらのシリーズ作品すべてが「日常の謎」ではなく、部分的に犯罪行為が描かれるなどするものもある。
(12) 土井隆義「変容する仲間集団の光と影――いじめ問題を正しく把握するために」『こころの科学』二〇一

三年七月。

(13) なお、〈にわか高校生探偵団の事件簿〉シリーズは、第二作『さよならの次に来る』(二〇〇九年)において探偵役の伊神恒が高校を卒業し、大学生になる。

(14) この問題系を描いた他の注目作としては、宮部みゆき『ソロモンの偽証』(二〇一二年)が挙げられる。本作は「日常の謎」ではないが、事件の謎解きよりも、中学校の生徒がいかにして他の生徒を裁く場を構築するか、また、その場において発言することの効果とは何かといったことが眼目になっており、『午前零時のサンドリヨン』の問題意識と共通性を感じさせる。これについては別稿で論じる。

(15) 小田牧夫「虚ろの騎士と状況の檻」探偵小説研究会編著『CRITICA』vol. 5、二〇一〇年八月。

(16) 海老原豊は前掲「終わりなき「日常の謎」——米澤穂信の空気を読む推理的ゾンビ」で、「日常の謎」における「空気」について分析し、「観察者がリテラシーを、探偵が論理を行使することで、空気を共有する中間共同体の境界を再画定することができる」(三一〇頁)と述べているが、この分析は『午前零時のサンドリヨン』にも適用可能である。

検索型からポストヒューマンへ
――メディア環境から見た一〇年代本格ミステリのゆくえ

渡邉大輔

一　メディア技術の発達がもたらす本格ミステリのジャンル的変容

本章では、主に二〇一〇年代以降に発表された現代日本の本格ミステリ小説(探偵小説)を題材にして、ミステリ評論やメディア文化論、そして現代思想的な知見も適宜参照しながら、今日の本格ミステリ＝探偵小説の、それまでには見られない新たな物語展開や謎解きの様式をおおまかに炙り出すことを目的とする。より具体的には、現代のミステリ評論の一部では、ここ二〇年ほどの間、今日の情報通信メディア技術(ＩＣＴ)の飛躍的な発達に伴った社会・文化のあり方、および人びとのリアリティの変化に着目し、そうしたメディア／テクノロジー的想像力がミステリ小説の持つ構造や様式に変容を迫っていることを問題としてきた。本章では、そうした文脈を踏まえながら、およそ二〇一〇年代半ば以降に見られるミステリ小説のある固有の兆候的主題や表現を、「ポストヒューマン(post human)」や「オブジェクト指向(object-oriented)」といった術語で試論的に素描してみたい。

それではまず、議論の前提をいくつか簡単に確認しておこう。知られるように、とりわけ二一世紀に入って以降、急速に拡大を続ける情報コンピュータ技術の社会的普及は、さまざまな文化表現やコンテンツのありようにも大きな変質をもたらしている。そこでは二〇世紀までには存在しなかった多種多様なディジタルデバイスやアーキテクチャが陸続と出現し、それらは現代社会に全く新しい文学表象や文化的想像力を大規模に、そして多様に育みつつある。たとえばミステリ小説の分野においても、いみじくもネットの普及とほぼ同時期にコンピュータプログラムをトリックに用いた『すべてがFになる』(一九九六年)で衝撃的にデビューし、「理系ミステリ」とも称された森博嗣の一連の作品群に象徴されるように、そうした先端的な情報環境を物語世界やトリック、謎解きに導入した作品が次第に現れ始めた。もとより、近代的な本格ミステリ＝探偵小説の始原にあるエドガー・アラン・ポーや江戸川乱歩が『盗まれた手紙』(一八四五年)や『二銭銅貨』(一九二三年)から出発したように、本格ミステリと「メディア」の問題は、切り離せないものがある。そして、森と同様な情報ネットワーク(的なもの)をガジェットやモティーフとして積極的に作品世界に取り入れた本格ミステリは、「ゼロ年代」以降のいわゆる「メフィスト系」「ファウスト系」、あるいは一部では「脱格系」や「壊格系」とも区分された「ポスト新本格」世代の若手作家たちによっても広く手掛けられていった。[1]

いずれにせよ、これまでにもすでに複数の論者たちが論じてきたように、彼らの作品群は、いわゆる「謎とその論理的解明」や「名探偵―読者間のフェアプレイ」といったかつての二〇世紀的な本格ミステリ＝探偵小説のジャンル的規範（「本格の本格性」？）に照らすと、総じてラディカルな変容を示していた。すなわち、それらのミステリ小説においては、かつての本格ミステリ＝探偵小説を枠づけていた形式性や論理性――本格ミステリにおける「大文字の秩序」が軒並み機能不全を起こしており、代わって全く新しいポストモダン的な「論理性」や謎解きに対するリアリティが描かれていたのである。そして繰り返すように、それはほかならぬ同時代の情報技術の発達とも無関係ではなかった。

二　ゼロ年代における「検索型ミステリ」の台頭

ともあれ、主にゼロ年代を通じて、現代の本格ミステリのジャンル的変容を同時代の情報メディア環境の発達との関わりから考えるときにまず注目されたのは、早くもゼロ年代の初頭に円堂都司昭が先駆的に注目していたような、「ＰＯＳシステム」（販売時点情報管理システム）に象徴される情報ネットワーク上のデータベースと情報検索システムの台頭であった。[2] 当時においても、情報ポータルをはじめとするそれらアーキテクチャは、いうまでもなく――まさにGoogleの有名なミッション・ステートメントが述べるごとく――「世界中の情報を整理し、それらを世界中からアクセスできて使えるようにすること(to organize the world's information and make it universally accessible and useful)」を着々と実現しつつあった。こうした新たな情報処理の様式は、当然ながら、私たちの日常生活における思考や世界認識の慣習を根本的に書き替えてしまう。たとえば、その様相はすでに過去の拙論でも引用したが、笠井潔の二〇〇〇年代半ばの以下の発言にもっとも端的に要約されているものだろう。

> 〔脱格系のようなミステリ小説は〕若い新人に探偵小説の知識やセンスが欠けているため、本格形式に対応できないのではなく、むしろ本格形式のほうが若い世代に、あるいは二一世紀的なリアルに対応できていないのではないか。〔……〕
>
> どこかに行きたい時、われわれは近道を考えますよね。ところが時間が無限であれば、そんなことをわざわざ考える必要はない。適当に歩いていれば適当に目的地に辿りつくわけだから。ケータイがあればワンタッチで道案内までしてくれる。時間も含めて個人が処分できる資源の総量が、象徴的にはインターネットとケータイによって爆発的に増加した。その結果、どこかに行く時、近道を探すという頭の使い方をする必要がなくなってきた。〔……〕これはわかりやすい例に過ぎませんが、人間の思考に影響を与える情報環境が九〇年代以降、急速に変容してきたことは確実です。

（笠井潔・巽昌章・法月綸太郎「探偵小説批評の一〇年――花園大学公開講座」笠井潔『探偵小説と叙述トリック――ミネルヴァの梟は黄昏に飛びたつか？』二〇一一年、東京創元社、二九六頁、〔 〕内および傍点引用者）

ここで笠井が例に出すのは携帯端末内蔵のGPSだが、同様にたとえば、イギリスBBC制作の連続テレビドラマ『SHERLOCK』*Sherlock*（二〇一〇、一二、一四、一七年）に登場するシャーロック・ホームズ（ベネディクト・カンバーバッチ）がノートPCやスマートフォン、タブレットなどの携帯端末、インターネットの検索エンジン、ブログやTwitterなどのソーシャルメディアを縦横に駆使して事件を解決していくように、今日の情報社会に生きる名探偵たちはもはや「神」のごとき特権的な知＝真実の所有者ではない[3]。彼らはもはや、自らの頭脳（知性）の外部にあるさまざまな情報環境を前提として、自らの思考や推理のある種の「中抜き」や「省略」――ハーバート・A・サイモン風にいえば、推理の「準分解可能性 nearly decomposability」――の作業や、推理の「集合知化（創発化）」を自明のスタイルとしつつあるわけだ。

何にせよ、以上のような先行者の仕事や発言を受ける形で、筆者はこれまで同様の問いをいくつかの論文にまとめて発表してきた[4]。そして、筆者は現代のミステリ小説の一部に見られる、「謎解き」をめぐる情報処理の、これまでにはない新しい様式を指して、「検索型ミステリ」と名づけた。

これまでの議論の確認の意味合いも含めて、その概要を過去の拙論から以下に引用しておこう。

〔註：検索型ミステリ〕が象徴しているのは、いうなれば事件の推理のプロセスを細かく腑分けし、その一部をさまざまな外部の情報処理システムに肩代わり（アウトソーシング）させている名探偵の姿である。

誰もが知るように、今日、わたしたちの眼の前には、膨大なビッグ・データの大海と情報検索システムが広がっている。そうした状況では当然ながら、かつての本格ミステリのように、全知の象徴としての「名探偵」が物語世界のメタレヴェルから事件の全体像を特権的に鳥瞰し、そこから唯一の「真相」をいい当てるという枠組みはもはやほとんどリアリティをもちえなくなっている。代わって台頭するのは、あたかも「検索的retrieval」とも呼びうるような、種々の情報検索技術のしくみや、システム理論や自己組織化などの現代の知的潮流の枠組みになぞらえられる、新たな推理のスタイルだ。

それは第一に、名探偵の推理プロセスに、もろもろの事象（事件）のはらむ複雑さや多義性を適度にパターン化／シミュレーション化／階層化し、扱いやすく「縮減」（省略）してくれるさまざまな外部システムの力を借りること。あるいは第二に、物事の真相解明や社会の秩序形成のプロセスを、あちこちにちらばった膨大な部分要素や局所的なシステムが絶え間ない相互作用を繰りかえすことで、相対的・確率的な解をボトムアップ式にえるものとしてみなすことだとまとめられるだろう。

ともかく、かつてであれば、常人の能力を超える知識力と観察力と推理力を兼ね備えた名探偵が、たったひとりでその飛び抜けた頭脳だけを用いて解決に導いてきた難事件は、いまや無数の外部環境によって、その「頭脳」の一部をことごとく肩代わり(外在化)されていくというのが重要なわけだ。

(拙稿「情報化時代のミステリと映像――『SHERLOCK』に見るメディア表象の現在」『ユリイカ』八月臨時増刊号、二〇一四年、青土社、一〇八～一〇九頁)

ともあれ、こうした「検索的」な現代ミステリとそれを取り巻く諸状況については、現在に至るまで、ミステリ評論の内部ではさまざまな重要な考察や検討がなされてきている[5]。とはいえ、本章の論旨から重要なのは、筆者の考える検索型ミステリとは、むろんネットをはじめとする情報環境からの影響が大きな要素を占めつつも、その本質とするところは、さしあたり直接的な情報環境やディジタルデバイスの登場の有無に限らないという点である。いいかえれば、それらはミステリの謎解き物語において、情報や推理の検索エンジンを思わせる論理的推論のプロセスの「縮減」を担ったり、それに類比される物語的リアリティを描いているという点が重要なのだ。したがって、かつて例に挙げたように、『SHERLOCK』や矢野龍王の『極限密室コロシアム』(二〇〇四年)、あるいは歌野晶午の『密室殺人ゲーム・マニアックス』(二〇一一年)といった検索デバイスが直接的に登場したり、ネット空間を舞台とする作品だけでなく、京極夏彦の〈京極堂〉シリーズ(一九九四年～)

や、天祢涼の〈美夜〉シリーズ(二〇一〇年～)などもまた、そうした検索型ミステリに含まれるだろう。後二者の作品群に登場する榎木津礼次郎、音宮美夜といった異形の名探偵たちは、それぞれ超常的な能力や特殊な感覚を備えており、その力を駆使して事件を推理する。とりわけ天祢の描く名探偵・美夜は、「殺意を抱いている人間の声」自体が見えてしまう。こうした名探偵の推理に依らない特殊能力は、まさに検索エンジンの中抜き作業に類比的な設定だろう。ちなみに他方で、このようないわば「名探偵の超人化」――ネット用語風にいえば「俺TUEEEEE化」――の傾向は、二〇一〇年代以降も基本的にはよりインフレ化の方向に向かっているといってよい。たとえば、まさに検索エンジンが擬人化したかのような名探偵・凜田莉子が活躍する松岡圭祐の〈Qシリーズ〉(二〇一〇年～)、名探偵の遺伝子を先天的に備えた「保有者」と呼ばれる人々が事件を解決に導く似鳥鶏の〈御子柴シリーズ〉(二〇一五年～)、また、ひとの言葉の真偽を判別できてしまう能力を持つ名探偵・本多唯花が活躍する古野まほろの〈臨床真実士ユイカシリーズ〉(二〇一六年～)……などなど、同種の作品は枚挙に暇がない(6)。

ともあれ、これらの諸作品の設定は明らかに、通常の場合の推理のプロセスの一部を極度に「中抜き」してしまっている。形式だけとれば、ここでの美夜の特殊能力(共感覚)やユイカの「障害」と、ホームズたちの駆使する情報技術は大差ない。いわば京極や天祢、松岡らのミステリでは、「探偵役の検索エンジン化」が巧みにキャラクター造型の面で施されているわけだ。

三 「オブジェクト指向」の本格ミステリへ？

さて、以上のように、おおよそゼロ年代、そして二〇一〇年代の初頭頃まで、こうした一連の検索型ミステリと呼びうる作品群が現代本格ミステリの重要な一角を占めていたというのが、当時の筆者の批評的な見立てであった。ところが、さらにここ数年の注目すべき作品をいくつか通覧してみると、その内実が今また新たな局面へと決定的に移行しているようにも思われるのだ。しかも、そのジャンル的変質の一端には、やはり先の検索型ミステリの場合と同様、現代のメディア環境の変遷が深く関わっている。どういうことか。

それでは、そうした現代ミステリのごく近年の変化の要点をいくつか挙げていこう。まず第一に、そもそも検索型ミステリというコンセプト自体がこの間に批評的な新味を失うほど、いわば「浸透と拡散」の時期を迎え、ごく一般的な風景と化してしまったというある種当然の経緯があるだろう。一〇年代半ばに一田和樹らによって提起された「サイバーミステリ」という用語の登場にも象徴されるように、いまや情報空間を舞台にしたり、各種アーキテクチャやデバイスをミステリの犯罪や謎解きに利用するというアイディアは全く珍しくなくなった。たとえば、菅原和也の『ブラッド・アンド・チョコレート』（二〇一六年）の中でも、主人公たちがいたるところに設置されている監視カメラの記録から登場人物のアリバイを即座に割り出す様子が描かれる。そして、「今の時代、探偵だって、わからないことがあればネットで調べればいいのだ！〔……〕現代においては、ネット上の検索エンジンとフリー百科事典がその役割を一部肩代わりしてくれるらしい。もしかしたら、匿名掲示板に事件の概要を書き込めば、匿名の集団が名探偵の代わりに事件を解決してくれるかもしれない。素晴らしき科学の恩恵」（菅原和也『ブラッド・アンド・チョコレート』二〇一六年、東京創元社、一四四～一四五頁）と、あたかも『SHERLOCK』の世界観をなぞるようなシニカルな感慨も漏らされる。または第二に、こうした脱格系／壊格系的なミステリが氾濫していく中で、一部の若い世代の作家を中心に一種のバックラッシュとしての「端正な本格」を志向する流れが出てきたことも注目しておくべきだろう。それはたとえば、〈裏染天馬シリーズ〉（二〇一二年～）の青崎有吾などが典型的な書き手だろうか（とはいえ、彼にも「青春ミステリ」という側面でファウスト系的な感性が流れ込んでいるということはできる）。

だが、本章でより注目したいのは、これらの動向とも関連するものの、よりメディア決定論的な文脈から捉えるべき第三のフェーズである。たとえば、その一端がうかがえる作品として、ここでは早坂吝の近作『ドローン探偵と世界の終わりの館』（二〇一七年）、そして第一四回本格ミステリ大賞を受賞した森川智喜の『スノーホワイト』（二〇一三年）を挙げておこう。まず、より問題を直接的に主題化している作品として早坂のミステリがある。この長編では題名に掲げられている通り、主人公の飛鷹六騎は自律型無人航空機、いわゆる「ドローン」を複数操りながら事件を解決する「ドローン探偵」として設定されている。北欧神話をモティーフに組み立てられた本作では、それぞれ

「Hel」「Fenrir」「Jörmungandr」と名前がつけられたＡＩ搭載のドローンたちが、飛鷹とあたかも人間の友人のように自律的に会話を交わしながら、彼の手足や眼の代理となって、ポケットの中に収まったり、あるいは遠方の事件現場を周遊したりしながら彼と協働して推理を働かせる。ここには近作の「人工知能探偵ＡＩのリアル・ディープラーニング」(二〇一七年から連載中)なども含まれるが、本作以外にも早坂は近年、盛んに社会的注目を浴びつつある新世代の情報通信テクノロジーを率先してミステリのガジェットとして導入している。この作品が(物理トリックだと見せかける)奇抜な「トリック当て」ミステリとして仕掛けられているのも、逆にいえば、ドローンのような物理的なガジェットの存在感が社会的にも広く高まってきていることと表裏一体だといえるだろう。

さらに、この点を踏まえると続く森川の『スノーホワイト』のさまざまな設定も、その文脈をより鮮明にすることができるはずだ。『スノーホワイト』は、『キャットフード』(二〇一〇年)から始まる〈三途川理シリーズ〉の第二作である。本作の主人公＝名探偵役である少女の私立探偵・襟音ママエは、実は彼女自身に特別な推理能力があるわけではない。彼女に代わって推理をするのは、彼女が持っている〈何でも知ることのできる鏡〉の方である。ママエが不可思議な呪文を唱え、知りたいことを掌サイズの鏡に聞くだけで鏡が事件に関する情報や真相を瞬時に教えてくれるのだ。

こうした『スノーホワイト』の趣向について、たとえば法月綸太郎は本作の文庫版巻末解説の中で、いわば「推理によって真相を見いだすのではなく、真相から逆算してありうべき推理を導くあべこべの発想」に注目し(こうしたスタンスは本作の二年前にやはり本格ミステリ大賞を受賞した城平京の『虚構推理　鋼人七瀬』(二〇一一年)にも共通するものだったが)、さらにそれを踏まえつつ、本作の持つ「新しさ」が、まさに「グーグルや集合知、SNSの普及といった情報環境の変化に伴う「知」のパラダイムシフトに対して、現代本格はどのように向き合っていくべきか」(法月綸太郎「解説」森川智喜『スノーホワイト』二〇一四年、講談社文庫、三七五〜三八〇頁)という問いかけにあったと記している。この法月の指摘からももはや明らかなように、『スノーホワイト』において森川が登場させる〈何でも知ることのできる鏡〉もまた、早坂の小説のドローンと同様、たとえばSiriのような人工知能(AI)が搭載されたスマートフォン(iPhone)などの現代的なガジェットのごくわかりやすい隠喩として理解しうるものである。

何にせよ、こうした趣向や設定は、ここ数年のメディア社会の変化を如実に反映するものだ。よく知られるように、とりわけ二〇一〇年代の半ば頃から、情報通信技術のうち、サイボーグ技術やAIの飛躍的発達が至るところで喧伝されるようになった。いわゆる「ディープラーニング」と呼ばれる新たな多層ニューラルネットワークによる機械学習の開発に成功したAI技術は、Apple Watchをはじめとする種々のウェアラブルデバイスやブレイン・マシン・インターフェース、さらにSiriやbot、スマートスピーカー、ドローンのようなロボット技術、WiMAXネットワーク、Wi-Fi、RFIDタグ……などなどの新たなテクノロジーを私たちの日常空間に日増しにもたらしている。時に「ポストヒューマン」とも呼ばれる、以上の工学的状況にあって重要なのは、第一にそれ以前から検索型ミステリも描いていたような、人間＝主体と機械＝客体の認知的な相互干渉のよりいっそうの緊密化であり、また第二に、ややもすれば機械＝客体の方こそが人間＝主体の知能の領分を肩代わりし、自律的・能動的に介入していくような局面の到来であるだろう。ユビキタス・コンピューティングの精緻化がもたらす、いわゆる「モノのインターネット（Internet of Things）」（ＩｏＴ）と呼ばれる環境は、そうした長らく人間に対して従属的な位置を占めていた有象無象の「モノ」たちが人間の圏域に自律的かつ能動的に介入し、人間の存在論的なポジションさえ脅かしていくような状況（レイ・カーツワイルのいわゆる「シンギュラリティ」）を急速に実装化している。

　いずれにせよ、ここ最近の『ドローン探偵』や『スノーホワイト』が描くミステリ世界とは、まさにこうした現実の状況（ＩｏＴ社会）そのものの反映である。『ドローン探偵』の飛鷹は作中で、「自分もただのドローンを人間と同格に扱わなければならない。／探検部員たちの命も大切だ。だがHelや他のドローンの命も同じくらい大切なのだ」（早坂吝『ドローン探偵と世界の終わりの館』二〇一七年、文藝春秋、一二四頁、傍点原文）と自らに語りかけるのだが、この彼の認識も右の状況を正確に反復しているといってよい。

　あらためて要点を整理し直せば、むろん検索型ミステリの時代の作品でもすでに、名探偵＝主体の推理能力が無数の情報環境に外在化＝アウトソーシングされていた。とはいえ、それらはいまだ名探偵＝主体の側がほぼ優位的に情報環境＝客体の方を操作＝検索するものであった。しかし、ポストヒューマンやＩｏＴ時代の情報環境とは、もはや主体の担うイニシアティヴは相対的に希薄なものとなり、むしろ「推理の主体」は情報環境＝オブジェクトの方に移り変わりつつありさえするだろう。的確に検索する術もわからないほど全く頼りない探偵役と、瞬時に情報や真実を提示する鏡の対比を描く『スノーホワイト』は、まさにこうした状況の戯画そのものに見える。

　したがって、たとえばもし先の文章で法月が見逃しているポイントがあるとすれば、それは『スノーホワイト』のトリック的趣向の要点が、中心的なガジェットとしての〈何でも知ることのできる鏡〉の含んでいる検索型エンジン的側面だけでなく、まさにそのモノ＝オブジェクトとしての性質をも同時に照射している事実ではないか。なぜならば、『スノーホワイト』の物語のクライマックスでは、鏡をママエの手から奪おうとする名探偵・三途川理が、鏡をある種の物理トリックのガジェットとして――つまり鏡の性能を事件の真相を知らせるツールとしてだけでなく、「変声機」や「光と音を自在に放つこと」で建造物を丸ごと破壊するような「爆弾」としても扱うからである(7)。ここで、鏡は検索エンジンではなく、よりザッハリッヒなモノ自体としての側面がことさら強調されているといってよい。

　いずれにせよ、二〇一〇年代末から二〇二〇年代にかけてのＩｏＴ社会が、「ヒトとモノ＝情報環境」（だけ）でなく、「モノ＝情報環境とモノ＝情報環境とが自律的・能動的にコミュニケーションする社会」になることはほぼ確実である。そして、その中で現れつつあるのが、おそらくは「モノ＝情報環境が前景化する本格ミステリ」とでも呼びうる固有の趣向なのだ。たとえばより論点を抽象化して言い直せば、近年よく知られつつあるように、従来組み立てられてきた人間＝主体中心の世界観や存在論ではなく、こうした人間＝主体とモノ＝客体の相互干渉、ないしはある側面ではむしろモノ＝客体中心の世界観や存在論をすら標榜する哲学的動向が英語圏を中心とした現代思想の動向でゼロ年代の後半から台頭しつつある事実がある。それらはたとえば、クァンタン・メイヤスーらが主導する「思弁的実在論（Speculative Realism）」（SR）や、グレアム・ハーマンらの提唱する「オブジェクト指向の存在論（Object-Oriented Ontology）」（OOO）といった潮流である。

おおよそ新本格第二世代と同世代にあたるこれらの哲学者たちの言説において大枠で共通しているのは、まさに人間＝主体の思考や知覚から絶対的に隔絶したモノ＝実在自体の挙動への繊細にして鋭敏な眼差しにほかならない。とりわけハーマンらの標榜するOOOは、プラスチックから砂丘、空気ポンプまで、複数のモノ＝オブジェクトたちの持つ潜在的な個体性・自律性・能動性や、それらモノとモノ、そしてモノとヒトとの精妙な相互干渉の局面に光を当てようと試みている。ハーマンは、そうした多様な個的存在＝モノたちがヒトや他のモノとの表層的な関係を取り結ぶ一方で、それらはいかなる相関関係によっても絶対に汲み尽くしえず、複数性を保持したまま、各自が「プライベート」に隠れ合っているとさえ主張している（Graham Harman, "Brief SR/OOO Tutorial (2010)", *Bells and Whistles: More Speculative Realism*, Zero Books, 2013, p. 7）。こうした、彼が「実在的オブジェクト」や「モノのプライヴァシー」と呼ぶ、互いに孤絶した特異なモノたちの状態こそ、まさしく主体＝名探偵の介入からは徹底的に隔たって、勝手に推理を進めていく『ドローン探偵』のドローンたちや『スノーホワイト』の「モノとしての鏡」そのものなのである。いってみれば、これらはまさに「オブジェクト指向の本格ミステリ」と呼ぶべき新たな手触りを持った作品群なのだ。

四　「推理」が消失する地平

そしてさらに最後に、こうした二〇一〇年代以降の「オブジェクト指向の本格ミステリ」がもたらす、また別の側面も照射しておこう。そして、実はそれは「本格ミステリ＝探偵小説」というジャンルが本来備えていた本質をよりラディカルに相対化してしまう可能性をも秘めているのだ。

それを端的に示す作品が、『その可能性はすでに考えた』（二〇一五年）から始まる井上真偽の〈上苙丞シリーズ〉である。このシリーズは本格ミステリとしての一般的な理解では、いわゆる「多重解決もの」や「推理バトルもの」と呼ばれるスタイルに区分される作品である。たとえば、第一作は外部から隔絶したオウム真理教を思わせるカルト宗教団体の村で起きた集団自殺事件、また第二作の『聖女の毒杯――その可能性はすでに考えた』（二〇一六年）では、聖女伝説が伝わる地方で結婚式の最中に発生した親族たちの毒殺事件が物語の舞台となる。主人公の名探偵・上苙丞は、それぞれ事件の真相をめぐって自らの推理を披露していく複数の登場人物たちの論理を次々と論駁していく。こうした多重解決もの＝推理バトルものは、深水黎一郎の『ミステリ・アリーナ』（二〇一五年）などを筆頭に、二〇一〇年代日本ミステリのトレンドの一つでもあった。

ただ、本作にあってもっともユニークな物語的趣向は、何よりもこの主人公探偵の推理が、「奇蹟の存在証明」、すなわち、この世界に人知＝論理を超越した「奇蹟」が存在することを証明するために、事件のトリックをあらゆる論理的・科学的根拠によって推理・証明することが不可能であると(論理的に)示してみせるという点だろう。本作にあって示唆的なのは、この「人知の及ぶあらゆる可能性を否定」(井上真偽『その可能性はすでに考えた』二〇一五年、講談社ノベルス、五九頁、傍点原文)しようとする上苙の偏執的な信憑が示す意味である。

　というのも実をいうと、先に挙げたSRの哲学とは、まさにこうした現実世界において人知を超えた超常的な実在(世界)が不意に到来する可能性を認めてしまう哲学でもあったからだ。しかもこのこともまた、当然ながら、「モノの前景化」という主題と関わっている。もとよりSRの思想的核心は、メイヤスーが「相関主義(correlationism)」と名づけた伝統的な西洋哲学一般に内在する固有の思考形態に対するラディカルな批判にある。メイヤスーによれば、一八世紀のカント以来、現代のポストモダン思想までを含む近代西洋哲学とは、私たち人間＝主体の従属的かつ対立的な相関物としてのみ客体(物質)や自然物を一方的に捉えてきた。つまり、「人間と世界・物体」の関係は人間の側からのみ一方的に問われてきたのであり、この立場をメイヤスーは相関主義と呼ぶのである。しかしメイヤスーによれば、今後私たちに目指されるべきなのは、そうした相関的循環の外にある、人間と全く無関係(アクセス不可能)な「無人の世界」や「モノ自体の世界」の様相こそを考えることなのだ。

　したがって、そこでメイヤスーの想定する客体的世界とは、人間との相関(アクセス)を離れ、バラバラの実在そのものの集まりに解体される。すなわち、そこでは私たちのこの世界の自然史や物理的・論理的な諸法則は、ある瞬間突然に、絶対的な偶然性で、何の根拠もなく、別様に、しかも実在的に生成変化しうるというのである。曰く、

〔……〕〈理由の不在〉が存在者の究極の特性である、そうであるしかないのだと理解せねばならないのである。事実性は、あらゆる事物そして世界全体が理由なしであり、かつ、この資格において実際に何の理由もなく他のあり方に変化しうるという、あらゆる事物そして世界全体の実在的な特性として理解されなければならないのである。〔……〕いかなるものであれ、しかじかに存在し、しかじかに存在し続け、別様にならない理由はない。世界の事物についても、世界の諸法則についてもそうである。

（カンタン・メイヤスー『有限性の後で――偶然性の必然性についての試論』千葉雅也・大橋完太郎・星野太訳、二〇一六年、人文書院、九四頁、傍点原文、〔　〕内引用者）

つまり、メイヤスーが想定する世界では、事物がかくあるしかたには連続的・因果的な理由（充足理由律）が存在し、しかもその性質は原理的に未来永劫変化しないという、それまで人びとが信じてきた法則や自然の斉一性が徹頭徹尾否定されてしまう。いいかえれば、次の瞬間、この世界に因果律や人間＝主体による論理的説明を一切拒絶する超常的な「奇跡」が突如現れる可能性を誰も否定しえないのだ。このメイヤスーによるポストヒューマンな思弁《スペキュレイティヴ》的世界観は、いうまでもな

くリーマン・ショックや東日本大震災と原発事故を経過した私たちの投機《スペキュレイティヴ》的な現実世界においても、きわめてリアルに響く。むろん、物理的な因果律を否定し、偶然性の必然性を問題にするメイヤスーの議論は、『その可能性はすでに考えた』の主題とそのままでは重ならない。とはいえ、井上が描く上笠の「奇跡の存在証明」とは、いずれも近代的価値観および本格ミステリが至上のものとする人知に懐疑を差し挟む点において、まさにこうしたメイヤスー的な世界観の手触りに通じているのである。

そして、この人間＝主体の相関（アクセス）を拒む「モノたちの宇宙」（スティーヴン・シャヴィロ）というヴィジョンは、本来の本格ミステリという文学ジャンル固有の形式にとっても重要な変容をもたらすだろう。つまり、それは本格ミステリ的世界のもともとの主体である名探偵の世界との関わり方＝推理のありようの根本的な変質に関係しているからだ。たとえば、いうまでもなく従来の本格ミステリにおける名探偵の推論は、その客観的な論証や根拠の多くを、世界＝犯行現場に散らばる種々の物理的痕跡（物証）の探査と解析に求めてきた。笠井によれば、これは探偵小説の成立する一九世紀半ばにヨーロッパで誕生した実験的論理学からの影響に求められる（笠井潔『探偵小説論序説』二〇〇二年、光文社、一〇五〜一〇七頁）。

何にせよ、ここでは事件の真相解明に至る経路や手続きは、物理的世界や実証的実験との物理的（指標的）つながりを伴ったモノ＝手がかりや死体と、ヒト＝名探偵の知性との相関、しかも前者に対する後者の優位的なアクセスによって成り立ってきた。つまり、近代の実証科学が同時代の哲学とその出自を同じくする以上、この図式はメイヤスーの唱える相関主義とほぼ同じ構図に収まるだろう。だとすれば、やはりいまや一部でリアルになりつつあるのは、そうしたモノとヒトとの相関の強固な軛から解き放たれたモノ＝オブジェクトだけが蠢く世界像であるはずだ。そして、〈上苙丞シリーズ〉が描く「奇跡（の可能性）」や『スノーホワイト』に登場するガジェットなどは、まさにそうした名探偵の推理が消失した後の「大いなる外部」――オブジェクトだけの思弁的なミステリ世界の姿をほのかに映し出す作品群としてあるのではないだろうか。

とはいえ、そんな殺伐とした世界観の中で本格ミステリなど、果たして成立するのだろうかという問いがすぐさま頭をもたげるだろう。ここで急いで付け加えねばならないのは、やはり〈上苙丞シリーズ〉においても、物語の中で上苙が提示した「奇跡」は常に他方で「人間的」な要素の介入によって転倒されるという点だ。当然ながら、本格ミステリの中で人間＝名探偵的な存在が完全にオブジェクトによって肩代わりされてしまうことは考えにくい。むしろ、二〇一〇年代以降の現代本格の可能性とは、無数のポストヒューマン的状況をアクチュアルに取り込んだ上で、なおそれらとかつての名探偵的な知の可能性とをこれまでにない形で競合させるような地平に見出されていくのではないだろうか。そこではまた、ミステリの「謎とその論理的解明」「名探偵」「手がかり」という定義や枠組み自体も新たに再編し直されるだろう。その過程を今後も注視していきたい。

（1）「メフィスト系」「ファウスト系」とは、本文中に挙げた作家たちが多く寄稿していた文芸誌（ミステリ小説誌）『メフィスト』（一九九六年創刊）と『ファウスト』（二〇〇三年創刊）、および『メフィスト』が主宰する新人賞「メフィスト賞」に由来する。「脱格系」は笠井潔、「壊格系」は批評サークル「限界研」が提唱した用語である。それぞれ以下を参照。笠井潔『探偵小説と記号的人物《キャラ／キャラクター》――ミネルヴァの梟は黄昏に飛びたつか？』二〇〇六年、東京創元社。限界研編『21世紀探偵小説――ポスト新本格と論理の崩壊』二〇一二年、南雲堂。また、他の参考文献として、東浩紀『ゲーム的リアリズムの誕生――動物化するポストモダン2』二〇〇七年、講談社現代新書、限界小説研究会編『探偵小説のクリティカル・ターン』二〇〇八年、南雲堂、笠井潔『探偵小説は「セカイ」と遭遇した』二〇〇八年、南雲堂などがある。

（2）円堂都司昭「POSシステム上に出現した「J」――本格コードとバーコードが拮抗した九〇年代ミステリ」『小説トリッパー』夏季号、二〇〇〇年、朝日新聞社、一八～二七頁。あるいは、同『「謎」の解像度《レゾリューション》――ウェブ時代の本格ミステリ』二〇〇八年、光文社も参照のこと。

（3）ちなみに、匿名的（オブジェクトレヴェル）であるがゆえに、逆説的に普遍＝超越的な知（メタレヴェル）に到達しうるという名探偵像は、しばしば指摘されるように都市が成立して以降の近代西欧社会のパラダイムに特有の歴史的存在だと考えるべきである。たとえば、「モデルニテ」を体現したシャルル・ボードレールならば、こうした名探偵＝近代的主体像の内実を「ダンディ」、あるいはボードレールを参照し、先駆的な探偵小説論を残したヴァルター・ベンヤミンならば、「遊歩者」と呼んだだろう。

（4）たとえば、主要なものとして以下を参照。拙稿「自生する知と自壊する謎――森博嗣論」本格ミステリ作家クラブ編『見えない殺人カード――本格短編ベスト・セレクション』二〇一二年、講談社文庫、五三八～五五三頁。同「検索型ミステリの現在」前掲『21世紀探偵小説』一六五～二〇七頁。同「情報化時代のミステリと映像――『SHERLOCK』に見るメディア表象の現在」『ユリイカ』八月臨時増刊号、二〇一四年、青土社、一〇七～一一六頁。同「コンクリート的知性の可能性――森博嗣の「可塑的」な手触り」『ユリイカ』一一月号、二〇一四年、青土社、一三四～一四二頁。

（5）　たとえば、以下を参照。野崎六助『ミステリで読む現代日本』二〇一一年、青弓社。藤田直哉「現代ミステリ＝架空政府文学論」『ジャーロ』秋冬号、二〇一三年、光文社、一七〇～一七七頁。一田和樹・遊井かなめ・七瀬晶・藤田直哉・千澤のり子『サイバーミステリ宣言！』二〇一五年、角川書店。

（6）　〈臨床真実士ユイカシリーズ〉の名探偵・本多唯花は、作中で「（私は、私の長期記憶に貯蔵されたデータベース、そして私の感覚モダリティで知覚したモノからしか、真偽／ウソホントを判別できないの）」（古野まほろ『臨床真実士《ヴェリティエ》ユイカの論理――文渡家の一族』二〇一六年、講談社タイガ、三七頁、傍点引用者）と語るのだが、こうした表現は〈美夜シリーズ〉の名探偵同様、作者が名探偵のキャラクターを一種の「情報データベース」の類比物とみなしている事実をうかがわせるだろう。

（7）　前掲『スノーホワイト』三三五、三五四～三五五頁。

第三部　座談会

座談会　ミステリと評論の間（二〇一七年八月二二日（火）　於・北海道大学）

参加者：浅木原忍、大森滋樹／葉音、谷口文威、柄刀一、松本寛大
司　会：諸岡卓真　※五十音順、敬称略

一　ミステリと評論の間

はじめに

諸岡卓真　本日は札幌を拠点にして本格ミステリのフィールドで活躍されるみなさんにお集まりいただきました。本格ミステリにはさまざまな立場の方が関わっていて、当然、それぞれに着眼点も違ってきます。そういった多様な角度から、ジャンルについての見方を伺いたいというのが今回の基本コンセプトです。柄刀一さん、松本寛大さん、大森滋樹／葉音さんは実際にミステリ作品を発表されたことがあります。浅木原忍さんは同人活動もされ、また連城三紀彦論も書かれています。谷口文威さんは出版データの方からジャンルについて検討されています。こういった立場の人たちが集まったら、新しい論点が生まれてくるのではないかと考えています。

座談会のようす

みなさんのこれまでの活動などを鑑みまして、三つのテーマを用意しました。「ミステリと評論の間」「ミステリと北海道」「昨今のミステリ出版事情」です。最初のものは、実作と評論の両方を書かれている方が三名（松本さん、大森さん、浅木原さん）いらっしゃったことから発想しました。二つめのテーマはみなさん北海道在住ということで、言わずもがなですね（笑）。三つ目については、谷口さんから興味深いデータを提供していただいたので、そちらを元に議論をしていきたいと思います。

なにぶん、このような企画は初めてのことですし、どのような展開になるのか予想もつきません。とはいえ、最終的に何か統一見解を出そうというものでもありませんので、ブレインストーミング的に、本格ミステリについて考えるヒントが飛び出せばよいと考えています。どうぞよろしくお願いいたします。

小説／評論を書くきっかけ

諸岡　最初のテーマ「ミステリと評論の間」について、私からコンセプトの説明をします。本格ミステリは昔から実作と評論の親近性が高いジャンルだったように思います。日本ではたとえば江戸川乱歩が実作者でもあると同時に評論家でもありました。その後も、都筑道夫、島田荘司、笠井潔、法月綸太郎ら、体系的な創作理論を発表し、しかもその理論を実作でも反映させるというようなタイプの作家が多数存在しています。また、一九九〇年代以降には島田荘司、笠井潔、法月綸太郎らが立てた理論に対して、他の作家が実作で応答するという動きも多くなってきました。このようなことを考えると、本格ミステリは実作と評論とが非常に密接に連動して動いてきたジャンルなのではないか、そこに特徴があるのではないかと思っています。象徴的な例として、北村薫の小説『ニッポン硬貨の謎』（二〇〇五年、東京創元社）が本格ミステリ大賞の評論部門を受賞するということがありました。それから、天城一『密室犯罪学教程』（二〇〇四年、日本評論社）や深水黎一郎『大癋見《おおべしみ》警部の事件簿』（二〇一四年、光文社）も小説部門ではなく評論部門にノミネートされましたね。こういったことから、小説と評論の往還性が高いジャンルだと感じています。こういったテーマにつきまして、最初に柄刀さん、いかがでしょうか？

柄刀一氏

柄刀一　評論についてですが、僕は自分が打たれ弱いことがわかっているから、自作の書評は絶対読まないようにしようと(笑)。作者の中には、とにかく全部目を通す人もいますけど、そこまで僕は強くないので読まない。とはいえ、皆さんが書く評論のような知的でクリエイティブなものって、僕はそういうセンスがないから、こういう読み方があるのかと本当に参考になって、実作の中でちょっと生かすようなことはさせてもらっています。でもあんまり露骨には使えない。どうしてもコレを使いたいと思ったときはその方にお断りを入れて、自分の作品を今日的にするセンスとして、使わせてもらうことはあります。

松本寛大さんはご自身の作品に関する書評も読んでいるようなので、その辺はどういうお気持ちと、どういう実際の体験があったかをお伺いしたい。

松本寛大　私はもともと批評や評論が好きで読んでいましたので、小説を書く際にも構造の部分・概念的な部分で批評的に組み上げる場合があるんです。そうした狙いを読み取ってくださる方もいらっしゃいます。自分の気づかなかった点について書かれた批評は、単純に参考にさせていただいていますね。

柄刀　「理解されてないなぁ」とか「ひどい評価ばかり来るなぁ」みたいな思いは？

松本　そういうこともありますけど……(笑)。まあ、また別の話ですね。たとえば、デビュー作(『玻璃の家』二〇〇九年、講談社)に関しては、新しい多彩な本格を世に打ち出すための方法論の一つとして、脳科学をはじめとする科学の最新成果を取り込んでいく方向を提案したいという、島田荘司先生の評論(『21世紀本格宣言』二〇〇三年、講談社)に対してどう答えるかというのが大きかったんです。だからといって、島田先生が審査員の新人賞で賞をとるために脳科学や心理学を用いた小説を書いたわけではなく、もともとの自分自身の創作の根幹みたいなところに、アイデンティティの不確かさとか、ディスコミニュケーションといったテーマを抱えていまして、それを表現する新しい切り口として、うまく使えたんですね。また、デビュー作には笠井潔さんの一連の「二〇世紀探偵小説論」(『氾濫の形式』一九九八年、東京創元社、『虚空の螺旋』一九九八年、東京創元社、『探偵小説論序説』二〇〇二年、光文社、など)への応答も込められています。アメリカ史と探偵小説の発展史を重ね合わせて読み取れる作りにして、探偵小説の歴史を概観できる作品にしようとしたんです。

松本寛大氏

諸岡　一方、ご自身で評論も書かれていますが、これはどういう経緯でしたか？

松本　これはもう成り行きで、「書いてくださいよ」って言われて書いてみたら、意外と面白かった。専門の評論家ではないので、自分の好きなものについてだけ、それも作家性を読み取っていくタイプの評論しか書いてないんですよ。結果的に、自分自身のモノの見方や考え方を、評論を通して再確認しているというイメージが強いです。

大森滋樹／葉音氏

諸岡　次に大森滋樹さんに伺います。大森さんは二〇〇〇年に評論家としてデビューして、二〇一三年に「大森葉音」で、小説でデビューをされるという形だったんですが、小説のデビューについてはどういう経緯だったんでしょうか？

大森滋樹／葉音　東野圭吾『容疑者Xの献身』(二〇〇五年、文藝春秋)に関する論争に参加したんです。学生時代に参加したゼミが「形式主義文学論争」「私小説論争」「小説の筋論争」など、さまざまな論争に関して誰が何を言っているのかをチェックし、その現代的な意味について発表するというもので、書庫に入っていろいろ調べていたんです。そうすると論争に勝つ三つのパターンが見えてきたんですね。まず『なるべく早く参加する』。次が『誰も言っていない面白いことを言う』。三つ目が『その後は完全に沈黙する』(笑)。

まさに「容疑者X論争」に参加することで、ゼミで勉強したことが実社会で直接、役に立つという――文学部出身者には滅多にないんですけど――経験を持てた。その後「誰あいつ？」みたいな。やはり「完全に沈黙」したせいでしょうか。もっと知名度を上げないといけないと(笑)。それで小説を書いて知り合いの編集さんに渡したんですが、六〜七年そのままほったらかしにされまして……。「読んでみたら面白かったです」って連絡がようやく来てデビューにつながったので……。何か自分の方から思惑があって、評論家になったあと一三年も経ってから、小説家デビューしようと思ったわけではないんですよ。

諸岡　ありがとうございます。浅木原忍さんも両方書かれていますが、同人誌[1]をメインに活動されているということで、その辺を聞いてみたいんですよ。同人活動を始めたのは二〇〇七年ですね。どういうきっかけでしたか？

浅木原忍氏

浅木原忍　もともと中学生の頃から小説は書いていて、ライトノベル系の新人賞に投稿したりしてたんですよ。それが落選続きでやる気を失っていたところに『魔法少女リリカルなのは』(二〇〇四年)というアニメにハマって……(笑)。その長編二次創作[2]を書き始めたのが二〇〇六年一〇月で、半年ブログに連載していたんですけども、そこに思いがけずもの凄くたくさん読者がついて、「じゃあこれ、本にしてみよう」と翌年に同人誌にして出したのが活動の最初なんですね。その後、今の活動ジャンルである東方Project[3]

に移りまして、〈少女秘封録〉シリーズなどのミステリを書き始めたのが二〇〇九年ですね。

諸岡 その後、評論を書くわけですよね？

浅木原 評論そのものの本は『ミステリ読者のための連城三紀彦全作品ガイド』の初版が最初ですが、その前に〈稗田文芸賞メッタ斬り！〉というシリーズを三冊書いています。これは大森望さんと豊崎由美さんがやっている『文学賞メッタ斬り！』(二〇〇四年、PARCO出版)シリーズの東方パロディで、もし東方キャラが小説を書いていたら、さらにそれを対象にする文学賞があったら……という設定で、その作品紹介と受賞作予想、そして選評をまとめた「架空小説書評本」です。そんなもの凄くマニアックなことをやったんですが、不思議なことにこれが受けまして(笑)。でもあれを評論って言っていいのかどうなのか……。

『文学賞メッタ斬り！』の中に「文学賞の選評は選考委員にキャラ萌えして味わえ」っていう素晴らしいフレーズがあるんですが、もともと、東方キャラが小説を書いていたら面白いだろうと考えていたところに、じゃあ文学賞があって、他のキャラがそれに対してあれこれ言ってたら楽しいだろうと。キャラが書いた小説は、いかにもそのキャラらしい内容になっているという設定にして、それに対して読む側のキャラが、キャラクター同士の仲の良い悪いとかも加味して、いかにもそのキャラが言いそうなことを言う。小説を書いて読むことを通してキャラクター性を表現している……というのは、書いているときに自分でそこまで考えていたわけではなくて、読者の方に指摘されて「おお、そうだったのか！」と気づいたんですが(笑)。

諸岡　評論をエンタメにするという感じですね。その後、『ミステリ読者のための連城三紀彦全作品ガイド』(二〇一四年、Rhythm Five)が出ます。

浅木原　これは連城さんが亡くなったあとに、その作品をまとめて読んでみたら面白い作品が山ほどあって、その多くが新品で手に入らないのに憤りまして。これは「面白いぞって言わなきゃダメだ」と思って、じゃあ本にしようと。最初二〇一四年の冬コミに出したやつは二〇〇部くらいしか刷らなかったんですが、わりとすぐになくなって、その時点ですでに日下三蔵さんや北原尚彦さんに見つかってしまっていた(笑)。そのおかげで二〇一五年に増補改訂版を出したときには、倍の四〇〇部刷ったんですが、これもすぐ残り少なくなり、本格ミステリ大賞の候補になった時点でさらに倍まで増刷しました。そんな風に最初からわりと注目していただいたので、そのおかげで本格ミステリ大賞に引っかけてもらったんだろうなと。

谷口文威氏

諸岡　同人誌が受賞したのは初めてでしたものね。快挙だと思います。谷口さんには読者代表ということで伺いたいのですが、評論というのはどのくらい意識されますか？

谷口文威　時々読む感じですね。たまに本格ミステリ作家クラブの年鑑アンソロジー(『ベスト本格ミステリ』講談社)とか、そういうのに載録されているものを読んでいます。最近は読むようになったんですけど、あれは別の世界の本、別のジャンル、二次創作みたいなものかなぁと僕は思っていて、そっちはあんまり興味なかったという感じですね。

諸岡　すると、あまり本格的な評論には手が伸びないという感じかと思うのですが、ランキング本のようなものはどうですか?

谷口　現在ミステリ本のデータをとっているのですが、その関係から、私の方でチェック漏れがないかどうかの確認のためにランキング本を読み始めました。遡って読んだりもしています。また、私は時代小説に関して弱いのですが、ランキング本では時代小説ミステリなども扱っているので、それも参考にしています。

諸岡　一種のガイドブックとして読まれているということですね。自分も制作に関わっているので手前味噌になってしまいますが、毎年ごとのミステリを概観できるというのはやはり大きいですね。

ミステリ評論が盛んな理由

松本　本格ミステリはゲーム的なルールがあるっていうことが「一応」前提になっているじゃないですか。でもそういったルールは実際にはそれほどしっかりしたものではなくて、時代によっても変化するだろうし、例外も多い。それで、都度確認作業が求められるから、必然的に読み直しというのをみんなしていく。構造がどういう風に巧緻であるかだとか、伏線はちゃんと張られているかとか、ミスリードはどんな技法かとか、サプライズの演出とか、それこそトリックとか、ジャンル内に限定したチェック項目がたくさんある。そういうチェック項目について、「あ、ここは気づいてなかった」というのも、読み直しのたびに出てくる。それをみんな語りたがるので「評論」っていうのが昔から盛んだったと思うんですよね。東京創元社の文庫版の、エラリー・クイーンの『フランス白粉の謎』の巻末でクイーンのコラムが紹介されていて、「探偵小説はポイント制で点数がつけられる」っていう意味のことが書いてあったのって、覚えてません？

大森　いかにもクイーンが言いそうですね。

松本　従来の評論は的確さに欠けている。推理小説は一定の法則にあてはめて書かれているのだから、項目別にチェックしていけば、正確な価値判断ができるはずだ。プロット十パーセント、意外な解決十パーセント、手がかり十パーセント、フェアプレイ十パーセントとか、十項目で合計百パーセントになるように採点してみてはどうか、と。プロット十パーセント満点が完璧なプロットとしたとき、それに近いのはごく少数の作家で、たとえばバーナビー・ロスとか。

一同　（爆笑）。

松本　本当にそう書いてあるんです。もとは「ミステリ・リーグ」に掲載されたものですが、井上良夫さんが「ぷろふいる」に訳出したのが昭和八年だから、そうとう早い（「ぷろふいる」一九三三年一二月、一巻八号に収録）。そういう、ちょっと知的なお遊びみたいな文化が、連綿とあったのではないかと。それにはミステリは評論しやすいというか、ゲーム性が強かったからというのがあったかかなと思うんです。

諸岡 昔から「順位つけましょう」っていうのは大好きですもんね。

松本 たとえば恋愛小説にランキングってあるのかというと……。

浅木原 ないですねぇ……恋愛小説とか、青春小説とか、純文学の類とか。読者としては「恋愛小説オールタイムベスト100」とかあれば作品を探すのに便利なのに、とは思うんですが。

柄刀 それはやっぱり感情で語るしかないからでしょうね。本格ミステリだったらトリックを見たら、たとえば「こうやったら鍵かかりますよ」って誰が見てもわかることで、それの巧拙を問えばいい。だから点数とか星がつけやすいんだと思いますよ。

大森 やっぱりどうしてもメカニズムの話になってしまう。自己更新というか、必ず進歩主義史観みたいな発想が入ってくる。そうすると過去どういう作品があったのか非常に重要になってくるから、教養主義と絡んでくるんですよ。一方で、過去をただ面白がっているだけのディレッタンティズムも当然出てきてしまう。そうじゃなく、その過去をいかに更新し、新しいメカニズムを生み出していくのかという運動が、ミステリに関しては比較的、生まれやすいのだと思います。

ミステリと評論の間

諸岡 両方書いている方に伺いたいのですが、実作を書くときに書きづらいことはないのでしょうか。法月綸太郎さんが「初期クイーン論」(『現代思想』一九九五年二月号)以降しばらく長編が刊行されなかったということがありましたよね。

大森　書きづらいこと、ありますねえ。

柄刀　大森さんは作風がちょっと違う感じがあるから、そんなに直撃はしないと思うんだけど、法月さんだと名探偵の名前が本人と一緒で、あれを書いて評論ってのはキツいだろうなぁって思いますよね。

松本　さっき名前が出た中だと、たとえば都筑道夫さんは『ミステリマガジン』に連載したエッセイ（一九七〇年一〇月号〜、『黄色い部屋はいかに改装されたか?』所収、一九七五年、晶文社）で、トリックよりもロジックをという提言を行なって。それと前後して書かれた『七十五羽の烏』（一九七二年、桃源社）はまさに理論の実践という感じでしたが、当時の推理作家協会賞の選評などを見ると、作品に対する否定的な声もあったようです。島田先生の『本格ミステリー宣言』（一九八九年、講談社）も、誤解されることや実践とのズレを指摘する声も多かったと思います。

柄刀　大森さんはたとえば、理想の本格像みたいなものをもし出した場合、それに自分が創作でアンサーできるのかとか、そういうことまで考えますか?

大森　難しい問題です。さっきの自己更新の話を追求していくと、メタミステリやメタフィクションの方向に理論的にどうしても接近してしまうんですよ。それを何とか回避しながら——まぁ回避しなくてもいいんですけど——できればなるべく作中リアリティの水準を維持しながら書いた方がまだ一般受けする。その方が普通の人にわかりやすいだろうって思います。その問題と格闘し解決していくことは評論と実作の間で、すごくホットな部分じゃないのかな。

松本　小説が評論賞の候補になるという話題ですが、推理小説について考えて書かれた小説は、推理小説でもあるし同時に評論でもありえるんだと思います。多分にそういう要素が含まれる。やっぱりそこはメタ的なんだなと。推理小説に限らず、共通言語を持っているようなジャンルものには、顕著に見られると思いますね。たとえばホラー映画にもシリーズを重ねるごとにメタ的になっていくものがあります。

浅木原　ある程度ジャンルが成熟すると、自己言及が始まるのはどこも一緒ですね。ライトノベルも、自分が一番読んでた頃、二〇〇三年とかに、ちょうどラノベ言論ブームみたいなのがあったんですよ。それを受けてか少し後に電撃文庫がハードカバーの単行本を出してみたり、富士見ファンタジア文庫から性描写満載の豪屋大介『デビル17』(二〇〇四年、富士見書房)が出たり、自分たちが読んでいるものが「ライトノベル」というものであることを踏まえた上で「どこまでがライトノベルなのか？」を問うというか、ライトノベルの枠を広げるみたいな流れがあって、そういうのも一種の自己言及なのかなと。電撃のハードカバー路線からは有川浩『図書館戦争』(二〇〇六年、メディアワークス)が大ヒットして、今のライト文芸につながってますね。

松本　パソコンゲームとかライトノベルって、ゼロ年代の頃はことに若手の評論家で語る人が多かったと思うんですけども、たぶんあれも、ある種のジャンルものなんですよね。しかも流行を追うし、作品が出るスパンも短い。パソコンゲームは特に使われる道具立ても自ずから限られるから、先鋭化していく。そうしたところが批評の対象として魅力的だったのかなという気はします。

二　ミステリと北海道

舞台の選び方

諸岡　第二部「ミステリと北海道」というテーマに移りたいと思います。ここのところ、北海道あるいは札幌を舞台にしたミステリに興味があっていろいろ調べました。北海道をあくまで具体例にして、ミステリと舞台の関係性ということについて考えたいと思います。これまで、北海道の「作家」に注目したものとしては、鷲田小彌太・井上美香『なぜ、北海道はミステリ作家の宝庫なのか？』（二〇〇九年、亜璃西社）という本がありますが、ここで注目したいのは舞台の方です。五月に大森さん、柄刀さん、谷口さんと私が参加して、紀伊國屋書店で札幌が舞台となる作品についてのイベントをやりまして、その中で柄刀さんがご自身の作品創作の秘密を明かして下さるという場面がありました。これが非常に面白かったので、まず柄刀さんからお話をしていただいて、その上でいろいろと話を広げていきたいと思います。

諸岡卓真氏

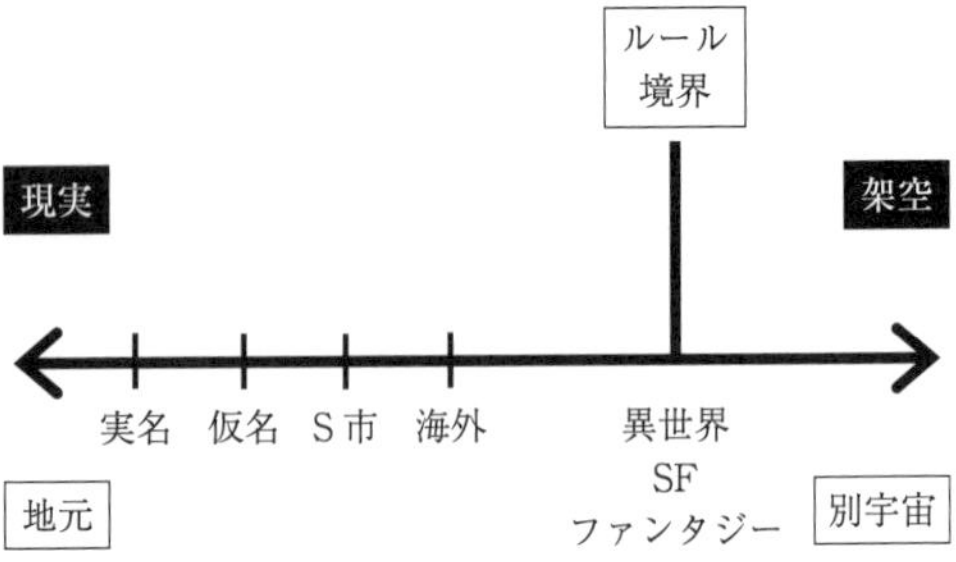

図1

柄刀　これは、犯罪の舞台の地名をどうするかというときに説明しやすいかなと思って作ったチャートですね（図1）。左側にリアルな地名、右側に行くともう架空の架空、別の宇宙まで行ってしまいますよというもので、たとえば札幌を舞台にする場合、何の気兼ねもなく、あるいはリアリティを重視したい場合は「札幌」という地名で書きますよね？　でも何らかの理由があって、「札幌」と書きたくないときは、それを「仮名」にしてしまう。僕は『密室の神話《ミサロジー》』（二〇一四年、文藝春秋）で「裏幌市」なんかを作りましたけど、都市のスケールとかも関係あるんで、それらしい架空の名前をつける。もう一つの架空の仕方はアルファベットにしちゃう。札幌市を「S市」に。これは札幌だなとわからせるためにわざわざしている場合もあるでしょうし、僕はアルファベットにするとちょっと架空性が強くなりすぎるかなぁと思うんで、どちらがより架空に近いかということはその人の感覚によると思います。そして架空の方向性は海外的なイメージからずっと行って、今度はSFとかファンタジーになります。その上に「ルール・境界」ってありますけど、これは現実の物理学とかがそのまんま通用する世界での「異世界」とか「SF」とか「ファンタジー」とかもあるけれど、その基本となるルール自体も変わってしまっているSFもありますね。魔法が使えるとか、妖精がいるとかですね。そこからずーっと別宇宙まで行ってしまう。

自分の舞台をどこにするかというのは作家が決めていくと思うんですけども、配慮とか気兼ねについて言うと、たとえばそうですね、殺人事件が札幌の雪まつり会場で起こってもいいかなと(笑)。でもそれが、たとえばテロとか大量虐殺事件になったときに、「うーんどうかなぁ」という配慮が働いたら、それは別の街の雪まつりにしてもいいし、S市の雪まつりにしてもいいし、そういう配慮みたいなものが働いてくるかなぁと思うんですよね。その辺はでも、作者は結構感覚的にやっちゃってることがあるから、「これは架空でこれは実名なのはどうしてですか?」って聞かれたときに、答えられないことがあると思うんですよね、多分松本さんとかもそうだと思うんだけど。結構読む人は気にするんだけど、「いや、別になんとなく」っていうことでやってると思うんで、作者に聞かれてもちょっと答えづらいときもあるんですけども。

松本　このあたり、ファンタジー的な作品を書いている方はどうなんでしょう?

大森　『果てしなく流れる砂の歌』(二〇一三年、文藝春秋)はもともと、現代(二〇〇六年当時)の国際情勢の比喩になるようファンタジーで表現しました。リアルに書くと、自分の認識や感覚という主観的な世界の見方がナマで入ります。世界情勢、世界認識についての独特で個人的な見方が新聞、テレビ、ネットが作った一般的な共同幻想と衝突する。ファンタジー設定はその緩衝材になってくれるのです。ファンタジー設定だと「ああ、これは一種の絵空事なんだな」という点が強調される。

深読みしない方は、「リアルな世界の比喩」に気がつかないでしょうが、それでも別に構わないんですよ。気がつく人には「現実と虚構の二重写し」がわかっていただける。そういうつもりで、ファンタジー世界を利用していますね。

諸岡　浅木原さんはどうですか？　二次創作で舞台といったときに、フィルターが二重に掛かるというか、そんなイメージがありますが。

浅木原　舞台の話になると、自分が書いているのは東方Projectの二次創作なんですが、その主な舞台は「幻想郷」っていう、この世界とは地続きなんだけど結界で隔離された異世界なんですね。妖怪もいるし、妖精もいるし、神様もいる、人間も能力を持っていれば空を飛ぶ、時を止める能力者もいるし、隙間を操ってどこにでも現れる能力者もいるし、無意識の妖怪なので誰にも存在を探知されないキャラもいる。だから、東方で二次創作をやってると、本格ミステリは無理だろうっていう話をよく言われるんですよ。

松本　そういう設定って読者と共有されてるんですか？　ルールが共有されていれば本格って書けるじゃないですか。

浅木原　キャラの設定としてはもちろんみんな共有されてるんですけど、だいぶ解釈の幅がありまして。たとえば「奇跡を起こす程度の能力」や「運命を操る程度の能力」を持ったキャラがいるんですよ。「奇跡」や「運命を操る」というのが実際、どのへんまで可能なのか。それが原作ではそこまで厳密に設定されていないので、解釈次第で何でもアリになってしまう。なので、厳密な犯人当てみたいなのは無理だろうっていう話がずっとあるんですよ。でも最近、ミステリでも特殊設定ものが普通になったせいか、東方でも工夫次第でやれるんじゃないかっていう書き手が増えてきていて、東方二次創作でもミステリを書く人が増えてきています。

松本　『ジョジョの奇妙な冒険』に代表されるようないわゆる能力バトル系マンガって、能力のルールとか限界を決めた上で、互いにその裏をかいてみたり、能力を意外な方向で使ってみたりという戦いを描いていきますよね。後出しじゃんけんに見えないように描くのはなかなか難しいと思うんですが、フェアプレイと意外性の両立が求められる特殊ルールミステリの場合は、バトルものよりもさらにそのあたりのハードルが上がってしまいそうです。その上、読者間でルールに幅があればなおさらです。浅木原さんは、ご自身で「今回はこの基準で行くよ」っていうのを決めている感じですか？

浅木原　そうですね、基本的には。『幻想少女の探偵作法　東方ミステリ合同誌』（二〇一七年、天麩羅ショコラ）っていう合同誌[4]が今年分厚い二分冊で出まして、自分も参加しているんですが、中身は人情話的な捕物帳からメタミステリまで色々です。各々の参加者が東方でミステリを書くということをどういう風に捉えて、設定に対して自作の中でのリアリティレベルをどう扱っているかが見えて興味深いですね。

自分の話をしますと、幻想郷を舞台にしたミステリは二種類のシリーズを書いています。一つは幻想郷で刑事ものをやるのがコンセプトの〈自警団上白沢班〉シリーズ、全七巻。幻想郷には人間の住む村もあるんですが、そこでは犯罪がそもそも人間の仕業なのか妖怪の仕業なのかわからない、そういう世界に刑事ドラマを移植する話です。だからトリックがどうこうよりも、どうして事件が起きたのか、事件を丸く収めるにはどうすればいいのか、という点を軸にした話になりました。

もう一つの〈こちら秘封探偵事務所〉の方は、あえて分類すれば歴史ミステリ、文芸ミステリになりますか。東方キャラクターの公式設定に対して、トンデモ気味の新解釈をミステリの形で提示するものです。鯨統一郎『邪馬台国はどこですか？』(一九九八年、東京創元社)の東方版みたいなやつだと思ってもらえれば(笑)。だから厳密にルールを設定して、パズル的な本格をやるっていう方向性は自分ではまだあんまり書いてないですね。

諸岡　舞台というと、具体的に特定できる場所が出てきますか？

浅木原　前述の二シリーズとは別に、〈少女秘封録〉シリーズでは、現代日本に近い世界を書いています。これは東方に「秘封倶楽部」という、幻想郷とは別の近未来の京都に住んでいる女子大生コンビがいまして、その二人を主人公にした「日常の謎」ミステリです。原作の舞台が京都なので、京都の話ということにはしているんですが、現実の京都の土地勘があまりないので(笑)。どうしても札幌や北大がモデルになってしまいますね。

松本　いま浅木原さんが京都とおっしゃったんですけども、みなさんは特定の土地とかに何かこう、自分の思い入れを乗せて書くってことはされたりしますか？

大森　わたしの場合、むしろ逆ですね。そもそも架空の、誰も知らない土地を書いている人間なので、読者をいかに引き込むかという感情移入の方が問題なんです。知っている地名が出てくると感情移入しやすいじゃないですか。土地勘があると作品世界に入りやすい。私は知らない土地で勝負していますから、どうやったら引き込めるかを考えています。自分の思い入れではなく、読者の思いを作品に入れさせる。

諸岡　松本さんは海外を舞台にしていますね。

松本　『玻璃の家』はボストン近くの架空の都市を舞台にしています。舞台をアメリカにしたのはいくつか理由があって、まずやっぱりトリックの都合。それから先ほどお話ししたように、時代の変遷と英米ミステリ史を重ね合わせたかった。だから、いくつかの時代をまたいだ作品になっていて、それぞれの時代のミステリにありそうなトリックをその都度使っていく、ということをやっています。そこに自分自身のアイデンティティの問題を重ねて……。ちょっと個人的な話になるんですけども、私は自分の生まれ育ったふるさとに対して、異邦人的な感覚を常に自覚させられてきたんですね。それで、現実の舞台をそのまま小説に描くことにためらいがありました。劇中で大学の描写が出るんですけども、これは北海道大学です。ボストンと札幌は緯度がだいたいいっしょ、つまり気候がほぼ同じなので、あの小説の風景は札幌をモデルに書いています。私には抽象化した架空世界のフィルターを通して様式に仮託しないと自分自身のアイデンティティを語れないっていうところがあって、そのように書いていました。

諸岡　この、柄刀さんが作られた表については？

松本　作品の設定上とかルール上とか、ミステリ的な意味では間違いなくもう、非常に納得がいくもので、そこに自分自身っていうのを乗せるかどうか、っていう話はまた別っていう印象です。架空の街っていうものに対する憧れみたいなものは、作家の中にわりと共通してあるんじゃないかと思います。

名前のリアリティと探偵の普遍性

柄刀　このチャートでいうと登場人物の名前のつけ方もこれで結構語れて、左の現実ってのは警察小説でね、右の架空の方は本格ミステリ。本格の名探偵ってそれらしい名前がつくんですよね、神津恭介とか、御手洗潔とか、そういう名前ってファンタジー寄りでちょっと現実にはいない。でもそれって警察小説はやれないいんですよね。世間一般的な名前で書かないとリアリティが保てない。せいぜい鮫島さんかな。面白いと思うのは江戸川コナン君でね。探偵としてのコナンは「江戸川コナン」って完全にファンタジー寄りの名前なんだけども、高校生探偵は「工藤新一」ってリアルな名前を持っていて。意図的なものかどうかはわかりませんけど、あれは名前でも作風の両面性を象徴していて、こういうチャートに則った名前だなと思いますね。

松本　西尾維新さんが「病院坂黒猫」という名探偵を登場させています(『きみとぼくの壊れた世界』二〇〇三年、講談社)。親は一体何を考えてこういう名前をつけたんだっていう(笑)。でもやっぱり作品世界と合っていますよね。あとは西澤保彦さんの作品って不思議な名前の人物が多い。映画監督で脚本家の三宅隆太さんが書かれたシナリオの教本に(『スクリプトドクターの脚本教室・中級篇』二〇一六年、新書館)、人間の内面から発想するタイプのアマチュアの書き手にとっては主人公の名前を決めることが重要な意味を持つ、とありました。名前に振り回されたり、本名がイヤで偽名を使ったり、一方の親ではなくもう片方の親の名字をあえて名乗ったりとか、いろんなケースが想像できる。名前について考えることには、そのキャラクターの行動を考える際のヒントがたくさんあると。私はこれに共感します。だから、登場人物の年齢を考えたとき、その親の世代ならこうはつけないだろうっていう突飛な名前とかはどうしてもつけづらい。あまりに突飛な名前は、それがつけられた理由とか、その名前で生きることで当人はどういうアイデンティティを獲得していったのかといったことを考えざるを得ないし、そのために作中でうまくバランスがとれない場合があります。なにも突飛な名前がダメと言っているわけじゃありません。読者に納得させるビリーバビリティの方が大事で、リアリティの水準は自由に操作できるはずですが、そこは筆力の問われるところで。だから、西尾さんや西澤さんの作品を見ると「おぉ、すごい」って思うんですけど。

大森　紀伊國屋のイベントのとき、柄刀さんはこんな風におっしゃっていましたね。〈宇佐美博士〉シリーズなどの異世界物の話を書くときにはトリック込みの発想なので、トリックに合ったキャラクターを作った。しかし、だんだん普遍的な探偵が必要になってきて、どんな事件でも扱える、どこでも行ける普遍的な探偵である「南美希風」という探偵を作った……。その発言を聞いたときに「じゃあ別に札幌でなくてもいいんじゃないの?」という疑問を抱いたんですよ。扱う事件は確かに普遍的で、異世界設定のものに比べると「特殊」に対する「普遍」なんだとわかるんです。しかし普遍的な探偵といわれると、舞台は北海道や札幌でなくても良いのでは？　そこら辺どのようにお考えなんでしょうか。

柄刀　普遍的な探偵だから札幌ということではないですよね。このチャートでもそうですけども、僕のいう普遍的というのは現実に近いという意味で、その意味では舞台として札幌は設定しやすい。言い換えれば、普遍的な探偵の「使いやすさ」ですよね。汎用性ともいえる。使いやすい場所となれば生まれ育った土地でしょう、やはり。どこでも行きやすい、どんな事件でも扱える探偵がいると、いろんな事件が扱えて描きやすいという意味で……。だから、それほどキャラクターが立たないといわれてしまうと、そこが辛いところなんですけども(笑)。

もう一人の普遍的探偵では「天地龍之介」は東京に住んでいますからね。龍之介くんは途中で海外に行くことになってたんで、やっぱり東京とか中央の方がいいだろうと、最初からああいう風に設定した。だからどこに住むかということも大森さんとおんなじで、結局トリックが結構メインになっているんですよね。そのトリックが使いやすい地方に住まわせておこう、みたいな話ですね。だから、それこそ雪を使ったトリックを作れるかもしれないわけだから、この名探偵は雪国の札幌にいてもいいだろうと。そういう描きやすい現実に近づけて設定したということです。たまたま、美希風は札幌になりましたということなんです。

大森　作品の効果やメカニズムが、扱いやすさも含めて、やはり優先されると。

現実の場所とファンタジー要素

諸岡　札幌を舞台にしたミステリをある程度読んでみて思ったんですけど、実際の場所を出すと、たぶん書き手がそんなに意識しなくても、描写である程度場所が特定できる書き方になりますね。

柄刀　知らない世界や知らない地方を書こうと思ったらやっぱり覚悟が要りますよね。住んでる人に違和感持たれたら困りますから。必要ないんだったら、知ってるところを書いた方がいいんですよね。

松本　わたしは先日、あるご縁から、明治期翻訳文学の研究家の藤元直樹さんが書かれた評論を発表よりちょっと先に読ませていただいたんですが、そこに、「西洋文明へのキャッチアップを目指した明治の日本では、擬似的洋風の建築物にお雇い外国人を立たせてヴァーチャル・リアリティを構築した」とありました(連載記事「現代北海道文学論」『北海道新聞』二〇一七年九月二九日付)。札幌農学校はまさにそんな場所だと。本格ミステリで殺人事件の舞台となるいわくありげな「館」も、同様じゃないかと思えます。ヴァン・ダインの『グリーン家殺人事件』を日本に移築すると浜尾四郎の『殺人鬼』になるように、日本の伝統的な文学の流れよりも、英米の探偵小説の影響を強く受けて書かれたミステリというものが、そもそもヴァーチャル・リアリティ空間で語られるお話に見えます。さらにいえば、伝統的な文学の舞台としてはあまり描かれてこなかった地方都市というのは、そうした別の世界のレイヤーをかぶせやすい場所なんじゃないかと思えます。「館」ってちょっと田舎の、人里離れたところに建っていて、決して関東のど真ん中には建っていないでしょう。

柄刀　僕が『密室キングダム』(二〇〇七年、光文社)の舞台を札幌にしたとき、館が自分の中でリアルさを持てるかどうかも判断基準でした。札幌軟石が採れて、豊平館のような立派な洋風建築も造れたのであれば、類似の堂々たる洋館があの辺に建っていてもいいんじゃないかなと思えます。自分の中でそういう確信があったから札幌を舞台にして、明治からの歴史的叡智も引き摺って背景に組み込めたというのはありますね。

諸岡　明治からの歴史的叡智ということで思い出したのですが、札幌を舞台にしたミステリ作品に北大がよく出てくるんですよね。で、だいたい変人の巣窟。

一同　(爆笑)。

諸岡　京都が、物の怪が出てもおかしくないようなイメージがあるじゃないですか。あれが札幌だと、北大になる。北大だったら、歴史もあるし、広くて何だかわからない建物があるし、何かがいてもおかしくないという場所になってるイメージありますね。

谷口　京大もそういうイメージある気がしますけど……どこかに突然、夜だけやってるバーがあるっていうような作品ありましたよね(円居挽『クローバー・リーフをもう一杯』二〇一四年、KADOKAWA)。

柄刀　チャートでいうと、海外と異世界の中間あたりにね、北大があるんですね。

諸岡　ご当地ものが流行しているっていうのも関係あるように思うんです。最近、特定の場所で、しかもあんまり中心じゃないところ——東京だったら国分寺や西荻窪など——を舞台にする作品が増えている印象があります。主にライト文芸の領域です。そうすると、そこの場所に行きたい人が出てきて、聖地巡礼と絡んだ流れも出てきます。

浅木原　ご当地ものの大元はやっぱり森見登美彦さんじゃないですか？　森見登美彦の描くマジックリアリズム京都があって、そこでは京都という街そのものが魅力的に描かれている。『有頂天家族』（二〇〇七年、幻冬舎）を読むと、下鴨神社に行って下鴨四兄弟を探してみたくなりますよね（笑）。それを受けてご当地もの、たとえば同じ京都が舞台の岡崎琢磨『珈琲店タレーランの事件簿』（二〇一二年、宝島社）とかが出てくるわけですよね。

谷口　最近ライト文芸系でいうと、ご当地プラス「あやかし」（妖）というのが増えています。付喪神みたいな、その土地の神様みたいなのが出てきて、それががんばります！　という話が非常に増えている。舞台としては実名に寄ってきているけれども、キャラクターとしてはちょっとエキセントリックな方になりますね。

松本　先ほど私は自身の内面の問題として、故郷を語るにあたってリアリティを獲得できないからファンタジー寄りにしたかったという話をしました。ライト文芸などでも、同様の傾向は見られるものなんでしょうか。たとえば、ひと昔前のトラベルミステリーの時代では、札幌なら札幌だし、軽井沢は軽井沢です。内田康夫さん（軽井沢在住）は軽井沢にファンタジー要素を持ち込まないじゃないですか。だから、ライト文芸でも、何かファンタジックな要素を入れざるを得ない理由というのがあるのかなあとも思えるんですけれど。ＰＣゲームとかだと、具体的な街の地名じゃなくて謎の北の街だったりしますが。

浅木原　『Kanon』（一九九九年）とか……。『Kanon』の街は雪国という設定ではあるんですが、制作ブランドのKeyが大阪にあって、制作スタッフが大阪にいるためか、原作のゲームではイメージとしての雪の街で、雪国としての描写には違和感がありますね。二〇〇六年の京都アニメーションによるアニメ版は明確に札幌がモデルになっていますが。

谷口　紀伊國屋書店でのイベントにおける柄刀さんっぽくいうと、わかんないからとりあえず北、哀しい話だから北にした、という感じですか。ここではないどこかで、現実味がある程度あり、哀しい話は寒い場所の方が良いので北だ！

諸岡　まさにイメージとしての北海道ですね。それに関連して、トラベルミステリーと今のライト文芸の舞台の名前の出し方には結構違う印象があります。トラベルミステリーだと舞台になるのはいわゆる観光地ですよね。ライト文芸だと地元の人しか行かないような場所。このあたりの区別については、大森さんが「札幌とミステリ」（『CRITICA』vol. 12、二〇一七年八月）で書かれていました。

大森　今福龍太『クレオール主義』（一九九一年、青土社）にその分け方が出てきます。観光地は「サイト」という言い方で、大量に拡大再生産される名所やグルメ、移動方法などの情報。これらは地元民に無視されます。一方、土地の人の生活や仕事、精神と密接な関わりを持つ場所、住んでいる人しかわからない場所は「テレイン」と呼ばれていました。

谷口　浅草六区には神様がいるみたいな、完全にそういう系統なんですね、地元って。

柄刀　生活している人が地元にファンタジーを乗せて描けるということなんですか？
谷口　そうですよね。京都の甘味処は神様専用です、みたいな。本当に特化して。
大森　ファンタジーの書き手にとって、それは一つの解決策かなと思います。さっき私が言ったように、ファンタジーを書くのにはいかに感情移入を誘うかが難しい。しかし、地元ならではの情報を出しながらファンタジーの要素を入れていけば、土地の人には機能する。もっとも、よその土地の人の誤解を招くかもしれませんが。
松本　どなたか『かみちゅ！』っていうアニメはご覧になりましたか？　二〇〇五年の作品ですが、八〇年代を舞台にした、中学生の女の子が八百万の神の一柱になってしまうというコメディです。ノスタルジックな要素の強い架空の町を描くのに、尾道でロケハンを行っています。特定の土地にファンタジー要素を加えるというのは、アニメではしばしば見られる手法です。ライト文芸は、アニメとかゲームとかのリアリティラインの設定手法をスライドさせて用いているような感じがします。
浅木原　確実にその延長線上ですね。去年『君の名は。』の大ヒットに対して「なんであんなオタクくさいものが受けるんだ」という声があって、それに対して「今の若い子にとってはこのぐらいはもう全然「オタクくさい」ものじゃない」という反論がありました。ライト文芸は、アニメ的なリアリティラインがオタク的なものではなく普通のものになっていることの一つの証明ではないかと思います。

三　昨今のミステリ出版事情

昨今のミステリ出版事情

諸岡　最後のテーマは「昨今のミステリ出版事情」です。近年、「ミステリが多い」「ライト文芸が目立ってきた」ということは印象としてよく耳にするようになったと感じるのですが、実際の数というのはあまり出てきたことがないので、そのデータを元にいろいろ検討していきたいと思います。これについては、谷口さんが二〇一五年七月から継続的にデータをとってくださっているので、それを元に議論をしていきたいと思います（なお、章末には座談会当日に配布された資料の抜粋とその概要を記した報告書を付した。これは二〇一七年八月一九日時点でのデータをまとめたものである。データは毎日更新されており、最新版は https://goo.gl/4XbFpw で確認できる）。まず、谷口さんから解説をしていただきたいのですが、このデータをとるようになったきっかけは図書館流通センター（ＴＲＣ）のサイトの運営形態と絡んでいるとうかがっています。

谷口　そうです。ＴＲＣは図書館に卸す本のデータを日刊で公開してくれてるんですね。前までＴＲＣは、図書館が仕入れるための売るサイトを運営してたんです。そこには売る本のジャンルが書いてあったので、いろんな人がそこから引っ張って来てたんですよね。この作品はミステリに入る、とか。でもそのサイトが廃止になっちゃったんで、自前でなんとかしなきゃいけなくなって始めました。

データでいうと、月ごとの出版数の二〇一六年四月の一〇五冊っていうのは、これ正確なデータじゃなくて、三月にＴＲＣのサイトがなくなったためにジャンル問題が起こって、どれが何のジャンルなのかというデータがない状態。これからたぶん追加されるので、ここはいずれ正確になる。……それが発端です。今はもう、日刊新刊全点案内(http://datablog.trc.co.jp/nikkan_annai.html)を、出るたびに全部、自動で保存しています。後から見られるように、データをとれるようにしました。

このデータを利用して、「この本はミステリですか？」というサイトを運営しています。日刊新刊全点案内で紹介された本の書誌情報をアマゾン等から取得して表示し、その本がミステリかどうかの投票ボタン(「ミステリである」「ミステリではない」)を設置してあります。その投票結果により、ミステリかどうかを判定するものです。

配布したデータは、二〇一五年から現在までの期間で、上記のサイトにおいてミステリだと判定された本のデータです。

グラフの一枚目は「月ごとの出版数」ですね(資料1)。我々有志がミステリだと判断した本の冊数。これ今年(二〇一七年)の八月と九月がまだ出切っていないので参考値ですけど、これを除いて直線を引くと、毎月じわじわと増えていってることが見えます。傾向としては、だいたい月に一三〇冊以上必ず出ているという感じですね。

二枚目は二〇一六年に発表された二〇四九点の「出版社ごと」のデータになります(資料2)。これを見てわかるのは、講談社、角川、光文社、東京創元社、集英社、早川書房っていうのがそれぞれ年間一〇〇冊程度っていうのがほとんど変わっていないんですね。三枚目は二〇一七年のデータで、まだ途中までですが、同じような傾向でこのまま続きそうです（資料3）。これが出版社ごとの冊数ですね。

三枚目と四枚目は、これはネタで出した「著者ごと」データです（資料4）（資料5）。アンソロジーなどの場合、一冊の本で八人とかが書いていることもあるので、延べになっています。これを見ると、やっぱり西村京太郎先生がすごいですね。二〇一七年は八月の段階で三五冊っていうかなりすごいハイペースで飛ばしているので……月に四冊以上ですか？

浅木原　これは文庫化も含まれてるんですね？

谷口　そうです。だから前に書いたものの文庫版や再刊も全部入っています。ここまでは自動でできるのです。出版社と作者はそれぞれアマゾンのデータに存在していて、アマゾンから引っ張ってくれれば楽勝なんですけど、レーベルは本当に地獄です。データがアマゾン自体には用意されているんですけど、共通するのは項目のみで、その項目の形式については各社各様なんですよ。で、どうやら出版社ごとで対応は違いますが、タイトルにレーベルが入ってる場合がいくつかのケースである。そのタイトルから自動で引っ張ってきて、あとはたとえば二〇〇〇冊だったら二〇〇〇冊全部手打ちっていうことをしたのが「レーベルごと」のものですね（資料6）。これでわかるのは本当にレーベルが多いってことです。あとで話題になるかもしれませんが、ライト文芸っていわれているレーベルがたくさん出ていますし、角川やエンターブレインなどのも入っているんで、本当にすごい多いです。

で、ここで印象としてあるのが、ノベルスがほぼ出なくなってしまったということです。僕昔、本格ミステリって毎月講談社ノベルスで出るっていう感じで買ってたのですが、これがほぼない。

浅木原　カッパノベルスも少ないですね。

谷口　出版社側でノベルスではあまり新刊を出さないっていう判断になってるような気がしますね。今度講談社ノベルスで新本格三〇周年のアンソロジーが出るんですけども（綾辻行人ほか『7人の名探偵』二〇一七年、講談社）、文庫で出した方が、もしかしたらいいかもしれない。

大森　戸川安宣・空犬太郎『ぼくのミステリ・クロニクル』（二〇一六年、国書刊行会）でも、新書はあんまりやらない方がいいとウチ（東京創元社）では判断していたということを書いていました。

谷口　それでも二〇一七年八月で八冊だからひと月一冊は必ず出てるんですよね。

諸岡　前は三冊四冊コンスタントに出てましたよね？

谷口　講談社タイガが引き受けてる感じですよね。タイガは八月までで二〇冊くらいになってるんで。

諸岡　このシステムについては、もともと、本格ミステリの読者がどうやって作品を選んでいるのかを機械的に再現できるのか、という疑問もあったとうかがっています。それで、二年程度回した結果として、やっぱり難しいと。どれをミステリに入れるかという判断も難しいですし、どうやって網をかけるかというのも難しい。

谷口　今、話に出ていたような出版社をチェックするだけでミステリ本として選定できるのかなって思ったら、思った以上にいろんなところから出てるぞみたいな感じになってて……。

松本　一時期の講談社ノベルスの本格ミステリ作品はだいたい辰巳四郎さんの装丁で、表紙を見ただけで安心感がありましたが、いまや、そんなわかりやすいものじゃないじゃないですか。

諸岡　どうやって自分が本格ミステリかどうかを判断するのかというと、やっぱり出版社上位二〇社くらいと著者名の上位を大まかに確認して、その上でタイトルやあらすじなどで網を掛けて、という感じになるのではないかと思います。しかし、このやり方だとそれ以下のこれだけたくさんある出版社は視野に入っていなかったということですよね。それがよくわかりました。全体をフォローするのは本当に難しいなと。

「タグ」をめぐって

松本　ジャンルごとの読者がある程度は定番のものを読んでいるだろうという共通理解は、もう、ほぼ成り立たなくなっているんだなと思います。近年では、書籍の内容検索の際に「タグ」を利用するケースがありますよね。このタグって無限に増殖していくと思うんですよ。そうすると、従来のジャンル小説のようにある程度のまとまりをもって語ることが困難になってしまう。それに、中には一冊につけられたタグじゃないかっていうのがあって。

谷口　休憩中に柄刀さんに聞かれたんですけど、「鎌倉」というタグは何なんだって。これは集英社オレンジ文庫ってところの一番売れてる奴かな？　『鎌倉香房メモリーズ』（二〇一五年〜）っていうのがあって、たぶんそのために用意されてるような感じがしますけど。

松本　「コールドスリープ」とか「リラックス」とか、そのタグがつく本は何冊もあるのかっていう……。

大森　でも意外とびっくりするタグが登場する可能性はありますよね。「上京」とかって、これはかなり面白い。

松本　こういうと語弊があるかもしれないんですけど、島田先生の新本格七則（島田荘司『本格ミステリー宣言II』一九九五年、講談社）って、今になって振り返れば、あれはタグだったのかなって感じがします。よく見られる要素を抽出したものですから。

諸岡　従来、ジャンル分けの土台になっていたのは究極的には本を取り巻く物理的な環境ではなかったかと思います。たとえば、ある本をどれかの本棚に置かなければならないときに、本が一冊しかなかったら特定の本棚を選ばなければならない。そうすると、枠を作ってその中に入れる形になって、その枠が一種の「ジャンル」なんですよね。でもタグになった場合は、ジャンルじゃなくてその作品自体の方がメインになって、それにどういうタグをつけるか。つまり、この中にはどういう成分が入っていますかという話になるので、作品の受け取り方が変わってくる気がします。

松本　だとすると、ＳＦとかミステリとかホラーっていう区分が意味を失いつつあるのかなという気がしてなりません。たとえば「ミステリ」の持つイメージって人によって違うと思うんですよ。どんでん返しがあるとか、サスペンスがあるだろうとか。区分の意味合いがいま以上に薄れてゆくと、読者の側にしても、思ったのと違うっていう現象が起こるように思えるんですけれどね。

谷口　たとえば「吸血鬼」ってタグがあるんですけども、これは吸血鬼が出てこないとさすがに怒られると思うんですけど、「ミステリ」だと、どこの成分がミステリなのかは読者に委ねられてて、結構複数のジャンルが振られてることが多い。

松本　たとえばホラーでも、そのあたりは曖昧かもしれません。私の好きなホラーとほかの方の好きなホラーに乖離があったりということを感じる場合があります。確かに一見すると魅力的な要素を抽出したタグがついているんだけど、手にとってみると期待と違っていて、うーんと思ったり。タグは口コミの共感を可視化したものに近いのかもしれませんが、どうも受け手によってタグの意味合いが変化しそうで、うまく機能するんだろうかと。そして、こういうものが現れるのも、何を手がかりに売っていけばいいのかが苦しくなってきている時代ゆえなのかなという気がします。

柄刀　僕もその流れで、まとまり的なことを言わせていただくとね。作者としては厳しくなってるなぁっていうこと。タグで分けるっていうことは結局、物語本質になってきていて、その内容次第ってことですよね。それはまあ、基本の基本、本質だと思います。ただ、たとえば昔、ＳＦが「今は隆盛です」って言われたとき、そのジャンルにみんな自分の作品を入れたりして……でもそれが下火になっていく。本格もそうですけどね。本格が勢いあったときってみんなミステリってつけて乗っちゃうみたいに。今だったら「ミステリって使わないでくださいね」ってなるでしょ？

ジャンルにはそうしたブームの波がつきものですけど、今はもうそれさえなくなってきているんじゃないか。波も生まれず、長期的にさざ波程度。乗れる波は将来的にもなく、これからはタグでやっちゃいますよってなったら本当に個々の内容勝負になるんだけども、じゃあ内容をどうやって読者に届けるのかって点が、売り手の一番難しいところです。ちゃんと面白いんですよって、みなさんこの作品を読んでくださいって、どうやって読者に伝えるかというところが編集者・作家の今一番難しいところです。ジャンルに甘えることは到底できないし……。今大変なんだろうなって実感を持って思いますよ。

谷口　本屋が相当苦しそうな感じがしていて、棚で売るってパターンだと、出版社の棚にするか、もしくはカテゴリ……たとえばライト文芸っていうような枠で売るかとか、たぶんどっちかを選ぶしかない。

柄刀　あとは作家別になるか。

谷口　そうですね。ただ、作家別だと中身が関係なくなるので、そこが難しいところですよね。実際配架すると、どうやって読ませたい人に届けるのかっていうところが、かなり本屋は苦しそうだなっていう感じがありました。

松本　ポップで売ったり、本屋大賞のように中身を読んだ人が紹介したりと、共感をベースにその本の魅力を伝えていくっていうのが、これまでは比較的意味を持った売り方だったと思うんですけど、ここまで細分化してしまったときに、さあどうするんだっていうのが、ちょっと見えなくて。

谷口　点数が多いという点はかなりのネックになっていて……出ている本の一つ一つはたぶん面白いと思うんですよ。だけど全部紹介できるのかって話になっていきます。著者と編集が一緒になって、ＳＮＳとかで露出を増やしていくっていう方向性が今トライされています。上手くいってるケースもありますけど、みんながみんなやり始めると結局おんなじ話になるので、ちょっとキツそうです。

メインとサブ

諸岡　座談会の前に、大森さんから今回のテーマに関係のありそうな新聞記事を紹介していただきました。『朝日新聞』二〇一七年八月一四日と一五日の文化・文芸欄に掲載された「気になる境界」という連載記事の一回目と二回目ですね。

大森　一回目は、純文学とエンタメ文学の境界が融解しているという話題です。それ自体は前世紀の中間小説の時代から指摘されていたことですが、燃え殻『ボクたちはみんな大人になれなかった』（二〇一七年、新潮社）、住野よる『君の膵臓をたべたい』（二〇一五年、双葉社）など、ネットからいきなりデビューする新人たちを例に挙げ、素人とプロの境界も曖昧になっていると指摘しています。

二回目は、ロックフェスにジャズや演歌、アイドルなどの異業種が参入したり、ＣＤやYouTubeの再生回数、音楽聴き放題サービスの再生回数の楽曲がばらばらだったりする、聴取の多様化について述べていますね。また、ある中学校で給食の時間にボカロの曲を流そうとした放送委員の女の子が「ボカロは機械の声だからだめ」と教師に止められた話を紹介しています。学校教育やマスメディアが、メジャーやメインを決定する機能を持っていた／持っているという指摘です。

松本　この記事の中で非常に面白いと思ったのは、権威によってメインが作られるという部分です。なにがメインかわからなかった学生が、あるものにメインっていうタグがつけられることによって、自分の好きな音楽、この記事ではボカロがメインではないんだと初めて知るとか。強制的にタグがつけられることによって、別の価値基準が生まれる現象っていうのが、ここに何か、今までは語りえなかったものを語るヒントが隠されているような気がするんですよね。メインが生まれることによってカウンターが生まれるという理解だと雑になってしまうかもしれませんが、今までの文学・これからの文学、誰かが価値を決めるもの・決めないものっていうその差異の中から、何かを語る言葉が生まれてくれればなって気がすごくします。大森さんはこの記事を紹介されたときに、それこそいま言った、メインが生まれる、区分けしたところに着目したいんだって書かれていた記憶があるんですけども。

大森　教養主義か、カタログ志向かという書き方をしたのです。

ミステリに限らず日本の近代文学がそうなんですが、ヨーロッパやアメリカのあとを追っかけていた。批評家の仕事は海外の原著を読んで、向こうでこういうのが流行しているから、日本でもこのあとこういうのが流行するだろうという言説を紡ぎ出すこと。で、一般の人たちが批評家に要求しているのは、次はこうなるでしょうという未来予測。それは九〇年代までは有効に機能していました。ノワールミステリがアメリカでヒットすると日本でもノワールを書く人が出てくる。女性私立探偵が英米で出てくると、日本でも女性私立探偵を書く人が出てきた。しかしゼロ年代以降はそれが失効している感じなんですね。今こうだからこのあとこうなるはずだというのがちょっと言いにくい。海外のものを読んでも参考にならないんですよね。つまり、メイン＝英米由来の近代的な教養主義が失効している。

松本　九〇年代の頃、『ミステリマガジン』でノワール特集とか、なんかいろいろありましたよね。

大森　ありましたねぇ、女性探偵特集もあったんですけども。ゼロ年代に笠井潔も脱格系を主張したときは、ヨーロッパの歴史の流れを引っ張ってきて、モダンアートに重ねて話をするわけですよ。「内面がない」というのがそもそもの笠井理論の根幹の一つなので、内面がない二〇世紀小説として本格ミステリを評価する——つまり結局、「内面を描く」近代文学の文脈に持っていこうとする。しかし、それが果たして実りがあったのかなかったのか。むしろ、近代文学の方が、滝沢馬琴などが言った物語プロットの書き方を「内面に応用」しているんじゃないのか、と。表向き馬琴を批判していながら、おいしいところを密輸入している。馬琴の稗史七法則のたとえば「対照」——つまり「コントラスト」の考え方を内面に持ってくると「葛藤表現」になるんですよね。もちろん、葛藤心理表現は馬琴以前の時代から存在しました。しかし馬琴をサブに追いやるのではなく、メインに据えて考える発想も可能だと思うのです。馬琴のアイディアが近代内面小説を面白くしたんじゃないのか。そういう観点もありうるし、やはりメイン（純文学）とサブ（エンタメ小説）に分ける近代の読み方は失効しているると。池澤夏樹の日本文学全集、世界文学全集は、メインを教導する近代的教養主義ではなく、どちらかというとカタログ志向の産物なのではないかなぁと個人的には思っているんですよ。

谷口　構築物みたいなやつって、たとえば教養主義は建築するには土台がないとダメで、その上にこう乗っけてくってやつなんですけど。今だとそんなんじゃなくて、原っぱとかにいろいろ生えてるやつを、これはこういうところが面白いという形で見るから、人によって見てる場所が全然違うしって感じなので……。朝日新聞の記事でちょっと思ったのは、音楽と小説は全然違うなって。音楽ってネットと非常に相性がいいんですよ。それは、クラシックは違うけど、普通の音楽って聴く時間が五分とかで終わるので、掘りようがあるんですよ。五分聞いたら、「これを聴いてる人はこれを聴いてます」と、YouTubeとかで延々と掘っていける。ただ小説はそうはいかない。小説を読んで気づいたら朝が明けていたっていうときに、一冊読むのと一〇〇曲聴くっていうのとでは、全然咀嚼した量が違いすぎるんで、小説だとネットと相性が悪い。読むこと自体はネットでもいいんですよ、「なろう」とかが流行ってるのはそれが理由なんで。ただ量は読めないんですね。

柄刀　その辺を踏まえて、ちょっとこれからの問題だと思うのは、タグっていうのはネット上で探しやすいってことですよね？　でもそれですら、分量が膨大で大変そうだ。ましてや、自分の好きな作品を探すために、書店とか、図書館とかに、実際に足を運んでもらえるのかってところですよ。

そこまで労力を払ってくれる読者をどうやって育てていくんだ、と。ネット検索は労力の質が違うけれど、熱心に迷宮の中を歩く感じは似ているのか……。

谷口　今の僕のやり方だと、タグで検索したやつをチェックしてアマゾンで買うっていう動線になっているんですけど、これ問題は、レーベルごとにタグ付けのルールが違っていて、そこの会社に行かないとそこの会社が扱っているものが見れない。アマゾンとかで一気刺しでタグ検索できればいいんですけど、それはできないからっていうのが問題で……。それをやれないかっていう試みの一つが、僕が今やってるものです。

松本　わたし自身がそうなんですが、かつての読者は、その作家に感情移入して、その作家を好きになって、その作家の文が読みたくて……。それで、その作家の本を揃えていくじゃないですか。ジャンルというにも曖昧で、作家主体でもなく、それで読書を広げていくっていうのは……ちょっとその、ピンと来なくて(笑)。

柄刀　今もうそれ、普通でしょう？

浅木原　今は作者の名前なんて知りませんよ。東野圭吾と宮部みゆきくらいしか知りません(笑)。

大森　東野圭吾も下手すると危ない可能性もありますよね(笑)。ドラマや映画のタイトルで探すこともありますから……。似たようなやつだと、八〇年代末から「ちくま文学の森」があって、『変身ものがたり』『美しい恋のものがたり』『思いがけない話』とか、いわゆる「タグ」がついていた。その中に短編がたくさん入っているんですよね。それが全一六巻……とても太刀打ちできないですよね、今は。

柄刀　アンソロジーとかだといろんな作家に触れてもらえるから、読者にそういうのを提供したいなって思うんだけど、「アンソロジー売れないんです」って出版社に言われる。その辺がわからないんだよなぁ……。読者にいろんな作家に触れてほしいから、時間もかからないから短編読んで触れてみてって思うんですけど……。

浅木原　長編より短編集の方が読みにくいって人が多いみたいですね。短編ってやっと話に入り込めた、世界観がわかってきたって思ったところで終わってしまって、また次に別の話に頭を切り替えないといけないから読むのが大変という感想になるらしくて。

谷口　難しいですよねぇ。読むのが大変っていうのはどうにかしたい感じなんですけど……。学生さんに聞くと逆パターンが多くて、僕の学生だと、アニメを見たからその本を買いましたっていう、なんかそんなパターンが多いんですよ。だから作者を知らないケースが結構あるんですよ。米澤穂信『氷菓』(二〇〇一年、角川書店)はアニメになってるから見ていて、「京都アニメーション」って言葉は出るけど、「米澤穂信」って単語が出てこない。

松本　まあ、作者の名前を知らないというのは昔からあったんでしょうけどねぇ。

谷口　でも、そこから流入できるっていうのは結構デカいですよね。

諸岡　入り口は多くあるというのが正直な印象で、ほとんどの学生が知ってるミステリ作品はあるんですよ。それこそ『名探偵コナン』とか『氷菓』とか。そこからなぜ小説に行かないのかっていいうと、さっきの権威づけの話で、小説は「難しそうだから」って言われるんですよね。ある意味、小説が特権化されてきたのが影響している印象はあります。まあ、本書のような研究書も「難しい」というイメージにつながってしまうのではないかというジレンマもあるのですが……。

柄刀　難しいっていう人は普通の小説は読んでるんですか？

諸岡　小説自体が難しいというイメージがついているみたいです。

柄刀　それじゃあ困った……。

諸岡　ええ、ですから、「もともと小説は娯楽で気軽に楽しめるものなんだから、アニメも見たらせっかくだからこっちも読んでみたら？」みたいな案内の仕方の方が合ってますね。

松本　映画から小説に入るっていう角川商法が、今でも有効かわからないですけど……。「映画化決定」みたいなオビつけて本を売るじゃないですか。実際あれは機能しているんですか？

諸岡　今年の授業でレポートを課したんですけど、ちょうどドラマ化された湊かなえの『リバース』の分析が大幅に増えました。それから森博嗣が『すべてがFになる』の映像化の年に、前の年の七倍ほど部数が上がってるんですよ（森博嗣『作家の収支』二〇一五年、幻冬舎）。だから、映像化の影響は大きいです。

ミステリと「タグ」にまつわる難問

諸岡　谷口さん、今後の見通しはどうでしょう。これからもデータをとっていくんですか？

谷口　はい。あとはタグをやりたいんですよね。タグで検索できるように。僕は龍之介くん推しなんで、龍之介くんをいかに売るかって感じで。「ショタ」とかってつけたい。

柄刀　龍之介くんって少年だと思ってる人、居るもんね。

松本　表紙のイメージが大きいですよね。シリーズが続くと、だんだん子どもっぽいっていうか、女の子っぽい絵に……。

柄刀　(笑)。読者の無意識の反映なのかなぁ？　女性読者からかなり反応があったのは、龍之介くんがパジャマ姿になったイラストだったたって。

浅木原　竹本健治さんのゲーム三部作が講談社文庫で復刊されましたが、『囲碁殺人事件』で牧場智久ってまだ12歳じゃないですか。ショタ好きのお姉さんたちが反応してるんですよね、「かわいい」って。

谷口　そういうの、利用しながらやっていかないと。

松本　「密室」とかいうワードはもうダメなんですかねぇ。密室にもいろいろ種類あるじゃないですか、雪密室とか。

谷口　それで検索したいときはあるんですよね、密室ものだけ読みたいときがあって。しかしそれで検索するのは相当難易度が高いですから、タイトルとかで書いてくれればいいんですけど、別にそうとは限らないですからね。あと、何が書きづらいって、密室なら書けますけど他の奴が書きづらいですね。タグで「密室」ならまだいいじゃないですか。解かれ方が書かれないから。そうじゃ

そういうの欲しいんですけど。読む前のびっくりが失われるっていうのがあるんですよね。
ない奴……「入れ替わり」とか書けないですよね(笑)。ネタバレOKな人だけ見れるように……。

おわりに

諸岡　いろいろと話題は尽きませんが、良い時間になりましたので、最後に一言ずつ、座談会の感想や今後の見通しなどについてコメントをいただければと思います。

柄刀　権威づけの話で、特権化されたのかもしれないジャンルである小説だから読者は「難しそう」と感じてしまっているのかもしれないとの内容がありました。このジャンルの中でも本格ミステリはさらに特殊化していて、評論活動も活発で、その専門書も比較的多数流通しています。ランキングムック本などにも評論はつきもの。もしかして、これらが周辺読者の半ば無意識の目にとまっていて、専門的な分析が目白押しのこのジャンルは「難しそう」というイメージにつながっていたりはしないのだろうか？　作者であり評論家でもある方々の解析も知りたいところ。

松本　話題は多岐にわたりましたが、「タグ」の話はことに印象深かったです。まだ自分の中で定まったものがないのでうまく言えませんが、新しい何かが見え隠れするように思いました。自分自身に関してはうまく話題を深めたり、広げたりすることができなかったのではないかと反省する部分もありますが、皆様のおかげで楽しい時間を過ごすことができました。ありがとうございました。

浅木原　自分の守備範囲のことしか喋れないオタクなので、何か場違いな話ばかりしてしまった気がして申し訳ないのですが……（笑）。今後、自分が商業で評論か何かをやる機会があるのかどうかは全くわからないので、とりあえずは今まで通り、東方でミステリを書き続けていこうと思います。

谷口　本日はありがとうございました。たいへん楽しかったです！「この本はミステリですか？」は常時二千冊前後未判定の本を抱えております。皆様のご協力をお待ちしております。

大森　二〇〇九年にスティーグ・ラーソンの『ミレニアム』三部作が翻訳刊行され、日本ミステリ界に「北欧ブーム」が到来しました。その後、二〇一一年に台湾の中興大学と北海道大学のワークショップに参加させてもらい、台湾のミステリ作家さんらのお話を聞けました。みなさん、『ミレニアム』に感銘を受けていたようです。スウェーデンのミステリを台湾の作家さんが面白がる。アメリカ、イギリス主導のミステリ史に変動が起こっている「歴史が動いた」景色を見ていたような気が、今はします。最近では台湾、香港、中国大陸のミステリもレベルを上げてきているようです。評論家としても小説家としても、「お手本」のない時代に突入したと思います。しかし逆に考えると、今まで存在しなかった新しいものが生まれるチャンスなのかもしれません。今回の座談会は、新しい動きを見極めるアンテナの精度を高めてくれたと思います。

（1）　ここではいわゆる文芸系の同人雑誌ではなく、コミックマーケット等の同人誌即売会で主に頒布される同人誌のことを指す。
（2）　二次創作とは、既存の創作物を下敷きにした、ファンによる二次的な創作物のこと。

（3）　東方Projectは同人サークル「上海アリス幻樂団」が制作している、縦スクロール型の弾幕系シューティングゲームを中心とした一連の作品群。通称「東方」。商業流通ではないインディーズゲームで、プログラム、グラフィック、シナリオ、音楽に至るまですべてをゲームクリエイターのZUNが一人で制作している。幻想郷と呼ばれる異世界を舞台に、妖怪退治を生業とする巫女・博麗霊夢とその友人の魔法使い・霧雨魔理沙が、妖怪たちの起こす異変を解決するのが基本的なストーリー。二〇〇二年に制作された第六作『東方紅魔郷』から大きく知名度を広げ、現在までに番外編的作品を含め二〇作を数える。正規ナンバリングの最新作は二〇一七年の『東方天空璋』。その他の公式作品として、同人サークル「黄昏フロンティア」との共同制作による弾幕アクションゲーム（六作、最新作は二〇一七年の『東方憑依華』）や、ZUN作曲の楽曲を収録した同人音楽CD、商業誌連載のコミック（『コンプエース』にて『東方三月精』、『Febri』にて『東方茨歌仙』が連載中）および小説、設定資料集などがある。また、ZUNが二次創作に対して非常に寛容な姿勢をとっているため、その世界観・キャラクター・音楽などを元に、ファンによる漫画・小説・ゲーム・音楽・動画・造形物などきわめて多彩かつ膨大な二次創作文化が広がっている。一例としてイラスト投稿SNS「pixiv」の東方イラスト投稿数は二百万以上、動画共有サービス「ニコニコ動画」の東方動画数は三十万以上。毎年春に東京ビッグサイトで開催される東方オンリー同人誌即売会「博麗神社例大祭」には四千サークルが参加、来場者数は五万人を数える。

（4）　合同誌とは複数の作家が集まって作った同人誌のこと。現代の同人文化では、執筆者個人で活動する個人サークルが主流であり、別々のサークルの作家が集まって作ったものを合同誌と呼ぶ。主催者が内容に関する何らかのテーマを設定し、それに関心のある作家が集まって寄稿する。数名による小規模なものから、数十名が集まる大規模なものまでさまざま。

参考資料として、座談会当日に配布された報告書と資料(抜粋)を掲載する。
なお、データはすべて二〇一七年八月一九日時点のものである。また、掲載にあたって一部修正を施している。

報告　昨今のミステリ出版事情

谷口文威

一　はじめに

現在、報告者は「データ部ログ　日刊新刊全点案内　新刊一覧」(http://datablog.trc.co.jp/nikkan_annai.html)を利用し、「この本はミステリですか？」(https://goo.gl/nmXS2p)というWebサイトを運営している。このサイトの利用者は、出版されている書籍のリスト(本の題名、著者名、書影、あらすじが記載されているもの)を見て、その本がミステリかどうかを判定し、投票する。ミステリであるという投票がある程度集まったときには、ミステリとしてデータベースに登録されるというサイトである。

ミステリ本のデータベースの登録は二〇一五年七月から始めたため、まだそれほどデータが集まっているとはいえないものの、昨今の傾向はある程度いえると思い、今回の報告を行う。報告で利用するデータは、すべて二〇一七年八月一九日時点のものである。最新版はhttps://goo.gl/4XbFpwを参照していただきたい（月ごと出版数は毎日更新されている）。

二　その本がミステリかどうかの判断について

「はじめに」で、ある程度の投票により、その本がミステリかどうか決定されると書いたが、報告者自身がどのように判断しているかをここで説明しておきたい。報告者は現状、タイトル、著者、レーベル、あらすじ（本紹介）くらいから判断している。また、一田和樹他『サイバーミステリ宣言！』（二〇一五年、KADOKAWA）の「ミステリというのは、謎が解明される、不思議なことが解決される様を描く物語」（一八頁）や「ミステリとは、事件や犯罪が解決される過程を描いた物語のことを指します」（一八頁）に同意しているので、それらが描かれていそうかどうかで判断している。また、同書で書かれているミステリの四つのジャンル分け

- ●本格ミステリ……探偵が謎を論理的に解明する様（＝推理）を中心に描く
- ●ハードボイルド……探偵が解決に向けて動く様、ひいては生き様を中心に描く
- ●サスペンス……事件に巻き込まれた視点主人公の恐怖や心の不安を中心に描く
- ●警察小説……警察の捜査を中心に描く

も参考にし、このジャンルに含まれるようであれば、ミステリと判断している。

後ほど詳しく見ていくことになるが、ミステリかどうかを判定するのは難しい。この理由は大きく二つある。一つはレーベルが大量にあるということ、もう一つは複数ジャンルにまたがるものが多いということである。ここで、レーベルは「創元推理文庫」「講談社ノベルス」などを指し、ジャンルは「ミステリ」

「ファンタジー」「ＳＦ」などを指す。
以下、データを見ていく。用意したデータは、
●月ごとの出版数（資料1）
●二〇一六年と二〇一七年の出版社ごとの出版数（資料2、3）
●二〇一六年と二〇一七年の著者ごとの出版数（資料4、5）
●二〇一七年のレーベルごとの出版数（資料6）
である。

三　月ごと出版数について

資料1の「月ごと出版数」を見ると、常に一三〇冊以上のミステリが出版されているということがわかる。二〇一六年四月が一〇五冊となっているが、これはＴＲＣブックポータルの廃止（http://d.hatena.ne.jp/PreBuddha/touch/20160304/p1）の影響により、データが正確にとれていないためである。二〇一六年には二〇四九冊、二〇一七年は一一八八冊出版されているということがわかる（二〇一七年八月一九日時点）。

四　出版社ごとの出版数と、レーベルごとの出版数

出版社ごとの出版数については、全体的な傾向は二〇一六年、二〇一七年ともに変わらないように見える（資料2、3）。二〇一六、二〇一七年ともに、上位は講談社、角川書店、光文社、東京創元社、集英社、早川書房である（二〇一六年はこの六社で五割弱を占め、二〇一七年は八月時点で五割を超える）。

一方、レーベルごとの出版数を見てみよう(資料6)。二〇一七年のデータでは、レーベル数は二〇四である(ただし、本書に掲載した資料は五冊以上刊行したレーベルのみを抜粋したものである)。ここでわかることは、

●講談社文庫、光文社文庫、角川文庫で一八〇冊程度占めている
●大量のレーベルに一〇冊以下のミステリ本が散在している

たとえば、早川書房だけで「ハヤカワ・ミステリ」「ハヤカワ・ミステリワールド」「ハヤカワ・ミステリ文庫」「ハヤカワ epi 文庫」「ハヤカワ文庫」「ハヤカワ文庫JA」「ハヤカワ文庫NV」「ハヤカワ文庫SF」のレーベルがある。なぜこうなるのか。

これは、一つの本が複数のジャンルにまたがっているためである。たとえば『蝿の王(新訳版)』はハヤカワ epi 文庫から出ているが(レーベル)、このジャンルは「ミステリ」「冒険小説」「文芸」「ホラー」である(http://www.hayakawa-online.co.jp/shop/shopdetail.html?brandcode=000000013508&search=%A4%CE%B2%A6&sort=)。このような状態は最近始まったわけではないようで、戸川安宣・空犬太郎『ぼくのミステリ・クロニクル』(二〇一六年、国書刊行会)でも、ジャンルに関して言及されている。

(引用者注:一九八九年以降の話として)創元推理文庫のマーク自体がなくなります。要するに、ジャンル分けが難しくなってきた時期なんです。(中略)新作ミステリでいうと、本格・ハードボイルド・サスペンスをマークで明確に分けていたころから、ハードボイルドでも本格でもないから猫にしておこう(引用者注:サスペンスを表す猫マークのこと)みたいな感じにしたものが非常に増えてきていました。

（二三八頁）

このことは、近年流行している「ライト文芸」においても同様であるように思われる。大橋崇行「ジャンルの変容と「コージー・ミステリ」の位置」（西田谷洋編『文学研究から現代日本の批評を考える』二〇一七年、ひつじ書房）でも例として挙げられている集英社オレンジ文庫がわかりやすい。集英社オレンジ文庫のページ（http://orangebunko.shueisha.co.jp/book_genre）を見ると、「ジャンル別」となっている単語の中には、今までジャンルとはみなされていなかったものも散見される（資料7）。つまり、ジャンルというよりは、キーワード、先の座談会でいうなら、「タグ」であろう。この、ジャンルではなく、キーワードというのは、近年話題になる小説投稿サイト「小説家になろう」でも同様である。

最初期のライト文芸レーベルであるメディアワークス文庫においても、検索欄（http://mwbunko.com/?s=）でのジャンルは「ＳＦ」「しっとり」「ほんわか」「コメディ」……と、集英社オレンジ文庫と同様であることがわかる（資料8）。

たとえば、北野勇作『かめ探偵Ｋ』（メディアワークス文庫）は、「ミステリー」「ファンタジー」「ＳＦ」「コメディ」「不思議」「ほんわか」「リラックス」にまたがる小説である。

また、集英社オレンジ文庫から一例を挙げれば、彩本和希『ご旅行はあの世まで？　死神は上野にいる』は、アマゾンの内容紹介によれば「就職浪人中の青年・楓は、小学生を助けようとして川で溺れてしまう。意識を失った彼は「死神」を名乗る男・刑部と出会う夢を見た。意識を取り戻したとき、楓の手元には刑部の名刺が残されていて!?」というものだが、集英社オレンジ文庫のキーワードは「お仕事」

「ほっこり」「ドキドキ」「バディ」「ミステリー」「不思議」「人情」「死神」である。

　少なくともライト文芸を読む読者においては、「ジャンル」というものに対する捉え方が変わってきており、小説を構成する要素の一つにすぎなくなっているのではないか。ミステリと銘打たない「ミステリ的な」小説が、ライト文芸には多々あることもそれを裏付けているように思われる。そのため、小説を読まずにその本のジャンルを決めようとすることは、非常に困難になっている。

資料1　月ごとの出版数

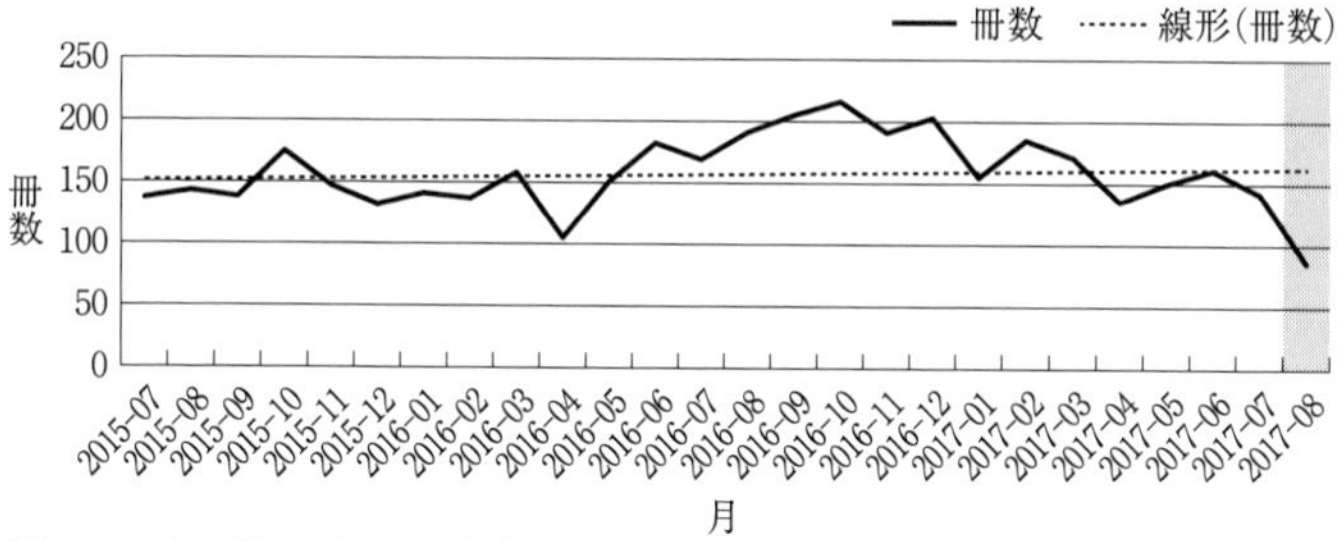

注）2017年8月のデータは参考値。

資料3　2017年出版社別出版数
(1188冊中)

出版社名	冊数
講談社	160
KADOKAWA	142
光文社	82
東京創元社	66
文藝春秋	64
早川書房	61
集英社	45
徳間書店	44
新潮社	38
双葉社	38
宝島社	37
実業之日本社	34
中央公論新社	32
小学館	31
祥伝社	26
ポプラ社	20
角川春樹事務所	20
河出書房新社	15
ハーパーコリンズ・ジャパン	19
論創社	13
文芸社	13
幻冬舎	13
朝日新聞出版	12
二見書房	12
原書房	12
PHP研究所	8
オークラ出版	7
汐文社	7
扶桑社	6
岩崎書店	5
コスミック出版	5
三交社	5
竹書房	5
マイナビ出版	5
埼玉福祉会	5
大和書房	5

注）5冊以上刊行した出版社をまとめた。
注）2017年8月19日時点の刊行点数。

資料2　2016年出版社別出版数
(2049冊中)

出版社名	冊数
講談社	260
KADOKAWA／角川書店	130
光文社	125
東京創元社	117
KADOKAWA	99
集英社	98
早川書房	82
文藝春秋	82
双葉社	80
新潮社	77
幻冬舎	65
徳間書店	53
小学館	52
宝島社	52
祥伝社	51
実業之日本社	50
中央公論新社	47
ポプラ社	34
KADOKAWA／アスキー・メディアワークス	32
論創社	28
原書房	27
ハーパーコリンズ・ジャパン	26
角川春樹事務所	24
河出書房新社	23
朝日新聞出版	22
竹書房	19
PHP研究所	18
二見書房	18
マイナビ出版	17
扶桑社	17
KADOKAWA／富士見書房	14
オークラ出版	13
文芸社	13
国書刊行会	12
学研プラス	11
コスミック出版	9
TOブックス	7
廣済堂出版	7
三交社	7
ゴマブックス	6
KADOKAWA／エンターブレイン	5
KADOKAWA／メディアファクトリー	5
筑摩書房	5

注）5冊以上刊行した出版社をまとめた。

資料4　2016年著者別出版数(2049冊中)

著者名	冊数
島田荘司	6
筒井康隆	6
福田和代	6
望月麻衣	6
湊かなえ	6
門井慶喜	6
誉田哲也	6
輿水泰弘	6
はやみねかおる	5
安東能明	5
恩田陸	5
下村敦史	5
河野裕	5
貫井徳郎	5
櫛木理宇	5
鯨統一郎	5
高田崇史	5
高里椎奈	5
似鳥鶏	5
柴田よしき	5
柴田哲孝	5
周木律	5
織守きょうや	5
森川智喜	5
真梨幸子	5
神永学	5
水生大海	5
青山剛昌	5
太田忠司	5
大崎梢	5
長岡弘樹	5
長沢樹	5
碇卯人	5
東川篤哉	5
藤田宜永	5
内藤了	5
二宮敦人	5
本城雅人	5
有栖川有栖	5
椹野道流	5

注）5冊以上刊行した著者をまとめた。

著者名	冊数
西村京太郎	49
赤川次郎	32
江戸川乱歩	27
南英男	22
今野敏	19
内田康夫	19
堂場瞬一	17
森村誠一	12
梓林太郎	10
小杉健治	10
松岡圭祐	10
松本清張	9
倉阪鬼一郎	9
大沢在昌	9
モーリス・ルブラン	8
逢坂剛	8
芦辺拓	8
京極夏彦	8
近藤史恵	8
森晶麿	8
中山七里	8
鈴木英治	8
久住四季	7
古野まほろ	7
七尾与史	7
森博嗣	7
西尾維新	7
知念実希人	7
畠中恵	7
風野真知雄	7
薬丸岳	7
コナン・ドイル	6
スティーヴン・キング	6
皆川博子	6
宮部みゆき	6
篠田真由美	6
小路幸也	6
深水黎一郎	6
真保裕一	6
西澤保彦	6
大倉崇裕	6

資料 5　2017 年著者別出版数
（1188 冊中）

著者名	冊数
西村京太郎	35
赤川次郎	23
南英男	19
内田康夫	13
池波正太郎	12
江戸川乱歩	12
倉阪鬼一郎	11
今野敏	11
堂場瞬一	9
有栖川有栖	8
中山七里	7
小杉健治	7
貫井徳郎	7
梓林太郎	7
福田和代	6
風野真知雄	6
竹本健治	6
森村誠一	6
小路幸也	6
古野まほろ	6
ロバート・ゴダード	6
藤田宜永	5
東川篤哉	5
大倉崇裕	5
大崎梢	5
太田愛	5
青柳碧人	5
神永学	5
森博嗣	5
秋木真	5
周木律	5
坂木司	5
近藤史恵	5
久間十義	5
皆川博子	5
加納朋子	5
コナン・ドイル	5
カリン・スローター	5

注）5 冊以上刊行した著者をまとめた。
注）2017 年 8 月 19 日時点の刊行点数。

資料6　2017年レーベル別刊行点数

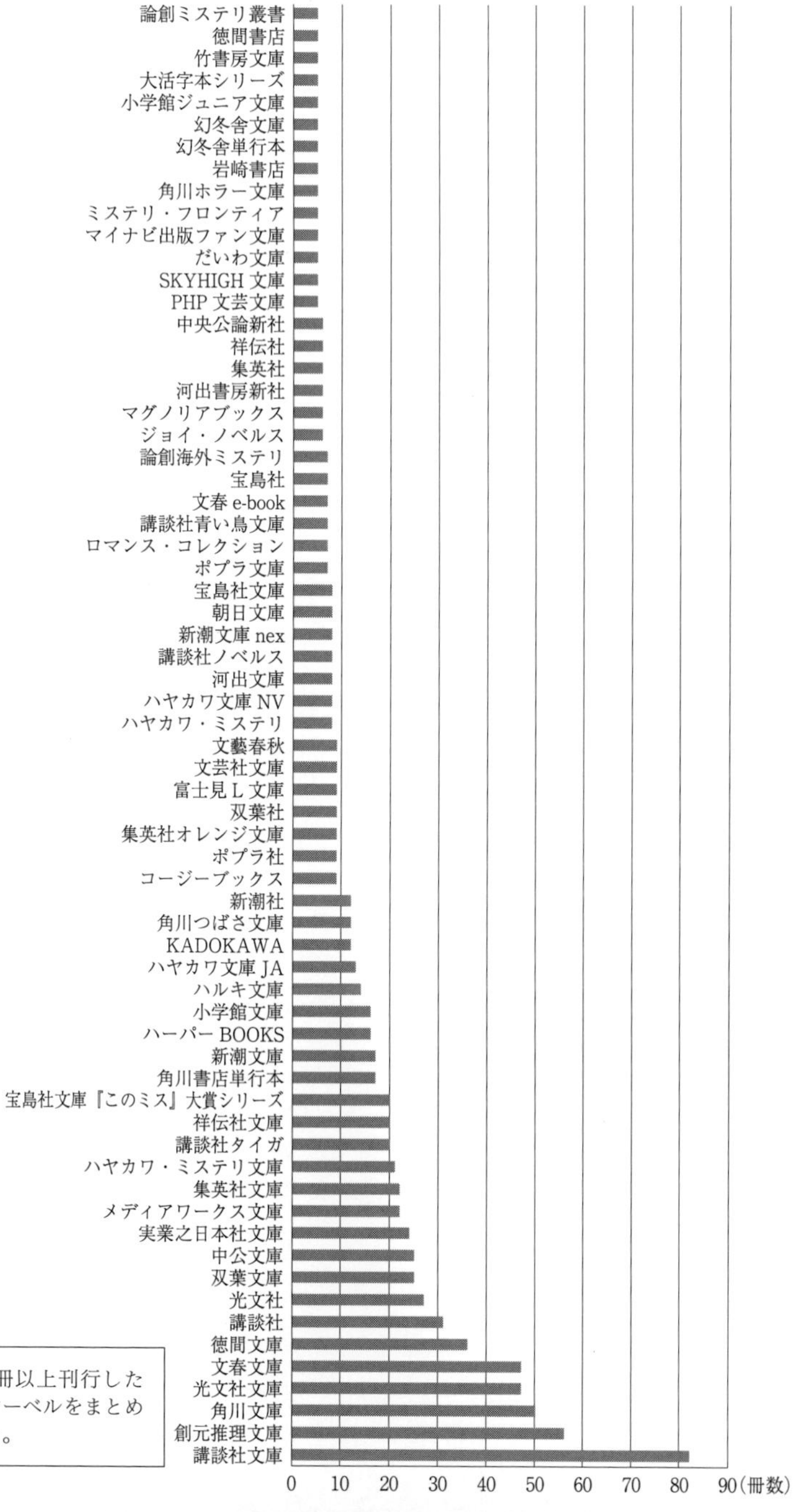

注）5冊以上刊行したレーベルをまとめた。

資料7　集英社オレンジ文庫の検索欄

書籍検索
刊行順
タイトル別
著者別
装画別
ジャンル別
書き出し別
すべて
90年代
SF
あったか
あの街
あやかし
お仕事
お店
ご当地
さいたま
さわやか
しっとり
ほっこり
ほのぼの
ほんわか
オカルト
カフェ
カメラ
クリエイター
ケーキ
コメディ
コンビ
コールドスリープ
サスペンス
シェアオフィス
スッキリ
スポーツ
タイムスリップ
ドキドキ
ノベライズ
ハッピー
ハートフル
ハードボイルド
バディ
ピュア
ファンタジー
フィギュアスケート
ホラー
ミステリー
リラックス
ワクワク
三角関係
上京
不思議
中目黒
京都
人形
人情
仲間
倉敷
兄弟
冒険
函館
切ない
初恋
勇気
医学
友情
双子
吉祥寺
吸血鬼
呪い
和菓子
夏休み
大学
大正
女子高生
妖怪
孤独
学園もの
家族
幼なじみ
建築
恋
感動
憧れ
探偵
旅
星
映画
時代
横浜
樹木医
死神
江戸
涙
漫画家
片想い
猟奇
猫
男子高校生
異世界
癒し
童話
絆
絵本
編集もの
芸術
謎
野球
鎌倉
青春
音楽
食べもの
驚き

資料8　メディアワークス文庫の検索欄

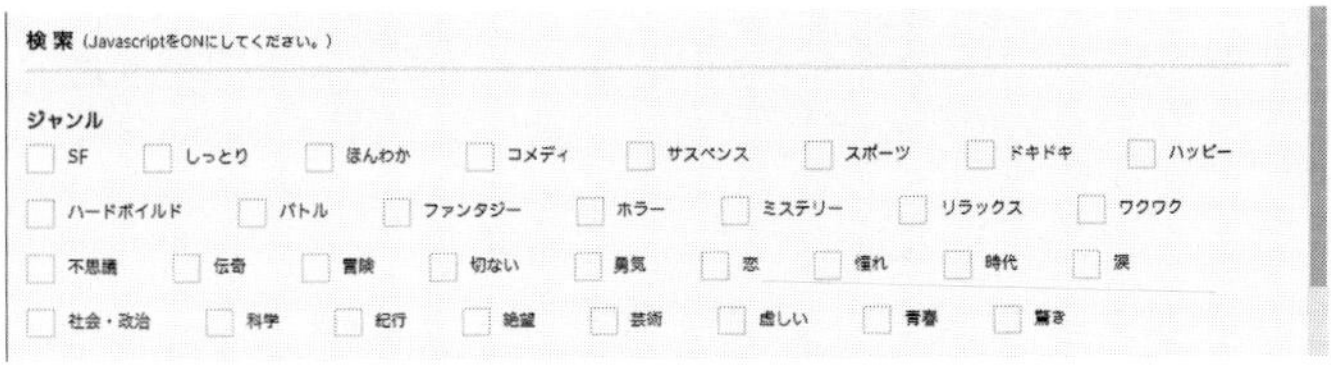
検索 (JavascriptをONにしてください。)
ジャンル
SF
しっとり
ほんわか
コメディ
サスペンス
スポーツ
ドキドキ
ハッピー
ハードボイルド
バトル
ファンタジー
ホラー
ミステリー
リラックス
ワクワク
不思議
伝奇
冒険
切ない
勇気
恋
憧れ
時代
涙
社会・政治
科学
紀行
絶望
芸術
虚しい
青春
驚き

あとがき

まずは、本書の成り立ちについて述べておきたい。私は、二〇一四年から一六年度にわたって、研究代表者として文部科学省科学研究費補助金（基盤研究C）を得て、研究課題「メディア環境との相関性に基づく日本探偵小説の史的研究」に従事した。研究分担者は、谷口基さん、諸岡卓真さん、横濱雄二さんで、本書は、この共同研究の成果公開も兼ねた企画である。研究分担者の皆さんには、本書の編著者として参画してもらった。

日本の探偵小説に関する優れた研究業績のある、小松史生子さん、井上貴翔さん、渡邉大輔さんにも声がけし、書き手として加わってもらった。

第三部「座談会——ミステリと評論の間」は、諸岡卓真さんの企画・司会のもと、札幌市在住の実作者・評論家の浅木原忍さん、大森滋樹（葉音）さん、柄刀一さん、松本寛大さん、そして、昨今のミステリの出版事情に精通している谷口文威さんをお招きして、二〇一七年八月二二日に北海道大学文学部小会議室で行われた座談会の記録である。当日、私は、写真係に徹しながら、オフレコも含めて話題に富んだ座談会を個人的に楽しむことができた。記録係と活字起こしを担当してくれたのは、北海道大学大学院生の杉本圭吾君である。煩雑な仕事を引き受けてもらって感謝している。

本書のタイトルだが、一五〇年というのは、おおよその日本探偵小説の歴史の厚みを表したものである。今年から数えて一五〇年前というと、ちょうど明治元年の一八六八年にあたる。もちろん、明治維新と時を同じくして日本の探偵小説の歴史が始まったわけではない。国産探偵小説第一号とされる、黒岩涙香の「無惨」が発表されたのが、一八八九（明治二二）年だから、一五〇年という単位は、実は正確ではない。

ちなみに、シャーロック・ホームズが、コナン・ドイルによって生み出されたのが、一八八七（明治二〇）年である（「緋色の研究」）。同じ年に、ポーの「モルグ街の殺人」（一八四一年）が日本で翻訳される。ホームズものの最初の翻訳は、一八九四（明治二七）年の「唇のねじれた男」（原作、一八九一年、邦題「乞食道楽」）である。

西欧探偵小説の翻訳・受容史も含めて、明治二〇年前後から日本の探偵小説の歴史は、本格的に始まったといっていいだろう。

もっとも、中島河太郎『日本推理小説史』全三巻（一九九三～九六年、東京創元社）にならい、神田孝平の訳述した犯罪実録『和蘭美政録』（一八六一年）を嚆矢とすれば、一五〇年という単位は、あながち不正確ではないだろう。いずれにせよ、日本の探偵小説が海外由来のジャンルであっても、それが百年以上続けば、「日本」の「文化」であり、創造された「伝統」となったとみなしてよい。

本書の第一部「歴史の視座」においては、こうした日本の探偵小説をめぐる言説を歴史化する作業を行い、他の文化やジャンルと相互葛藤的に生成変化する「日本」「探偵」「小説」のダイナミズムを捉えようとするものである。

第二部「探偵小説論の現在」においては、第一部を承けて、土着化した「日本探偵小説」の特殊性や今日的な展開をさまざまな文脈と接続させながら、探偵小説論の最前線を知ってもらうことを目指した。

第三部の座談会も含めて本書に通底するのは、「日本探偵小説」を読むことの「愉楽」であり、それを読者の皆さんに伝え、共有したいという思いである。もちろん、時として「日本探偵小説」は、権力との隠微な共犯性を帯びたり、自らの通俗性を卑下し純文学の芸術性に嫉妬したりと陰鬱な側面も併せ持つ。その意味で本書は、「日本探偵小説」の豊穣性や正統性をことさら擁護するものではない。その貧しさ、その仄暗さも知ってこそ、真の「愉楽」に通じるのではないだろうか。

北海道大学出版会の今中智佳子さんには、押野武志・諸岡卓真編著『日本探偵小説を読む――偏光と挑発のミステリ史』(二〇一三年)、押野武志編著『日本サブカルチャーを読む――銀河鉄道の夜からAKB48まで』(二〇一五年)に引き続き、お世話になった。今中さんのおかげで第三弾の刊行にこぎつけたことに、感謝の気持ちを表したい。

なお、本書は、平成二九年度北海道大学大学院文学研究科の出版助成を得て公刊したものである。

二〇一八年三月二二日

押野武志

執筆者紹介（五十音順）

浅木原　忍（あさぎはら　しのぶ）

一九八五年、青森県生まれ。同人小説サークル「Rhythm Five」代表。二〇一六年、同人誌として発行した『ミステリ読者のための連城三紀彦全作品ガイド【増補改訂版】』で第一六回本格ミステリ大賞評論・研究部門を受賞。著書に『ミステリ読者のための連城三紀彦全作品ガイド』（二〇一七年、論創社）など。

井上貴翔（いのうえ　きしょう）

一九八一年、大阪府生まれ。北海道医療大学教員。専攻は日本近現代文学、日本近現代文化。共著に『日本探偵小説を読む――偏光と挑発のミステリ史』（二〇一三年、北海道大学出版会）、論文に「技術《テクノロジー》が生み出すもの――佐藤春夫「指紋」論」（『日本文学』二〇一三年六月）、「「指紋」の隔たり――古畑種基「指紋」（１９２６）と林熊生「指紋」（１９４３）」（『北海道医療大学看護福祉学部紀要』二〇一五年一二月）など。

大森滋樹（おおもり　しげき）

一九六五年、北海道生まれ。北海道情報大学非常勤講師、作家。大森葉音名義の小説に『果てしなく流れる砂の歌』（二〇一三年、文藝春秋）、『プランタンの優雅な退屈』（二〇一五年、原書房）。共著に『ニアミステリのすすめ』（二〇〇八年、原書房）、『本格ミステリ・ディケイド３００』（二〇一二年、原書房）など。

押野武志（おしの　たけし）
一九六五年、山形県生まれ。北海道大学教員。専攻は日本近代文学。著書に『童貞としての宮沢賢治』（二〇〇三年、筑摩書房）、『文学の権能――漱石・賢治・安吾の系譜』（二〇〇九年、翰林書房）、編著に『日本サブカルチャーを読む――銀河鉄道の夜からＡＫＢ48まで』（二〇一五年、北海道大学出版会）など。

小松史生子（こまつ　しょうこ）
一九七二年、東京都生まれ。金城学院大学教員。専攻は日本近代文学、大衆メディア文化。著書に『乱歩と名古屋――地方都市モダニズムと探偵小説原風景』（二〇〇七年、風媒社）、『探偵小説のペルソナ――奇想と異常心理の言語態』（二〇一五年、双文社出版）など。

谷口文威（たにぐち　ふみたけ）
一九七一年、北海道生まれ。北海道情報大学教員。株式会社えにしテック　アドバイザー。専攻は機械学習、パターン認識。共著に『Ruby　逆引きレシピ――すぐに美味しいサンプル＆テクニック232（PROGRAMMER'S RECIPE）』（二〇〇九年、翔泳社）など。

谷口　基（たにぐち　もとい）
一九六四年、東京都生まれ。茨城大学教員。専攻は日本近代文学。著書に『戦前戦後異端文学論――奇想と反骨』（二〇〇九年、新典社）、『戦後変格派・山田風太郎――敗戦・科学・神・幽霊』（二〇一三年、青弓社）、『変格探偵小説入門――奇想の遺産』（二〇一三年、岩波書店）、共編著に『定本夢野久作全集』（二〇一六年～、国書刊行会）など。

柄刀　一（つかとう　はじめ）
一九五九年、北海道生まれ。本格ミステリ作家。近著に『密室の神話』（二〇一四年、文藝春秋）、『猫の時間』（二〇一六年、光文社）、『月食館の朝と夜』（二〇一七年、講談社）など。

松本寛大（まつもと　かんだい）
一九七一年、北海道生まれ。ミステリ作家。『玻璃の家』（二〇〇九年、講談社）で島田荘司選「第一回ばらのまち福山ミステリー文学新人賞」受賞。そのほかの著書に『妖精の墓標』（二〇一三年、講談社）、共著に『北の想像力《北海道文学》と《北海道ＳＦ》をめぐる思索の旅』（二〇一四年、寿郎社）など。

諸岡卓真（もろおか　たくま）
一九七七年、福島県生まれ。北海道情報大学教員。専攻は日本近現代文学（主にミステリ）。著書に『現代本格ミステリの研究──「後期クイーン的問題」をめぐって』（二〇一〇年、北海道大学出版会）、共編著に『日本探偵小説を読む──偏光と挑発のミステリ史』（二〇一三年、北海道大学出版会）など。

横濱雄二（よこはま　ゆうじ）
一九七二年、北海道生まれ。甲南女子大学教員。専攻は日本近現代文学、現代視聴覚文化。共著に『日本サブカルチャーを読む──銀河鉄道の夜からＡＫＢ48まで』（二〇一五年、北海道大学出版会）、『映画と文学──交響する想像力』（二〇一六年、森話社）、『マンガ・アニメで論文・レポートを書く──「好き」を学問にする方法』（二〇一七年、ミネルヴァ書房）など。

渡邉大輔（わたなべ　だいすけ）
一九八二年、栃木県生まれ。跡見学園女子大学教員。専攻は日本映画史・映像文化論・メディア論。著書に『イメージの進行形』（二〇一二年、人文書院）、共著に『１９９０年代論』（二〇一七年、河出書房新社）、『リメイク映画の創造力』（二〇一七年、水声社）など。

日本探偵小説を知る——一五〇年の愉楽

2018年3月30日　第1刷発行

編著者　押野武志
　　　　谷口　基
　　　　横濱雄二
　　　　諸岡卓真

発行者　櫻井義秀

発行所　北海道大学出版会

札幌市北区北9条西8丁目 北海道大学構内（〒060-0809）
tel. 011(747)2308・fax. 011(736)8605 http://www.hup.gr.jp/

㈱アイワード　

ISBN 978-4-8329-3401-6